El amor de mi vida

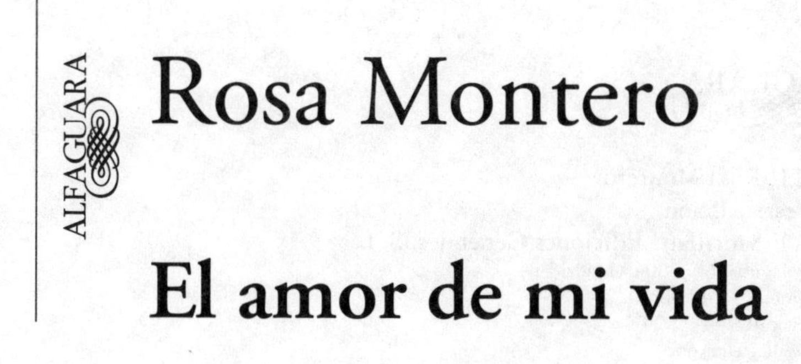

Rosa Montero

El amor de mi vida

ALFAGUARA

2011, Santillana Ediciones Generales, S. L.
Torrelaguna, 60. 28043 Madrid
Teléfono 91 744 90 60
Telefax 91 744 92 24
www.alfaguara.com

ISBN: 978-84-204-0716-6
Depósito legal: M. 15.013-2011
Impreso en España - Printed in Spain

Diseño:
Proyecto de Enric Satué

Impreso en el mes de abril de 2011
en los Talleres Gráficos de Unigraf, S. L.,
Móstoles, Madrid (España)

Índice

Para la gran hermandad mundial
de amantes de los libros

Unas palabras previas

En una de las muchas entrevistas que le hicieron tras ganar el Nobel, el gran Vargas Llosa dijo: «Lo más importante que me ha pasado en la vida ha sido aprender a leer». Exacto, qué bien dicho. Es una de esas frases sencillas y certeras que iluminan el mundo y te permiten entender mejor tu propia vida. ¿Qué hubiera sido de mí sin la lectura? No puedo concebirlo: incluso dudo de que siguiera siendo humana. Sin libros, tal vez hubiera sido un marsupial o un paquidermo, pongo por caso. Quiero decir que me es tan difícil imaginarme sin leer como imaginarme transmutada en hipopótama.

En su precioso libro *Letraheridos,* la escritora Nuria Amat propone un juego para literatos: si, por un maldito capricho del destino, tuvieras que elegir entre no volver a escribir o no volver a leer nunca más, ¿qué escogerías? Sin duda se trata de una disyuntiva muy cruel; la mayoría de los novelistas hemos empezado a escribir de niños y la escritura forma parte de la estructura básica de nuestra personalidad. Es una especie de esqueleto exógeno que nos permite mantenernos de pie; de hecho, creo que muchos sentimos que, de no escribir, nos volveríamos locos, nos haríamos pedazos, nos descoseríamos en informes fragmentos. Teniendo en cuenta todo esto, parecería que la respuesta es fácil de deducir, ¿no es así? Pues se equivocan. He planteado esta interesante cuestión a más de un centenar de autores de diversos países, y sólo he encontrado a dos que hayan escogido seguir escribiendo. Los demás, yo incluida, hemos elegido sin ninguna duda poder seguir leyendo. Porque la mudez puede acarrear la indecible soledad y el agudo sufrimiento de la locura, pero dejar de leer es la muerte instantánea. Sería como vivir en un mundo sin oxígeno.

Siempre me ha dado pena la gente que no lee, y no ya porque sean más incultos, que sin duda lo son; o porque estén más indefensos y sean menos libres, que también, sino, sobre todo, porque viven muchísimo menos. La gran tragedia de los seres humanos es haber venido al mundo llenos de ansias de vivir y estar condenados a una existencia efímera. Las vidas son siempre mucho más pequeñas que nuestros sueños; incluso la vida del hombre o la mujer más grandes es infinitamente más estrecha que sus deseos. La vida nos aprieta en las axilas, como un traje mal hecho. Por eso necesitamos leer, e ir al teatro o al cine. Necesitamos vivirnos a lo ancho en otras existencias, para compensar la finitud. Y no hay vida virtual más poderosa ni más hipnotizante que la que nos ofrece la literatura. Estoy convencida de que a todos los humanos nos aguarda en algún rincón del mundo el libro que sería perfecto para nosotros, la lectura que nos abriría las puertas de ese mundo maravilloso que es la literatura. De modo que aquellos a quienes no les gusta la lectura sólo serían individuos que aún no han tenido la suerte de encontrar su precioso libro-llave personal. Verán, yo creo mucho más en esta predestinación que en la amorosa. En realidad me es bastante difícil confiar en la existencia de una media naranja sentimental, de un alma gemela que ande pululando por ahí a la espera de que un día nos tropecemos. Pero en los libros, ah, eso sí: en los libros sí creo. En el susurro embriagador de las buenas novelas. En las historias que parecen estar escritas sólo para mí.

Porque, cuando nos gusta un libro, siempre nos parece que sus páginas nos hablan directamente al corazón, que sus palabras son nuestras y sólo nuestras. Y en alguna medida es cierto que es así, porque al leer completamos la obra, la interpretamos, la enriquecemos con nuestra necesidad y nuestra pasión. No hay dos lecturas iguales. Ahora bien: aunque la experiencia de la lectura sea única, lo cierto es que gracias a los libros nos hermanamos. Cuando, yendo en el metro o en un avión, veo a alguien ensimismado en una novela que a mí me ha gustado, siento una instantánea afinidad con esa persona. ¡De algún modo me encuentro dentro de su cabeza y de sus emociones! Yo también he estado allí y he vivido lo que él o ella está viviendo. Gracias a los libros compartimos nuestros sentimientos, aprendemos de los demás y nos sentimos acompañados no sólo en nuestra pequeña existencia, sino en algo mucho más general, mucho más grande que nosotros, algo que nos engloba a través del tiempo y del espacio. ¿No es prodigioso poder vibrar con las palabras de alguien que lleva muerto un siglo, por ejemplo? Cuánta esperanza hay en el acto de leer. La esperanza de poder entender a otro ser humano. De sumarte a su fugaz trayecto por la vida.

Para mí los libros son verdaderos talismanes. Me parece que, si tengo algo a mano para leer, puedo ser capaz de aguantar casi todo. Son un antídoto para el dolor, un calmante para la desesperación, un excitante contra el aburrimiento. Nunca me siento sola ni existen horas perdidas cuando puedo sumergirme en algún texto. Por eso siempre he acarreado pesos descomunales en mis maletas de viaje (¡vivan los libros electrónicos!), aterrada por el riesgo de caer algún día en la apabullante soledad, en el vértigo que la ausencia de lecturas origina. Y aun así, pese a lo previsora que soy (o lo maniática), una vez me quedé varada varios días en un pueblecito de la India sin nada que leer: aún lo recuerdo con gran desasosiego. En fin, no sé vivir sin ellos. Sin los libros. Soy como la conmovedora anciana en la portada de este libro. Es una foto de André Kertész del asilo de Beaune (Francia) en 1929; así que la viejecita es una asilada, está sola en el mundo, probablemente enferma, es pobre y se encuentra cercada por la muerte. Y, sin embargo, ¡qué invulnerable se la ve, protegida por el hechizo de la lectura! Creo que, desde los cuatro años, todos los días he leído algo, siquiera un par de líneas. Los libros son la presencia más constante de mi existencia. Mi mayor apoyo. En muchos sentidos, el amor de mi vida.

Los textos aquí reunidos han nacido de esa pasión lectora. Los más largos vienen de una serie llamada «Mundos de papel» que saqué en *El País Semanal* en el año 1998. Los textos más cortos son mucho más recientes; pertenecen a la serie «Lecturas compartidas» que estoy publicando en *Babelia,* el suplemento cultural de *El País,* desde hace un par de años. Aunque la longitud es muy diferente y esto hace que los artículos también lo sean, en realidad los dos trabajos parten de un enfoque parecido: en ambos casos cada capítulo se centra en uno o varios libros, pero no se habla sólo de las obras, sino también de algo más: del entorno social, de los autores, de la vida. Los textos van mezclados unos con otros, entreverando los largos y los cortos, porque creo que así se guarda mejor ese natural desorden de la lectura, ese placer errático de ir cogiendo ahora este volumen y después este otro. Por último, el artículo que habla de *Una mujer en fuga,* la biografía sobre Carmen Laforet, no pertenece a ninguna de las dos series, sino que fue un texto único que publiqué en 2010 en *Babelia.*

Madrid, 2011

El siglo de la aniquilación

Viaje de un naturalista alrededor del mundo,
de Charles Darwin

Charles Darwin sólo tenía veintidós años cuando en 1831 le ofrecieron la posibilidad de embarcar en el *Beagle,* un barquito de la Marina británica que iba a dar la vuelta al mundo para cartografiar las costas de Suramérica y hacer diversas mediciones geográficas. Darwin, hijo y nieto de médicos, era un chico alto, fuerte y feo que pertenecía a una familia *whig,* es decir, liberal. Su abuelo, Erasmo, había sido un ardiente evolucionista. Pero Erasmo pertenecía al rompedor y progresista siglo XVIII; luego llegó el XIX y soplaron aires reaccionarios, de manera que el padre de Darwin, aunque librepensador, prefirió maquillar un poco sus ideas para poder ser perfectamente respetable. Con esa misma obsesión por la respetabilidad creció Charles Darwin, lo cual, unido a su desesperado afán por complacer a los demás, llegaría con los años a amargarle la vida y casi a destruírsela.

Pero por entonces, en 1831, Darwin no era todavía nada más que un joven alegre con una carrera académica muy poco brillante. Abandonó los estudios de Medicina cuando tuvo que presenciar cómo operaban a un niño sin anestesia; luego se sacó a trancas y barrancas el título de Humanidades, y decidió hacerse sacerdote. No es que fuera lo que se dice un gran creyente, pero eso, ser sacerdote en una parroquia rural, era la mejor salida para los caballeros de buena familia que no servían para nada, y además le permitiría dedicarse a sus aficiones, que desde siempre habían sido la geología, la botánica y sobre todo los bichejos informes y viscosos: las babosas, los gusanos, las larvas.

En ésas estaba, recién terminada la carrera y contemplando un tedioso futuro sacerdotal salpicado de gusarapos, cuando surgió lo de la vuelta al mundo.

La oferta la hacía el capitán del *Beagle,* Robert FitzRoy, que sólo tenía veintiséis años y era el perfecto antagonista de Darwin: aristócrata, veterano en viajes y aventuras, arrogante y vehemente, un *tory* conservador hasta la médula. Pese a las diferencias, sin embargo, los dos jóvenes se cayeron muy bien. FitzRoy quería un compañero de buena cuna con el que poder hablar durante la larga travesía (intimar con la tripulación hubiera sido rebajar su autoridad), y, si de paso era un naturalista, mejor que mejor. Darwin podía pagarse las expensas del viaje y, aunque perteneciente a una familia *whig,* iba a ser sacerdote: era un muchacho respetable, en fin, que probablemente podría encontrar pruebas irrefutables de la existencia del Diluvio Universal en las remotas costas de Suramérica.

Porque FitzRoy era un hombre de orden; más aún, era un fiero paladín del viejo orden, y estaba dispuesto a luchar con todas sus fuerzas contra las hordas de liberales y progresistas y ateos que estaban invadiendo el mundo entero y en concreto Inglaterra. ¡Pero si la Ley de Reforma acababa de permitir que votara la clase media! Y había algunos enloquecidos radicales (no los *whigs,* desde luego) que incluso pretendían que votaran los pobres. Por no hablar de todos esos científicos pervertidos que pergeñaban tremendas teorías en contra de la doctrina cristiana. Como el francés Lamarck, que acababa de morir, octogenario, siendo una de las personas más odiadas de su época, ya que había diseñado una teoría evolucionista según la cual las especies, en vez de ser inmutables y creadas por Dios, se transformaban y adaptaban a las influencias ambientales. El respetable Darwin también aborrecía a Lamarck, naturalmente, y creía en la creación divina y en todo lo que había que creer; de manera que sí, ese joven tan feo y tan robusto podía ser el más adecuado para encontrar las pruebas del Diluvio.

Y así fue como el 27 de diciembre de 1831 empezó un viaje que habría de durar cinco años y que terminó por cambiar nuestra idea sobre el mundo. El comienzo fue un tanto ominoso: nada más salir del puerto, Darwin empezó a marearse como un perro. Cinco años más tarde regresaría a Inglaterra vomitando con la misma constancia con la que se fue: jamás consiguió acostumbrarse al mar.

Sin duda el joven naturalista demostró un coraje y un tesón extraordinarios al aguantar todos los peligros y las incomodidades de un trayecto semejante. El *Beagle* era un barquito muy pequeño, de apenas veinticinco metros de eslora, en el que se apretujaban setenta y cuatro personas: para poder dormir, Darwin tenía que sacar un cajón y meter los pies en el agujero. En ocasiones, como cuando dieron la vuelta a Tierra del Fuego, llegaron a permanecer más de ocho meses seguidos a bordo sin encontrar un solo asentamiento civilizado, recorriendo las costas más salvajes, con la cubierta alfombrada de nieve y zarandeados por horribles tormentas. «Odio el mar, lo aborrezco», escribía el pobre Darwin pocos meses antes de regresar a casa.

Para entonces se había convertido en un famoso geólogo y científico, gracias a los especímenes que había ido mandando a Inglaterra desde distintos puertos, y, sobre todo, gracias a los huesos de enormes dinosaurios que había encontrado en Suramérica. De modo que regresó célebre y con miles y miles de tarritos que contenían de todo, desde hongos a ratas. Traía también algo menos visible, pero mucho más importante: infinitas preguntas dentro de su cabeza. Pasó el resto de su vida respondiéndolas.

Porque Darwin, pese a su carácter dulce y algo pusilánime, siempre demasiado respetuoso con lo respetable, poseía una mentalidad científica rigurosa y avanzada, y una formidable inteligencia. La curiosidad de Darwin era imponente: jamás dejaba de preguntar, observar, deducir, estudiar. Ni siquiera su vida privada estaba libre de su incesante análisis; cuando empezó a hacer manitas con su prima Emma, con la que más tarde se casaría, anotó: «El deseo sexual hace salivar», y relacionó este hecho con el comportamiento de su perra *Nina.*

Esta intensa emoción por el descubrimiento de la realidad impregna el *Viaje de un naturalista alrededor del mundo,* que es el libro que Darwin publicó, a su regreso a Inglaterra, basándose en los diarios de la travesía. Se trata de una obra escrita por un joven sobre la empresa más extraordinaria de su vida, y, como tal, exuda vitalidad y fuerza. Es, en gran medida, un libro de aventuras formidable, con tribus caníbales, bandoleros, revoluciones y terremotos; Darwin escaló montañas, atravesó desiertos y glaciares y se convirtió en un verdadero atleta, en un hombre curtido y resistente. El libro tiene algo físico, una celebración de la gloria de la juventud y de la existencia.

Además, y aunque Darwin no deja de aplicar sobre todas las cosas su mirada sensata y analítica, los territorios por los que viaja siguen manteniendo cierto aroma fabuloso; es un mundo aún fantasmagórico por el que se abre paso la luz de la observación y la razón. Y así, el libro está lleno de prodigios: mares fosforescentes, nieve roja como la sangre, un granizo tan grueso que es capaz de matar a decenas de ciervos o criaturas tan extraordinarias como el Diodon, un pececillo que, cuando es devorado por un tiburón, escapa del estómago del monstruo abriéndole a bocados un agujero en las entrañas. A veces sorprende comprobar todo lo que Darwin y sus contemporáneos no sabían sobre temas que hoy aprende un párvulo. Como cuando se interroga sobre el porqué de las fiebres de las «zonas malsanas», ignorante aún de que la malaria es transmitida a través de la picadura de los mosquitos: «En todos los países malsanos, dormir en la costa hace correr el mayor riesgo. ¿Es por el estado del cuerpo durante el sueño? ¿Es porque se desarrollan más miasmas durante la noche?».

Y en la palabra miasma late la imprecisa y amenazadora oscuridad de un mundo arcaico.

Pero el *Viaje de un naturalista alrededor del mundo* es, sobre todo, un testimonio vivísimo y escalofriante sobre la bestialidad del ser humano, y sobre un siglo XIX devastador, genocida y carnicero que unía la irrupción de unos métodos de destrucción masiva con la falta de conciencia. En primer lugar está la esclavitud, para entonces ya fuertemente cuestionada en todo el mundo (Inglaterra había abolido el comercio esclavista con América en 1807), y de la que Darwin da testimonios espeluznantes: una noble anciana brasileña que usaba un aparato triturador de dedos para castigar con él a sus criadas; los alaridos de un esclavo sometido a tortura por su amo; un niño de seis años golpeado en la cabeza con un látigo por traer un vaso poco limpio. Darwin, ardiente antiesclavista, sólo pierde su serenidad científica cuando trata este tema.

Pero hay algo en el libro aún peor, y es el testimonio de la sistemática eliminación de los indios a manos de los blancos. Conocemos la atrocidad de la esclavitud porque los nietos de aquellos negros cautivos se ocupan hoy de rememorar a sus mayores; pero no queda nadie para reivindicar la historia de los pueblos indígenas exterminados, para hablar por ellos de su heroicidad y su agonía. Ni siquiera Darwin lo hace: es un hombre progresista y compasivo, y está horrorizado ante las carnicerías que presencia, pero también es hijo de su época y comparte los prejuicios dominantes. Y, así, es machista, y considera que los salvajes son seres inferiores (aunque dignos de todo respeto), y posee, sobre todo, una fenomenal ceguera etnocéntrica. Por ejemplo, nunca se plantea que el «hombre blanco» no tenía ningún derecho a invadir las tierras de los «salvajes»: para él, los europeos, y principalmente los ingleses, tienen no sólo el derecho, sino el deber de llevar la religión cristiana y la civilización a las zonas remotas del planeta.

Aun así, el relato de las matanzas que hace el espantado Darwin resulta difícilmente soportable. En especial cuando habla de las tribus de las pampas y del general argentino Rosas. A la llegada del *Beagle* a Suramérica, el general Rosas, más tarde dictador del país y hoy un prohombre de la historia rioplatense, estaba inmerso en una «guerra de exterminio», así la denominaba él mismo, contra los indios de la zona. Los indígenas sólo tenían lanzas; los soldados de Rosas (parecidos a una horda de bandoleros, dice Darwin), fusiles y cañones. Los perseguían sin cuartel por las grandes llanuras, y, cuando los atrapaban, los mataban a todos: hombres y mujeres, ancianos y niños. «Los indios sienten actualmente un terror tan grande, que ya no se resisten en masa; cada cual se apresura a huir por separado, abandonando a mujeres y niños. Pero cuando se consigue darles alcance, se revuelven como bestias feroces y se baten contra cualquier número de hombres. Un indio moribundo agarró con los dientes el dedo pulgar de uno de los soldados que le perseguían y se dejó arrancar un ojo antes de soltar su presa», anota Darwin.

De la masacre generalizada sólo se salvaban las muchachas jóvenes y bellas, que eran entregadas a la tropa (a la horda de bandoleros), y algunos niños pequeños, que eran vendidos como esclavos: «¡Cuán horrible es el hecho de que se asesine a sangre fría a todas las mujeres indias que parecen tener más de veinte años! Cuando protesté en nombre de la humanidad, me respondieron: "Y ¿qué otra cosa podemos hacer? ¡Tienen tantos hijos estas salvajes!"». Olvidaba sin duda Darwin, al plantear su queja, que se trataba de un genocidio fríamente programado: no había que vencer a los indios, sino borrarlos del planeta.

«Aquí todos están convencidos de que ésta es la más justa de las guerras, porque va dirigida contra los salvajes. ¿Quién podría creer que se cometan tantas atrocidades en un país cristiano y civilizado?», escribe el naturalista en su diario, y añade que, tiempo atrás, estos indios vivían en grandes poblados de dos mil o tres mil habitantes. Ahora, sin embargo, en esos últimos y atroces años de agonía, «no sólo han desaparecido tribus enteras, sino que las restantes se han vuelto más bárbaras; en vez de vivir en los grandes poblados (...) vagan actualmente por las llanuras inmensas».

Darwin es un poco menos crítico en Australia, cuando habla del triste destino de los aborígenes a manos de los británicos: «A todos los indígenas de la isla de Tasmania se los han llevado a una isla del estrecho de Bass. Esta cruel medida se hizo inevitable, como único medio de poner fin a una tremenda serie de robos, incendios y asesinatos cometidos por los negros y que, tarde o temprano, hubiesen acarreado su exterminio. Confieso que todos estos males y sus consecuencias son probablemente efecto de la infame conducta de algunos de nuestros compatriotas (...) Muchos indígenas habían sido muertos o hechos prisioneros en los continuos combates que se sucedieron por espacio de bastantes años; pero nada llegó a convencer a aquellas gentes de nuestra inmensa superioridad como la declaración del estado de sitio de toda la isla, el año 1830, y la proclama que llamaba a las armas a toda la población blanca para apoderarse de los indígenas. El plan adoptado se parecía mucho al de las grandes cacerías de la India», escribe Darwin con ácida ironía. En 1835, cuando los tasmanos fueron deportados, no quedaban más que doscientas diez personas; siete años más tarde sólo sobrevivían cincuenta y cuatro, lo que puede dar una idea de las condiciones en las que los tenían. Yo he visto en Australia la fotografía del último de ellos: era una mujer madura de expresión lacerantemente triste, vestida con humildes ropas occidentales. Debió de morir sobre 1880, y con ella se acabó la memoria de un pueblo.

Un fragor de batallas, un estruendo de pólvora recorre todo el libro de Darwin. Por un lado están los combates de exterminio contra los indios, y por otro, alegres matanzas de animales. Las criaturas salvajes, aún ignorantes del poder de las balas, morían en abrumadoras cantidades. Cien pumas abatidos en tres meses por los habitantes de un solo pueblo, doscientas tortugas gigantes cazadas en un solo día por la tripulación de un único barco. Darwin anota que las bestias, muy abundantes apenas cinco años atrás, comienzan a escasear: guanacos, jaguares, canguros... El diario del naturalista chorrea sangre. El siglo XIX es el siglo de la aniquilación.

Pero también hay otro tipo de aniquilaciones metafóricas: como, por ejemplo, la muerte del Dios antiguo. Porque a lo largo de su viaje Darwin no sólo no encontró pruebas fehacientes de la existencia del Diluvio Universal, sino que sus meticulosas observaciones le hicieron poner en duda todas sus creencias.

Por entonces, el mito del Génesis era mantenido como una verdad literal: Dios había creado el mundo y a todas sus criaturas en siete días, y Adán y Eva, nuestros padres, eran exactamente iguales a los modernos humanos. El arzobispo Ussher y el doctor Lightfoot, de la Universidad de Cambridge, hicieron ciertos cálculos y fecharon la creación del mundo a las nueve de la mañana del 23 de octubre del año 4004 antes de Cristo, y esta necedad había sido impresa en numerosas biblias. Pero los datos que iba acumulando Darwin contradecían fundamentalmente todo esto: no sólo las tierras no habían sido inundadas por el Diluvio, sino que Suramérica se había elevado sobre el nivel del mar; no todos los animales habían sido creados desde el principio, sino que la fauna ancestral, compuesta por gigantescos dinosaurios, no tenía nada que ver con la actual; los primitivos salvajes de Tierra del Fuego no se parecían al Adán divino, y, en las Galápagos, animales de la misma especie eran morfológicamente diferentes de isla en isla, lo que parecía sugerir una evolución.

Todas estas dudas trajo Darwin consigo al regresar a casa en octubre de 1836, además de un conflicto personal irresoluble. Porque eran dudas heréticas e infamantes; la evolución era considerada una idea disoluta y atroz, indigna de un caballero. Si al ser humano se le emparentaba con las bestias, ¿qué le impediría comportarse como una bestia, una vez perdida la dimensión divina? Sólo las turbas radicales se atrevían a sugerir algo tan subversivo: pero Darwin era un hombre respetable. Además, la blasfemia seguía teniendo pena de cárcel, y más de un radical había dado con sus huesos en prisión por algo así.

Entonces empezó la doble vida de Darwin: o su agonía. A los pocos meses de volver de su viaje comenzó a anotar sus cada vez más peligrosas reflexiones en una serie de cuadernos clandestinos. Ahí, en esas páginas secretas, contra sus propios valores, sus intereses y su voluntad, fue componiéndose dolorosa y lentamente la teoría de la evolución. Mientras tanto, su éxito y su fama como geólogo crecían. Cada vez era más célebre, y cada vez tenía que mentir más con respecto a sus ideas y sus creencias: y esto en un hombre que era radicalmente honesto. Ni siquiera su mujer sabía lo que pensaba.

No es de extrañar que se pusiera enfermo. Aquel muchacho robusto y portentosamente atlético del viaje del *Beagle* se convirtió, nada más iniciar sus cuadernos secretos, en un semiinválido: tenía mareos, jaquecas, palpitaciones, desmayos y, sobre todo, brutales ataques de vómitos. Algunos dicen que los cinco años de constante mareo marino le destrozaron el organismo, y también es probable que hubiera contraído en Chile el mal de Chagas tras la picadura de una chinche; pero es imposible no relacionar sus males con la extremada angustia de su situación. Durante toda su existencia fue un enfermo crónico; gravemente incapacitado y muy deprimido, vivió encerrado en sí mismo y no volvió a salir de Inglaterra jamás.

En 1844, siete años después de haber comenzado sus trabajos clandestinos, Darwin escribió una reveladora carta a un joven botánico llamado Hooker: «Estoy casi convencido (totalmente al contrario de la opinión con la que partí) de que las especies no son (es como confesar un asesinato) inmutables». Era la primera vez que se lo mencionaba a alguien, y Hooker guardó el secreto durante muchos años. Y desde luego se trataba de un asesinato: con su descubrimiento, Darwin estaba acabando con el mundo al que él mismo pertenecía.

Porque su teoría de la evolución, que hoy es la base de toda la ciencia moderna, era ciertamente aterradora: no sólo no había habido un Dios meticuloso, perfectamente organizado y previsor en el principio de todas las cosas, sino que los cambios evolutivos se producían ciegamente, torpemente, por azar. La naturaleza creaba monstruos, y algunos de esos monstruos, por pura casualidad, resultaban ser más aptos para enfrentarse al medio ambiente y sobrevivían. Ese mundo absurdo e insensato («la torpe, derrochadora, errónea, rastrera y horriblemente cruel obra de la naturaleza», escribía Darwin, espantado de sus propios descubrimientos) era demasiado difícil de asumir. Ni siquiera los científicos progresistas y radicales estaban de acuerdo con él, porque el evolucionismo que ellos propugnaban (como, por ejemplo, el de Lamarck) tenía un sentido y conducía hacia el perfeccionamiento y el progreso.

De manera que Darwin siguió mintiendo y siguió callando, y el tiempo pasó, hasta que, en 1858, un joven científico llamado Wallace le envió un trabajo en el que se exponía brevemente una teoría de la evolución que en apariencia era exacta a la suya (luego se evidenció que en realidad había algunas diferencias). Para no quedarse atrás, y forzado por las circunstancias, Darwin publicó al fin *El origen de las especies* en 1859, es decir, veintidós años después de haber empezado sus cuadernos clandestinos.

Se vendió toda la edición, mil doscientos cincuenta ejemplares, en un solo día, pero la reacción que tanto temía Darwin no se hizo esperar. Los científicos ortodoxos y la

Iglesia organizaron una famosa asamblea en Oxford para tratar el tema; Darwin, por supuesto, se puso tan enfermo que no pudo asistir, pero le representaron sus amigos los científicos Huxley y Hooker, a quienes el obispo de Oxford preguntó si descendían de los monos por parte de padre o de madre. En los periódicos dibujaban a Darwin con cuerpo de simio y le llamaban «mono viejo con la cara peluda». Imperaba el tono zafio e irracional.

Pero el viejo mundo tenía los días contados. En el viaje del *Beagle* sucedió algo que revela hasta qué punto el antiguo orden era ya para entonces un sistema caduco. Durante la anterior expedición del *Beagle* por Suramérica, el aristocrático y conservador capitán FitzRoy se había llevado a la fuerza a cuatro indígenas de Tierra del Fuego, un adolescente de catorce años llamado Jemmy Button (porque le habían comprado por un botón), una niña de nueve a la que denominaron Fuegia, y dos hombres adultos, uno de los cuales murió de enfermedad; al otro, de veinticinco años, le llamaron York. A lo largo de un año FitzRoy los educó, vistió y cristianizó a sus expensas en Inglaterra, y ahora los había embarcado de nuevo en el *Beagle* para depositarlos, ya civilizados, en sus asentamientos originales, con la disparatada esperanza de que fueran un fructífero fermento religioso y social para los fueguinos, que, por cierto, eran el pueblo indígena más salvaje, más pobre y más primitivo que habían encontrado en todo el viaje. Para ayudarlos en la empresa los acompañaba Matthews, un joven misionero que jamás había salido antes de Inglaterra y que pensaba quedarse en Tierra del Fuego con los indígenas.

Darwin habla sobre todo de Jemmy, que era un adolescente listo y encantador que había aprendido un inglés titubeante: «Siempre usaba guantes, llevaba el cabello cuidadosamente cortado y se sentía molesto si se le ensuciaban sus relucientes zapatos». Al fin llegaron a Tierra del Fuego; en total, entre el periodo pasado en Inglaterra y el viaje, llevaban casi tres años secuestrados; en ese tiempo, Jemmy había perdido su propia lengua. Cuando se encontró con su madre y sus hermanos (el padre había muerto en el entretanto), desnudos, famélicos y mugrientos, con los rostros pintados a rayas blancas y rojas, se avergonzó de ellos y les habló en su inglés balbuciente, sin que pudieran comprenderse. Allí los desembarcó FitzRoy, de todas formas, junto con Matthews y todo el material civilizador que había enviado la Sociedad Misionera de Londres, y que estaba compuesto por cosas tan absurdas como orinales, sábanas de fino lino y servicios de té de porcelana. A los diez días el *Beagle* volvió a pasarse por el poblado, para verificar qué tal iba la cosa, y se encontraron con que casi todos los objetos habían sido robados por los fueguinos. Los desolados York, Fuegia y Jemmy se quedaron allí, con sus trajes occidentales y sus patéticos botines, pero Matthews no supo aguantar ni dos semanas: decidió abandonar sus afanes misioneros y regresar al barco.

Un año más tarde el *Beagle* volvió a pasar por esa costa remota y desolada. El campamento donde habían dejado a los tres indios estaba abandonado. «Sin embargo, muy pronto se aproximó a nosotros una pequeña canoa con una banderita en la proa y vimos que uno de los hombres que la tripulaban se lavaba la cara para quitarse la pintura. Aquel hombre era nuestro pobre Jemmy, hoy hecho un salvaje flaco, huraño, con la cabellera en desorden y todo desnudo a excepción de un pedazo de tela alrededor de la cintura.» Jemmy fue invitado a bordo, y se sentó a la mesa del capitán: y comió con toda civilidad y pulcritud, usando correctamente los cubiertos. Tenía una mujer; esperaban un hijo; regaló al capitán FitzRoy unas «magníficas pieles de nutria» y unas puntas de lanza hechas por él mismo; cuando desembarcó, librándose para siempre de esa breve ensoñación o esa pesadilla europea, encendió una hoguera en la orilla para despedirse.

Ya digo que FitzRoy, esa especie de Quijote reaccionario, era la antítesis de Darwin. Y así, el capitán iba a contrapelo de la historia, mientras que Darwin se dedicaba a escribirla. En aquella célebre asamblea en Oxford se levantó un hombre demudado con una Biblia en la mano: «Darwin vino en mi viaje... Si yo hubiera sabido lo que luego haría...», farfullaba. Era FitzRoy. Cinco años más tarde, el capitán del *Beagle* se suicidó cortándose el cuello, llevando a una realidad de carne y sangre ese asesinato metafórico que tanto temía Darwin.

En cuanto al propio Darwin, murió a los setenta y tres años, y estuvo trabajando hasta dos días antes del final. Me inquietan sus fotos últimas de anciano patriarca: sus ojos tienen siempre una expresión tristísima. Tal vez su propio descubrimiento le destrozó; había sido educado en un mundo de certidumbre y orden, y tal vez nunca pudo resignarse a este universo ciego y turbulento que nos ha dejado a todos como legado.

BIBLIOGRAFÍA

Viaje de un naturalista alrededor del mundo, Charles Darwin. Miraguano Ediciones.
Darwin: la expedición en el «Beagle», Alan Moorehead. Ediciones del Serbal.
El origen de las especies, Charles Darwin. Debate.
Autobiografía, Charles Darwin. Laetoli.
Darwin, A. Desmond y J. Moore. Penguin Books. Londres.
The autobiography of Charles Darwin and selected letters. Dover. Nueva York.

Si un día tu hija se vuelve loca

Hacia el amanecer, de Michael Greenberg

Este libro empieza con la siguiente frase: «El 5 de julio de 1996 mi hija se volvió loca». Y a partir de ahí comienza el relato de un verano feroz, de un viaje aterrador al corazón de la oscuridad. La chica se llama Sally y en aquel momento tenía quince años. El padre, Michael Greenberg, es un escritor norteamericano. Durante un par de meses, mientras su hija desaparecía en el espacio exterior de la llamada locura, que es el lugar más remoto al que un ser humano puede trasladarse, Greenberg intentó no perder el contacto con ella. Intentó entender lo incomprensible. Ahora ha contado todo eso en *Hacia el amanecer,* uno de los textos más singulares que he leído en mi vida. Greenberg narra estas memorias desde un extraño, extraordinario lugar, con una frialdad que quema como el ácido. Es probable que no se pueda hablar del infierno de otro modo.

A Sally acabaron diagnosticándole un trastorno bipolar, pero en realidad la etiqueta es irrelevante. Lo crucial es que ese 5 de julio padeció una crisis psicótica aguda y fue secuestrada por el delirio. Secuestrada es la palabra exacta: Michael explica que era como si su hija hubiera desaparecido «y en su lugar hubiera un demonio (...) ¡La antigua superstición de la posesión! ¿Cómo, si no, entender esta grotesca transformación?». La calamidad llega en un instante, como la ola de un tsunami. El cerebro se enciende, el cerebro se apaga, la pesadilla comienza. La chica tiene una súbita visión. Cree entender de golpe el sentido del mundo, pero, por desgracia, ese sentido para ella luminoso es totalmente impenetrable para los demás. Es un galimatías sobre el Genio y la Pureza. Sally es el profeta de la Verdad y puede parar los coches con la mente. Habla como un oráculo y sus palabras espantan porque, pese a tener sujeto, verbo y predicado, pese a sostenerse en el aire con las convenientes reglas de la sintaxis, resultan tan incomprensibles como un discurso alienígena. O como el ruido que producen los grillos al frotar sus élitros: «Su voz me atraviesa como un dardo. Está enrojecida, hermosa, profundamente inhumana». De ahora en adelante, Greenberg será como un entomólogo que describe con precisión la catástrofe que asuela un hormiguero. Una colonia de insectos de la que su hija y él también forman parte.

La absoluta soledad de la locura es inefable. No se puede expresar y no se puede ni siquiera imaginar si no la has rozado de algún modo. De adolescente padecí algunas crisis de angustia que hoy agradezco, porque me permitieron asomarme por un instante al abismo interior e intuir la extrema desolación de ese paisaje. Piensa en un cosmonauta al que un error ha hecho perder contacto con su nave y que, embutido en su traje espacial, flota lentamente a la deriva en la inmensa negrura del espacio, y quizá consigas aproximarte un poco. Y eso es lo que hace Greenberg en su libro: luchar por acercarse y por entender. Intenta traducir en palabras audibles el silencio pavoroso de los confines.

La crisis maníaca de Sally es tan fulminante que no hay otro remedio que internarla en un psiquiátrico. Pero eso crea culpabilidad, naturalmente. Que se suma a la inevitable culpabilidad que las familias sienten cuando uno de sus miembros pierde la razón: ¿habremos hecho algo mal para que enloquezca? *Hacia el amanecer* describe el inmediato y violento rechazo de la gente hacia el enfermo («la burla, la crueldad, el primitivo distanciamiento que es la respuesta universal a la locura») y la devastación atroz de los medicamentos, que tal vez consigan atenuar los delirios, pero que también colapsan el cuerpo y la mente de la paciente. En el hospital atiborran a Sally de fármacos: tiene que tomar un relajante muscular, un anticonvulsivo ácido valproico, el antipsicótico haloperidol, un ansiolítico, una píldora para dormir y una dosis de litio. Arrastra los pies, carece de concentración, se apaga anímicamente, se queda rígida. Una crónica de la devastación.

Al principio, la familia intenta buscar una causa para el brote psicótico: estaba borracha, estaba drogada, tomó LSD. Cuando este tipo de explicación se hace insostenible, el entorno, curiosamente, parece intentar plegarse al delirio de la enferma de la misma manera que las sombras se adhieren a los cuerpos. Quieren creer en sus palabras visionarias, quieren otorgarle el lugar del oráculo. «Sally está sufriendo una experiencia, estoy segura de ello», dice la madre de la niña: «No se trata de una enfermedad. Es una chica sumamente espiritual (...) Es una persona como tú y como yo, con un don para ver lo que la mayoría de nosotros no puede». Es una actitud muy común; como Greenberg cuenta en el libro, Joyce decía lo mismo de su hija Lucía, que también padecía una dolencia mental. Cuando alguien enferma psíquicamente su entorno se contagia, probablemente porque la cordura es una convención más bien precaria. Y así, a medida que avanza *Hacia el amanecer* van desdibujándose las fronteras entre *la loca* y *los normales*. Los personajes empiezan a parecer un coro de chiflados de tragedia griega y, hacia el final del libro, los mismos policías que trajeron al principio a la hija demente vienen a buscar al padre, que ha tenido un súbito arrebato de violencia.

Y es que, en realidad, ¿dónde está la frontera? ¿Qué diferencia a un profeta venerado de un enfermo mental estigmatizado salvo el hecho de que su alucinación haya sido aceptada por otras personas? Ya digo que la locura es soledad: tal vez sin soledad no haya locura. Al final, Sally consigue regresar de ese lugar remoto al que se había ido y volver al colegio y a su vida. Que es, y será siempre, una vida en lucha contra la psicosis. Pero ¿acaso no es toda existencia una batalla? Este libro conmovedor y fascinante nos habla justamente de esa difícil épica.

BIBLIOGRAFÍA

Hacia el amanecer, Michael Greenberg. Seix Barral.

Literatura borracha

En el dique seco, de Augusten Burroughs, y
El mundo se acaba todos los días, de Fernando Marías

Entre los muchos lugares comunes que se cuentan sobre los artistas en general y los escritores en particular está el de la conveniencia de la infelicidad para producir obras sublimes. Esto es, se supone que cuanto más sufra el creador, mejor será su obra. Y dentro de ese perfil del desgraciado marginal y bohemio, la literatura siempre ha estado especialmente unida al alcohol. Hubo antecesores ilustres perseguidos por las temblorosas cucarachas del *delírium trémens,* como Edgard Allan Poe o Rubén Darío, pero fue a mediados del siglo XX cuando los escritores se entregaron en masa y con suicida alegría a beberse todas las reservas de alcohol que había a su alcance, porque por aquel entonces desplomarte sobre el suelo rebozado en tu propio vómito tenía una especie de aura sofisticada, admirable y artística, vaya usted a saber por qué extraña perversión del gusto y de la moda.

El caso es que la nómina de escritores beodos es, como todo el mundo sabe, interminable. Los hay de todas las nacionalidades (hispanos incluidos, como Onetti o Rulfo), pero los nombres más sonoros son anglosajones: Malcolm Lowry, Jack Kerouac, Raymond Chandler, Dorothy Parker, Dashiell Hammett, Scott Fitzgerald, Raymond Carver... De los siete estadounidenses que han ganado un Nobel de Literatura, cinco fueron alcohólicos: Faulkner, Sinclair Lewis, Eugene O'Neill, Hemingway y, un poco menos desahuciado pero también ebrio, Steinbeck. Es un récord en verdad despampanante. Ante tanta luminaria de las letras conservada en alcohol, es comprensible que muchos creyeran (y algunos aún lo creen) que el alcohol sirve para escribir, que mejora la calidad y afina la pluma, cuando lo cierto es que el alcoholismo destruye las neuronas y acaba irremisiblemente con el talento, como demuestra un ensayo maravilloso titulado *The Thirsty Muse* («La musa sedienta»), de Tom Dardis, en donde se estudia la trayectoria de Faulkner, Fitzgerald, Hemingway y O'Neill. Por desgracia, el libro no está traducido al castellano, pero lo recomiendo vivamente (se publicó en 1989 en Ticknor & Fields, Nueva York).

Como es natural, y dado que la bebida ha sido una antimusa tan persistente, se han escrito innumerables textos sobre el alcohol. Novelas, cuentos, poemas, piezas teatrales, autobiografías. Hay miles de personajes borrachos en la literatura mundial, pero hoy voy a limitarme a citar dos obras que he leído más o menos recientemente. La primera es un libro de memorias del norteamericano Augusten Burroughs, un autor de cuarenta y cuatro años que se hizo famoso con otro volumen autobiográfico, *Recortes de mi vida,* que era un texto delirante, muy gay y bastante gracioso. Pero creo que yo prefiero este segundo trabajo, *En el dique seco,* que cuenta, con una notabilísima amenidad narrativa, una historia tan poco amena como el proceso final de un alcohólico, sus intentos de abandonar la bebida, sus visitas cotidianas a Alcohólicos Anónimos, su recaída y descenso a los infiernos. Incluso en el horror, o sobre todo cuando se adentra en él, Burroughs utiliza un sentido del humor desesperado y brillante. Yo diría que lo peor del libro son sus ramalazos de romanticismo amoroso; pero cuando se acerca a lo más duro se mantiene sabiamente alejado del melodrama, cosa que refuerza la capacidad expresiva del texto. Es una tragedia contada en tono menor por un vecino, es una guía de autoayuda para borrachos, es una mezcla excitante de testimonio, relato de ficción y reportaje. Sus observaciones sobre las curas más habituales contra la adicción, su vergüenza ante las típicas fórmulas «soy Fulanito de Tal y soy un alcohólico» o ante ciertos excesos de ñoñería terapéutica, y su asombro al percibir que, pese a todo, esos excesos tan idiotas en algunas ocasiones ayudaban, resultan tan cercanos y elocuentes que te parece estar siendo un testigo directo del proceso. Tal vez no sea un libro primoroso, pero se lee con avidez de *voyeur*.

El otro borracho importante de este artículo es Miguel Ariza, el protagonista de *El mundo se acaba todos los días,* una novela estupenda con la que Fernando Marías ganó en 2005 el Premio Ateneo de Sevilla. Ariza, dibujante de cómics, se entera de que una antigua amante suya, popular presentadora de televisión, se está muriendo, y decide viajar hasta un pueblo remoto para encontrarla. Esta anécdota es el punto de partida de un trayecto increíblemente sinuoso, resbaladizo e intenso. Un camino de perdición hipnotizante.

Dicen los críticos que esta novela es un *thriller,* y es verdad que la historia está llena de suspense y de sorpresas, pero para mí es más bien una experiencia intoxicante. Es decir, es un texto que te hace sentir el mismo desconcierto, la misma percepción borrosa y deformada de la realidad que siente el embriagado protagonista. El lector va cayendo en los juegos de espejos, va bebiendo las palabras como si fueran vasitos de absenta, va descendiendo en interminables espirales por los paisajes opresivos de la alucinación. Fernando Marías, que fue alcohólico durante cierto tiempo, hace ya años (en España ha habido y hay bastantes escritores beodos, aunque prefiero no nombrarlos), ha hecho con su novela justo lo contrario que Burroughs: no nos cuenta lo que es eso, como hace el norteamericano, sino que nos obliga a vivirlo desde dentro, como si nos estuviera dando una entrada preferente para un parque temático sobre el horror etílico.

Son dos aproximaciones distintas, las dos interesantes, aunque personalmente yo prefiero la arriesgada apuesta de Marías, ese viaje mesmerizante a los confines de un mundo que se derrite. He aquí la grandeza de la buena ficción: después de leer esta novela puedo decir que conozco de verdad lo que es el alcoholismo. Yo también estuve con Miguel Ariza en esa orilla.

BIBLIOGRAFÍA

El mundo se acaba todos los días, Fernando Marías. Alianza.
En el dique seco, Augusten Burroughs. Traducción de Cecilia Ceriani. Anagrama.

Entre los terrores y las maravillas

El corazón de las tinieblas, de Joseph Conrad

Józef Teodor Konrad Korzeniowski nació en Polonia en 1857. Su padre, Apollo, pertenecía a la nobleza revolucionaria y nacionalista; su madre, Eva, provenía de la nobleza conservadora. Apollo era bohemio, escritor, apasionado, idealista y un auténtico desastre. El 17 de octubre de 1861 fundó el Comité Clandestino de Varsovia, una plataforma independentista contra la tiranía rusa, y el 21 de octubre fue detenido: al pobre Apollo todo le salía mal. Pasó varios meses en la cárcel, y luego la familia Korzeniowski al completo, Apollo, Eva y el pequeño Konrad, fueron deportados a un pueblo remoto y congelado del norte de Rusia. Eva estaba tuberculosa, y las duras condiciones del exilio acabaron con ella: murió poco después, apenas cumplida la treintena, cuando Konrad sólo contaba siete años.

El pequeño continuó viviendo en el destierro con su padre, que para entonces era un hombre desesperado y muy enfermo: también él padecía una tuberculosis terminal. Mientras Konrad crecía, su padre agonizaba. Un día, cerca ya del final, el niño asistió a una de esas escenas trascendentales que luego se convierten en un momento fundacional de la propia existencia. La enfermera avivaba el fuego de la chimenea, y el enfermo, penosamente recostado en un sofá, quemaba uno a uno todos sus escritos, las comedias satíricas, los ensayos, los poemas. Me imagino el resplandor de la lumbre y de las velas, el olor a medicina y enfermedad, la cara pálida de Apollo, el sudor de la tisis sobre la frente. «Aquel acto de destrucción me afectó profundamente por lo que había en él de rendición sin condiciones, aunque no fuese exactamente una rendición frente a la muerte», escribió Konrad cuarenta años más tarde en *Crónica personal,* su libro de memorias: «Más que un hombre enfermo, era un hombre vencido».

Apollo falleció pocos días después, y Konrad, de once años, siguió a pie el ataúd por las calles de Cracovia. Un hermano de la madre, Thaddeus Bobrowski, se hizo cargo del niño. Thaddeus era un buen tipo, pero extremadamente puntilloso y conservador; le horripilaba la posibilidad de que Konrad hubiera sacado el temperamento artístico y calamitoso de su padre, y no se privaba de repetirle al niño sus temores. Por cierto que el huérfano fue convenientemente instalado en una pensión: nada de prohijarlo ni de meterlo en casa. A la sazón, el chico padecía una enfermedad nerviosa; sufría fuertes ataques que a veces se confundían con la epilepsia, pero que fueron remitiendo con la edad. La vida debía de resultarle un lugar sobrecogedor e inhabitable.

Fue entonces cuando, para sobrevivir, Konrad dio su primera pirueta en el vacío y se transformó justamente en lo contrario de lo que era, y así, sin haber visto jamás el mar, este vástago de la más vieja aristocracia europea decidió convertirse en plebeyo y en marino. En la familia se organizó un verdadero escándalo, pero el muchacho estaba tan obcecado con su idea que a los diecisiete años consiguió que Thaddeus le mandara a Marsella con una buena dote económica y diversas cartas de presentación. Durante cuatro años, Konrad ganduleó por Francia; hizo alguna que otra travesía a las Indias Occidentales como aprendiz, pero sobre todo se dedicó a vivir la agitada vida portuaria de Marsella mientras se gastaba alegremente, a medias petimetre y a medias canalla, las considerables sumas de rublos que le enviaba el paciente Thaddeus, el cual, por otra parte, se mostraba, como es natural, cada vez menos paciente y más irritado.

Entrampado y necesitado de dinero, Konrad se metió a los veintiún años en un turbio asunto de contrabando de armas para los carlistas españoles. La cosa salió mal y estuvo a punto de acabar en la cárcel; a continuación pidió un préstamo de ochocientos francos a un amigo; fue al casino de Montecarlo, los jugó y los perdió. Regresó entonces a Marsella y se pegó sin más un tiro en el corazón. Afortunadamente para sus lectores, también eso lo hizo mal y no se mató. En realidad, Konrad se parecía muchísimo a su padre.

Thaddeus acudió al rescate; viajó a Marsella, pagó las deudas, cuidó la convalecencia del sobrino y luego le envió a Inglaterra para que entrara en la Marina mercante británica. Thaddeus también hizo algo más: dejó de enviarle dinero. Recién llegado a Inglaterra y sin saber una sola palabra de inglés, Konrad empezó de verdad su vida de marino, y lo hizo desde los puestos más humildes, en las condiciones más duras y entre compañeros analfabetos. Hasta los treinta y siete años vivió en el mar y del mar; se fue examinando y sacando trabajosamente los títulos de maestría, hasta lograr el de patrón; viajó por todo Oriente, por los mares del Sur, por el Caribe, por Australia; naufragó una vez; fue capitán de un navío cuya tripulación estaba enferma de cólera. Su trayectoria profesional fue bastante mediocre: solía pelearse con los capitanes y nunca aguantaba mucho tiempo en el mismo barco. Pero a fin de cuentas consiguió cumplir su voluntad de ser marino.

Entonces, Thaddeus falleció, y Konrad lloró amargas lágrimas porque le amaba; sin embargo, se diría que la muerte de su tío le liberó, porque sólo entonces fue capaz de terminar su primera novela, *La locura de Almayer.* La desaparición de Thaddeus permitió a Konrad seguir los pasos literarios de su padre, y el inglés, esa lengua de adopción que nunca llegó a hablar correctamente (los asistentes a sus conferencias se quejaban de su horrible pronunciación), le proporcionó una nueva voz con la que expresarse: «De no haber escrito en inglés, nunca habría escrito nada». Porque su padre le había dejado sin palabras al quemarlas todas antes de morir. De manera que el marino Konrad se convirtió en Joseph Conrad, un novelista de nacionalidad británica. Incluso fue capaz de casarse y de tener dos hijos. Había conseguido dar otra asombrosa pirueta y mantenerse vivo.

Pero siempre fue muy consciente de los abismos que le rodeaban, y de los costes que había tenido que pagar para seguir adelante. Era irascible, disparatado, excéntrico; arrojaba migas de pan a la sopa de los invitados. Padeció altibajos anímicos durante toda su vida («tengo largos ataques de depresión que en un asilo lunático hubieran sido llamados locura»), y en 1910 cayó en un grave colapso nervioso. Pero también de eso se recuperó. El miedo a no poder volver, a disolverse, le acompañó durante toda su vida: «Lo cierto es que me espanta la posibilidad de perder, siquiera por un instante, el pleno dominio de mí mismo». Es de ese terror y de esa negrura, de esa irremediable perdición, de lo que habla en su mejor obra, *El corazón de las tinieblas* (1902), un libro breve pero monumental, una de las novelas más importantes de este siglo.

En su película *Apocalypse now,* que está basada en *El corazón de las tinieblas,* Francis Ford Coppola intentó atrapar la sensación de horror y pesadilla que desprende la novela, pero lo cierto es que se quedó muy por debajo de lo escrito. El libro de Conrad es mucho más febril, mucho más atroz, más implacable. La acción sucede en un río del centro de África, en las postrimerías del siglo pasado, en pleno saqueo colonial y mercantil del continente, cuando los comerciantes arrasaban las tierras africanas y asesinaban a sus habitantes para llenarse los bolsillos, en un paroxismo de avidez y miseria.

Marlow, el narrador, es un marino inglés en paro contratado por una empresa europea para pilotar un vapor en el África remota. Pero en realidad es un viaje a los infiernos. Los blancos acuden en tropel al continente negro a robar y a matar, pero también a morir, porque sucumben estúpidamente, a centenares, aniquilados por la fiebre y la disentería. Cómo morían, a razón de tres por día, los marineros de aquel barco de guerra francés que Marlow ve, anclado frente a la orilla, soltando cañonazos contra la jungla: «No había ni siquiera una cabaña y, sin embargo, disparaban contra los matorrales. Según parece, los franceses libraban allí una de sus guerras».

Remonta Marlow con su maltrecho barco el remoto río, denso y maligno como la sangre de la arteria de un dragón, y la impenetrable maleza palpita en ambas orillas con el retumbar de los tambores: «El vapor se movía lenta y dificultosamente al borde de un negro e incomprensible frenesí». Es el Mal primitivo, la Humanidad salvaje, y, sin embargo, la maldad de los seres supuestamente civilizados es aún más absurda y más terrible. Remonta Marlow la corriente en busca de Kurtz, un agente comercial del interior al cual no conoce, pero de quien sabe que es distinto; ha oído decir de él que no ha venido sólo para robar, sino que desea civilizar. Es un hombre que al parecer tiene palabras, y ansias altruistas, y visiones grandiosas.

Remonta Marlow el río a través de un mundo criminal, pues, con la esperanza de que la palabra y la existencia de Kurtz le rescaten de la vileza y del delirio. Pero cuando llega a la estación final encuentra a Kurtz enfermo, muy enfermo. Ha perdido la razón, cree ser un dios, tiene una empalizada rematada con cabezas humanas; ha asesinado y traicionado a todos, empezando por sí mismo, con el único fin de acumular marfil. La selva primordial le ha devorado. Porque la selva es un gran estómago que digiere a los europeos, arrancándoles el delgado barniz de civilización que los separa de la bestia. La vida carece de sentido: en el corazón de las tinieblas no hay redención posible.

La novela, tan abundante en peripecias misteriosas y exóticos caníbales, podría ser leída, al igual que sucede con otras obras de Conrad, como un libro de aventuras, pura ficción atravesada por un poderoso toque metafísico. Resulta inquietante descubrir, sin embargo, que *El corazón de las tinieblas* no trata de un asunto imaginario, sino que es un libro casi estrictamente autobiográfico, tal y como sucede con muchas de las novelas de Conrad, que apenas si disfrazan, con un ligerísimo maquillaje, los hechos y las personas reales sobre las que están basadas: *La locura de Almayer,* por ejemplo, trata de un comerciante de Borneo que se llamaba Olmeijer. En realidad, Conrad escribía «novelas en clave», esto es, totalmente pegadas a la realidad y con protagonistas reconocibles por sus contemporáneos, una práctica narrativa que en general produce una literatura detestable; pero el enorme talento de Conrad le permitía trascender la anécdota personal y crear obras maestras. Sólo los muy grandes (como él, como Proust) pueden manejar el material biográfico con tanta potencia.

El corazón de las tinieblas refleja, en cualquier caso, la experiencia más devastadora e importante de la vida adulta de Joseph Conrad. Sucedió en 1890; el escritor tenía treinta y tres años y era todavía Konrad y marino. Estaba en paro, al igual que su protagonista Marlow, y, como él, fue contratado por una empresa mercantil belga para pilotar un vapor en África. El río era el Congo; lo que en la novela se llama la Estación Central era Kinshasa, y el puesto de Kurtz eran las cataratas de Stanley. Kurtz se llamaba en realidad Georges Antoine Klein, era el agente del interior y estaba verdaderamente muy enfermo. Murió, como Kurtz, en el viaje de regreso Congo abajo.

La primera historia africana que cuenta Marlow en *El corazón de las tinieblas* es el grotesco y espeluznante fin de su antecesor en el puesto, un joven capitán danés llamado Fresleven que al parecer era «la criatura más dulce y pacífica», pero que, sin embargo, atrapado y alucinado por la selva, «tuvo un malentendido sobre la propiedad de unas gallinas» con los negros de una tribu y empezó a apalear inmisericorde y salvajemente a un pobre anciano. El hijo del viejo, angustiado ante los chillidos de la víctima, atravesó a Fresleven con una lanza y le mató en el acto.

Entonces, el ayudante del capitán salió huyendo con el vapor río abajo, y los habitantes del poblado, enloquecidos de terror ante la muerte del hombre blanco y esperando las peores represalias, abandonaron en masa la aldea en la que habían vivido desde tiempos remotos y se internaron en la selva. Cuando Marlow llegó mucho después al lugar de los hechos, el esqueleto del capitán seguía en la ribera del río y la hierba crecía a través de sus costillas. La aldea estaba desierta, las cabañas se derrumbaban con los techos podridos. Todo ese dolor, esa sangre, ese trágico éxodo de un poblado entero se había originado por una necia, insensata disputa sobre gallinas. Pues bien, así era en efecto el África que conoció Konrad: la anécdota narrada es rigurosamente cierta, y el capitán que fue su antecesor en la vida real se llamaba Freiesleben. Konrad pudo ver sus huesos conquistados por la hierba, y el pueblo abandonado y destruido.

El viaje al Congo fue un trauma para Konrad: «Una gran melancolía descendió sobre mí: el desagradable conocimiento de la más vil rapiña por saqueo que ha desfigurado nunca la historia de la conciencia humana», escribió años más tarde. Odió a Camille Delcommune, el director del puesto comercial de Kinshasa, un personaje repugnante que en la novela carece de nombre, pero de quien Marlow dice que no tiene entrañas. También odió a Alexandre, el hermano de Camille, que apareció por allí dirigiendo la Expedición Katanga. En la novela, Conrad convierte a Alexandre en tío del director, en vez de su hermano, y dice que la expedición era como una partida de ladrones: «Aquella devota banda se daba a sí misma el nombre de Expedición de Exploradores Eldorado (...) era un grupo temerario, pero sin valor, voraz sin audacia, cruel sin osadía (...) arrancaban tesoros de las entrañas de la tierra sin más propósito moral que los bandidos que fuerzan una caja fuerte».

Konrad vio esclavos moribundos, negros apaleados y asesinados. Vio de cerca la muerte y el indecible abuso. En todo aquel viaje sólo hubo una experiencia positiva, que fue conocer a Roger Casement, un irlandés fascinante que por entonces tenía veintiséis años y era cónsul en el Congo. Casement, pionero en la lucha por los derechos humanos, publicó en 1904 un importante libro de denuncia sobre las atrocidades de los comerciantes belgas en el Congo. Konrad utilizó el idealismo de Casement para construir la mejor parte de su patético Kurtz, y además se inspiró en el irlandés para dibujar a un personaje secundario, un joven aventurero ruso lleno de vida y de inocencia.

Por cierto, que el destino de Casement fue cruel: después de publicar otros relevantes trabajos de denuncia y de recibir por ello la Orden de Caballero del Imperio británico, Casement se hizo independentista y durante la Primera Guerra Mundial conspiró con los alemanes a favor de Irlanda. Fue detenido por los ingleses en 1916 y sometido a un juicio por traición en el que, para desprestigiarle, se le tachó de homosexual, un delito abominable para los prejuicios de la época. Al acusado no se le ahorró ninguna humillación, e incluso fue sometido a tactos rectales para encontrar las pruebas de su sodomía. Por último, fue condenado y ejecutado: tenía cuarenta y dos años. No creo que el asunto contribuyera a mejorar un ápice la pésima opinión que Conrad tenía sobre el género humano.

La aventura africana duró poco porque Konrad cayó gravemente enfermo con disentería y fiebres; volvió a Inglaterra medio moribundo y tuvo que ser internado en un hospital. A partir de entonces padeció periódicos ataques de malaria durante toda su vida, pero es posible que la devastación psíquica fuera mucho mayor que la física. Un año después de regresar de África le escribió a una amiga: «Todavía estoy sumergido en la noche más profunda, y mis sueños son sólo pesadillas». Y mucho más tarde llegó a decir: «Antes del Congo yo era simplemente un animal». Aquel viaje le cambió para siempre. Era como si sus peores sospechas se hubieran convertido en realidad.

El corazón de las tinieblas está escrito desde ahí, desde esa necesidad imperiosa y profunda de nombrar el horror y lo indecible, desde la angustia del niño Konrad cercado por la muerte, desde el miedo del adulto Conrad a perder el control y desaparecer dentro de la locura, desde la certidumbre de la crueldad del mundo. Pero, como todo escritor que es fiel a sí mismo y a sus fantasmas, Conrad también estaba siendo fiel a su época. Y así, el orgulloso y vehemente pesimismo de *El corazón de las tinieblas* es hijo de las postrimerías del siglo XIX, del suicidio de los dioses y la pérdida de las antiguas creencias: «Las normas, los principios y los criterios mueren y desaparecen a diario», escribe Conrad en sus memorias: «Tal vez a estas horas ya estén todos muertos, tal vez ya hayan desaparecido todos. Más que nunca, ésta es una época valerosa y libre en la que se han destruido los hitos que marcaban la tierra».

A Joseph Conrad no le llegó la consagración literaria y el reconocimiento de sus contemporáneos con *El corazón de las tinieblas,* sino mucho más tarde, en 1913, y, como suele suceder, con una obra comparativamente muy inferior: *Chance* («Fortuna»). Desde entonces y hasta su muerte, sucedida en 1924, gozó, por tanto, de una década sin preocupaciones económicas y relativamente tranquila. Pero era un hombre que conocía la negrura, y vivir, o más bien sobrevivir, le había costado un esfuerzo ímprobo que se reflejaba en su aspecto físico. Los retratos juveniles le muestran oriental y delicado. Las fotos de adulto van dando fe de una especie de proceso de desecamiento, como si Konrad-Conrad se hubiera ido petrificando y afilando hasta construirse un extraño aspecto de tártaro feroz o de vampiro mefistofélico y elegantísimo (siempre se vestía como un príncipe).

Sin embargo, hay algo que mantuvo hasta el final, y es la desnuda arrogancia de su mirada. «*J'ai vécu.* He seguido con vida. La mía ha sido una existencia oscura entre las maravillas y los terrores del tiempo que me ha tocado vivir», dice en sus memorias. «*J'ai vécu,* al igual que, deduzco, nos las apañamos para seguir vivos la mayoría de nosotros, escapando por los pelos a las más diversas formas de la destrucción.» Es la mirada de alguien que viene de muy lejos; de un viajero, o tal vez un fugitivo. De un hombre que ha visitado el corazón de las tinieblas y lo ha perdido todo. Salvo el orgullo de no haber sucumbido.

BIBLIOGRAFÍA

El corazón de las tinieblas, Joseph Conrad. Lumen.
Crónica personal, Joseph Conrad. Editorial Trieste y Editorial Alba Clásica.
Notas de vida y letras, Joseph Conrad. Ediciones del Cotal.
Conrad, Norman Sherry. Thames and Hudson, Nueva York.

Este cuerpo nuestro que nos mata

En el poder y en la enfermedad, de David Owen

Dice David Owen en su interesantísimo ensayo *En el poder y en la enfermedad* que, según un estudio de 2006, el 29% de todos los presidentes de Estados Unidos sufrió dolencias psíquicas estando en el cargo y que el 49% presentó rasgos indicativos de trastorno mental en algún momento de su vida, cifra que a Owen (y a cualquiera) le parece alta, y más aún si se compara con la población en general, que, según la OMS, estaría en torno al 22%. Yo ya sabía que los artistas, escritores incluidos, mostraban una tendencia mayor al desequilibrio psíquico, pero ignoraba que compartiéramos esa peculiaridad con los políticos, lo cual, a decir verdad, resulta harto inquietante, porque yo no me fiaría ni un pelo de mí misma si estuviera sometida a la tremenda presión de tener que decidir el posible bombardeo de un país, pongamos por caso. Aunque los datos sólo hacen referencia a los presidentes norteamericanos, es de suponer que se pueden extrapolar a los demás países, o eso se deduce de la lectura del libro de Owen, que estudia la influencia de las enfermedades físicas y psíquicas en las decisiones de los dirigentes mundiales del siglo xx.

Este Owen es un personaje singular, médico neurólogo y además dos veces ministro laborista en Gran Bretaña, con las carteras de Sanidad y de Asuntos Exteriores. También es autor de una decena de libros y hay que reconocer que escribe bien, con esa elegancia a la vez ligera y rigurosa de los intelectuales ingleses. Esta obra es un fascinante viaje por el cuerpo, por esa cosa tan íntima que es la salud, un asunto sin duda privado que, sin embargo, cuando atañe a los dirigentes de un país, puede acabar teniendo graves consecuencias públicas. Ésa es la primera cuestión que intenta dilucidar el autor: hasta qué punto determinadas dolencias pudieron inhabilitar al político en momentos graves. El texto, documentadísimo, nos muestra las profundas depresiones de Abraham Lincoln o de De Gaulle (ambos con ideas suicidas), el probable trastorno bipolar de Theodore Roosevelt, de Lyndon Johnson y de Winston Churchill, la hipomanía (una bipolaridad más leve) de Kruschev, el alcoholismo de Nixon y de Boris Yeltsin... Por no hablar de los diversos cánceres y otras enfermedades terribles que muchas veces los dirigentes sobrellevaron en primera línea de visibilidad y actividad sin que nadie sospechara nada.

Porque, a juzgar por este libro, los políticos mienten como bellacos para ocultar sus enfermedades. Incluso aquellos que han prometido públicamente una total transparencia sobre su salud, como Mitterrand, se entregan con la mayor desfachatez a la ocultación y el disimulo: de hecho, nada más acceder a la jefatura del Estado en 1981, a Mitterrand le descubrieron un cáncer de próstata avanzado, y toda su carrera como presidente, hasta su muerte en 1996, la hizo enfermo y mintiendo. El Sha de Persia también ocultó su cáncer durante años, y el presidente norteamericano Franklin D. Roosevelt, que tuvo polio a los treinta y nueve años y quedó paralítico, intentó ocultar su minusvalía e incluso ideó un método para ponerse de pie y dar unos pocos pasos para hacer creer que podía caminar. De las treinta y cinco mil fotografías que se conservan en el archivo de Roosevelt, sólo dos lo muestran en su silla de ruedas.

Pero el caso más alucinante es el de John Kennedy, que, bajo su aspecto estudiadamente deportivo y saludable, estaba tan hecho polvo que parece increíble que pudiera seguir vivo. Kennedy tenía la enfermedad de Addison, que es una insuficiencia crónica de ciertas hormonas esenciales. Eso provocó que le atiborraran durante toda su vida de cortisona, un fármaco que le hinchó el rostro y le deshizo huesos y cartílagos con una osteoporosis galopante. Tenía las vértebras aplastadas y sujetas con placas y tornillos, sufría inflamación crónica de intestino, colon irritable, dolores constantes de cabeza y de estómago, infecciones respiratorias y del tracto urinario, malaria y unos padecimientos de espalda tan fuertes que hubo épocas en las que le inyectaban procaína en los nervios tres y cuatro veces al día, un tratamiento dolorosísimo pero que proporcionaba un alivio pasajero. Tomaba tantas medicaciones que a veces iba zombi, y de hecho Owen considera que el disparate de la invasión de Bahía Cochinos tuvo mucho que ver con el terrible estado de salud del presidente. Para peor, durante cierto tiempo estuvo enganchado a las anfetaminas, porque otra de las revelaciones que aporta este libro es la de la falta de honestidad profesional de buena parte de los médicos personales de los políticos, que se prestan a engañar a la ciudadanía y a drogar irresponsablemente a sus pacientes con la mayor alegría.

Además, Owen desarrolla una teoría propia sobre la borrachera de poder que padecen algunos dirigentes y bautiza esa dolencia como *hybris*, siguiendo la voz griega. Según Esquilo, los dioses envidiaban el éxito de los humanos y mandaban la maldición de la hybris a quien estaba en la cumbre, volviéndole loco. La hybris es desmesura, soberbia absoluta, pérdida del sentido de la realidad. Unida a un fenómeno bien estudiado por los psicólogos y denominado «pensamiento de grupo» (según el cual un pequeño grupo se cierra sobre sí mismo, jalea enfervorecidamente las opiniones propias, demoniza cualquier opinión ajena y desdeña todo dato objetivo que contradiga sus prejuicios), las consecuencias pueden ser catastróficas. Owen ofrece varios ejemplos de hybris, aunque el más logrado es el retrato de la chifladura a dúo de Blair y Bush con la guerra de Irak.

Pero por debajo de todo esto, de las álgidas peripecias políticas, de las manipulaciones, las mentiras y los secretos, lo que emerge de la lectura de este libro es un fresco asombroso de la titánica lucha del ser humano contra el dolor y la enfermedad, contra este cuerpo nuestro que nos humilla y nos mata. Es un recuento de batallas inevitablemente perdidas, pero, aun así, de alguna manera alentadoras. Porque a Mitterrand le dieron tres años de vida y aguantó quince en plena actividad; porque a Kennedy le dijeron en 1947 que moriría antes de un año y tuvo que matarle un asesino en 1962... El ser humano es capaz de las más increíbles gestas de superación. ¡Arriba el ánimo, enfermos bipolares, que podéis ser presidentes de los Estados Unidos!

BIBLIOGRAFÍA

En el poder y en la enfermedad, David Owen. El Ojo del Tiempo, Siruela.

La espía septuagenaria

La invisible, de Stella Rimington

Dicen que los escritores se pueden dividir entre aquellos cuya vida es más interesante que sus obras y aquellos cuyos textos son más interesantes que sus vidas. Me parece que en el caso de Stella Rimington a mí me gusta el paquete completo. Por un lado, su biografía, sin duda singular, de espía de altos vuelos, tan altos, de hecho, que fue la primera mujer que dirigió el MI5, el famoso servicio de inteligencia británico; pero, por otro lado, también he gozado de su primera novela, que esta mujer publicó con sesenta y nueve años (ahora tiene setenta y tres y está estupenda), una edad poco usual para ponerse a debutar en nada. Claro que los seres humanos somos capaces de vivir muchas vidas, y los espías probablemente estén aún más predispuestos a la multiplicidad en la existencia. O puede que eso de empezar cuando todos acaban sea un rasgo genético británico: por ejemplo, siempre me ha encantado la historia de Minna Keal, una inglesa que estudió música de niña pero que después se pasó la vida trabajando como secretaria, hasta que, al jubilarse, regresó al piano y emprendió una brillantísima carrera como compositora clásica contemporánea. Una carrera, además, muy larga: desde los setenta y tres años hasta los noventa y tres, que fue cuando murió.

Rimington parece seguir las longevas, briosas y prolíficas huellas de Minna: desde que se estrenó como novelista en 2004 ha sacado tres libros más, todos con la misma protagonista. Pero en España por ahora sólo se ha publicado, hace un par de meses, la primera novela. Se titula *La invisible* y es, naturalmente, una historia de espías. La protagoniza una muy creíble, compleja y brillante agente treintañera del MI5, Liz Carlyle, en quien el lector no puede evitar practicar ese feo vicio de la lectura que consiste en ir buscando rastros de la autora. Además, la propia Rimington reconoce, en una breve nota de agradecimientos al final del libro, que su personaje tiene «muchos elementos autobiográficos». Lo cierto es que Liz resulta fascinante y ofrece una poderosa alternativa a los agentes masculinos que el género de espías nos ha dado. Por no hablar de las estereotipadas mujeres que suelen aparecer en esas novelas. Liz es analítica, seria e inteligente, y, al mismo tiempo, se lamenta de que la lluvia le estropee sus bonitos zapatos. Es valiente pero prudente. Es fría y a la vez apasionada. De alguna manera, está en perpetuo conflicto con sus emociones. Y tiene unas relaciones bastante difíciles con sus compañeros varones. ¡Liz Carlyle parece tan joven! Mejor dicho: es una mujer con toda la fuerza y el apremio de su plenitud. La septuagenaria Rimington debe de estar llena de vida para ser capaz de armar un personaje así.

Hará unos diez años cené en Madrid con el famosísimo espía Markus Wolf, el hombre que, durante más de tres décadas, dirigió la sección exterior de la Stasi, el temible servicio de inteligencia de la Alemania del Este. Wolf, que por entonces tenía unos setenta y cinco años (moriría con ochenta y tres en 2006), acababa de publicar en español sus memorias, *El hombre sin rostro* (Ed. Javier Vergara), un libro bastante espeso que leí en su momento y que apenas si consigo rememorar, salvo que era un texto prolijo en aburridos datos, descafeinado en sustancia y rico en alegatos exculpatorios. En persona, Wolf era un hombre muy educado y provisto de cierto magnetismo, y recuerdo que los otros escritores presentes en la cena cayeron rendidos a sus pies, tal vez obnubilados por el hecho de que Wolf inspiró a John Le Carré (o eso dicen) el personaje de Karla, el maestro de espías soviético que aparece en varios de sus libros. Y no hay cosa que más guste a un novelista que conocer en carne y hueso a un personaje de ficción al que han admirado. A mí, en fin, también me pareció curioso conocerlo, pero no pude evitar cierto repelús y el convencimiento de que ese hombre tan cortés debía de tener el armario lleno de muertos. Una intuición que la maravillosa y oscarizada película *La vida de los otros* vino a reafirmarme años después.

Esa misma pregunta ronda tu cabeza cuando lees el hipnótico libro de Stella Rimington: esta mujer encantadora que inspiró el personaje de *M* en las películas de James Bond ¿tendrá también su montoncito de cadáveres bajo la alfombra? Aunque estoy segura de que el MI5, que tiene que responder a los controles democráticos, no es en absoluto comparable a la brutal Stasi, que era el brazo represor de una dictadura, también creo que los servicios de inteligencia no deben de ser precisamente el colmo de la honestidad y los derechos humanos. ¿Cuánta oscuridad habrá dejado Rimington fuera de su libro?

Es una cuestión imposible de contestar, pero debo decir que *La invisible* está llena de sombras. Uno de los grandes atractivos del libro es su complejidad moral, la falta de esquematismos, los infinitos matices del gris con que dibuja el mundo. En eso se acerca a los maestros del género, a Graham Greene, al mejor Le Carré. En eso y en la riqueza de los retratos humanos, en el vigor de las escenas, en lo trepidante de la acción. Es una primera novela formidable. Curiosamente, los que quedan peor en el libro son el MI6, la agencia hermana británica, especializada en inteligencia exterior, mientras que el MI5 se ocupa de la seguridad nacional. A juzgar por lo que cuenta *La invisible,* y no lo dudo, las dos agencias arrastran un enfrentamiento inmemorial, y es de suponer que la autora se ha divertido mucho metiéndose con ellos. Me pregunto cómo se habrán tomado los del MI6 una obra en la que terminan siendo unos inmorales. Y también me pregunto cuánto habrá de real. Ése es el valor añadido que posee esta novela: que, al leerla, no puedes evitar el escalofrío de saber que Rimington *sabe*.

BIBLIOGRAFÍA

La invisible, Stella Rimington. Ediciones B.

La rara memoria periférica de Stanisław Lem

El castillo alto, de Stanisław Lem

El castillo alto de Stanisław Lem es un libro raro, raro, raro. Parte de su rareza puede venir de una traducción que en ocasiones resulta algo estrambótica; como cuando dice que, debajo de la ventana, «había un refundido con un aparador» (¿qué demonios es un refundido?), o que tenía un huevo de juguete que se abría para mostrar «un grupo de figuras empaquetadas» (¿empaquetadas?), o que un pesado arcón de hierro «estaba colocado siempre contra la puerta». ¿No sería junto a ella? Porque, de otro modo, todos los que entraran o salieran por esa puerta se machacarían las espinillas con el maldito trasto. Por otra parte, estas peculiaridades del lenguaje del libro, que a veces suena como si el narrador estuviera hablando con piedras en la boca, son también extrañas en sí mismas, porque la obra está editada por Funambulista, una pequeña, exquisita y muy interesante editorial que siempre suele cuidar todos los detalles. Tal vez la rareza intrínseca de Stanisław Lem contagió el texto por una suerte de simpatía espectral: ya se sabe que este autor polaco, nacido en 1921 y muerto en 2006, era un experto en mundos distintos e inquietantes. Por eso cultivaba la ciencia ficción, un género perfecto para describir realidades chirriantes. Como aquella poderosa imagen de *Solaris,* la novela más conocida de Lem: una casa bajo cuyo techo llueve copiosamente, mientras que en el exterior el tiempo está seco.

El castillo alto es un libro de memorias. O algo así. Más bien es un texto especialísimo sobre la memoria, en concreto sobre la de la infancia y la adolescencia. La originalidad de la obra se advierte desde el prólogo, en el que Lem nos dice que ha fracasado totalmente en su propósito. Él pretendía dejar fluir los recuerdos libremente, quería que emergieran los jirones del pasado por sí solos y la memoria fuera construyendo su propio retrato. Pero, como es natural, enseguida vio que eso era imposible; el individuo altera y ordena inevitablemente esos recuerdos, los convierte en narración, en un invento. La memoria siempre es mentirosa: «Desearía dejar hablar al niño, retroceder sin interferir, pero en vez de eso lo exploto, le robo, le vacío los bolsillos (...) Comenté, interpreté, hablé demasiado (...) y cavé una tumba para ese chico y lo enterré. Una tumba meticulosa, precisa, como si hubiera escrito sobre alguien inventado, alguien que nunca vivió, alguien cuya voluntad y designios podrían labrarse según las reglas de la estética. No jugué limpio. A un niño no se le trata así», concluye.

Aun así, pese a estas palabras de derrota, lo cierto es que el texto ofrece un retrato de la infancia poco habitual por lo auténtico, lo inconexo e informe; por lo carente de esa épica que todas las autobiografías parecen transmitir, de ese romanticismo de niñez feliz o, por el contrario, muy infeliz, pero que, en cualquier caso, se muestra como la base germinal del adulto venidero. Nada de eso hay en este libro. Lo que hay es, de cuando en cuando, alguna imagen poderosa que hace sonar en el interior de tu cabeza el timbre de un profundo reconocimiento. «¿Recuerdas el inventario de cosas misteriosas que los liliputienses encontraron en los bolsillos de Gulliver? (...) El modo en que llegué a conocer a mi padre fue trepando sobre él cuando se recostaba en su butaca», dice Lem; y a continuación pasa a describir, desde la mirada de un niño de tres años, los mágicos objetos que sacaba de los bolsillos paternos. Yo no guardo de manera consciente un recuerdo parecido, pero al leerlo he comprendido que tuvo que ser así. Es a esa veracidad a la que me refiero.

Con humor, Lem va dejando entrever la imagen de un niño con sobrepeso, insufrible y glotón (de hecho, el libro está lleno de recuerdos gastronómicos); pero, sobre todo, de un chaval bastante extravagante. «El niño que era me interesa y al mismo tiempo me alarma», dice. Y también: «De niño aterrorizaba a quienes me rodeaban. Sólo accedía a comer si mi padre se ponía de pie sobre la mesa y abría y cerraba un paraguas». Destrozaba sistemáticamente todos los juguetes y los objetos que caían en sus manos, aunque luego tuvo también una época de inventor de aparatos eléctricos.

Pero lo más curioso es que, a los doce años, se dedicó a confeccionar credenciales, documentos y poderes. Con primorosa obsesión, cosía libritos para hacer pasaportes, aplicaba lacres, creaba sellos y marcas de autoridad de diversas categorías, algunas doradas, las más importantes. Legalizaba compras de rubíes; certificaba la pureza de diamantes; otorgaba reinos; formalizaba protocolos con infinitas cláusulas; concedía salvoconductos especiales de acuerdo a una jerarquía (Puerta Exterior, Puerta Intermedia, Primera, Segunda y Tercera), provistos con recibos perforados para que los guardias los arrancaran. Y, todo esto, sin imaginar que él fuera nadie. Es decir, Lem niño no era, por ejemplo, un emperador que concedía todo eso, sino que personificaba el poder absoluto y anónimo de la burocracia. En vez de inventar un mundo fantástico por medio de personajes y aventuras, lo construyó física y tangiblemente por medio de los documentos y el papeleo. Así de raro era.

Un libro tan procedente de extramuros como éste no siempre mantiene el mismo interés; pero *El castillo alto* está lleno de momentos formidables. Como cuando cuenta la llegada del nazismo y el exterminio del gueto (Lem era de ascendencia judía) con conmovedoras y magistrales elipsis, hablando no de las personas, sino de los objetos sin dueño: «Los cochecitos de los niños y las palanganas abandonadas en las barricadas, los anteojos que no tenían a quién mirar, los montones de cartas pisoteadas (...) Las calles un buen día quedaron desiertas, con las ventanas abiertas y las cortinas ondeando al viento». Una vez más, como cuando sus juegos burocráticos, Lem escoge narrar y recordar el mundo desde la periferia. Una visión fascinante y turbadora.

BIBLIOGRAFÍA

El castillo alto, Stanisław Lem. Traducción de Andrzej Kuvalski. Editorial Funambulista.

El universo en un grano de arena

El museo de la inocencia, de Orhan Pamuk

Por muy limpio que sea, todo premio literario tiene su cuota de arbitrariedad, porque la calidad de las obras artísticas no es algo objetivable, sino que depende del resbaladizo gusto de las personas. Ahora bien, sin duda hay galardones que son más inconsistentes que otros, y se diría que, cuanto más importante es el premio, más sometido está al vaivén de las circunstancias extraliterarias. Esta afirmación puede aplicarse al Nobel, que ha premiado a escritores de primera magnitud pero también a otros cuya designación resulta incomprensible (al menos para mí), como Le Clézio. Y es que cada día los Nobel parecen más lastrados por el peso de lo coyuntural y lo político. Entre los muchos autores formidables que no recibieron el galardón están, por ejemplo, Proust, Borges y Nabokov, que probablemente fueron relegados por su supuesto perfil conservador (aunque los tres fueron unos escritores revolucionarios), o Graham Greene y Burgess, a quienes debió de entorpecerles el camino su catolicismo.

El Nobel que ganó hace tres años Orhan Pamuk también estuvo teñido de oportunismo. Se trataba de un autor turco, de un hombre perteneciente a la cultura islámica pero occidentalizado, moderno y democrático, y que además estaba siendo perseguido por los sectores más retrógrados de su país. Una combinación que resultaba de lo más atractiva en estos tiempos: era un premio cantado, por así decirlo. Pero sucede que, por fortuna, Pamuk es además un escritor espléndido, un autor dotado de esa cualidad hipnotizadora que sólo poseen los narradores verdaderamente vigorosos. Y su última novela, *El museo de la inocencia,* recién publicada, es un buen ejemplo de ese poderío. Puede que éste sea el mejor libro de Pamuk. Él lo cree así, o al menos eso me dijo en una entrevista. Pero ya se sabe que lo que piensan los autores sobre su propia obra no tiene que coincidir necesariamente con el sentir mayoritario de los lectores. *El museo de la inocencia* está escrito en el registro más biográfico, esto es, en el más pegado a la realidad de la Turquía que él ha vivido. Quiero decir que está más cerca de *Nieve* o incluso de su libro de memorias *Estambul* que de *Me llamo Rojo,* una novela estupenda pero más abstracta. *El museo...* es una larguísima historia de amor. Kemal, un joven de la clase alta turca de los años sesenta, está a punto de casarse con Sibel, también acaudalada, guapa e inteligente, la novia perfecta. Pero entonces se cruza en su camino Füsun, una muchacha humilde, por quien experimenta una atracción irresistible. Terminan en la cama, como era de esperar; y eso origina, también previsiblemente, muchas calamidades. Con estos mimbres de chico-rico-ama-desesperadamente-a-chica-pobre, propios del culebrón más tópico y desenfrenado (por todos los santos, ¡pero si Füsun hasta es dependienta de una tienda de modas! Sólo un empleo de florista hubiera resultado más convencional), Pamuk desarrolla un relato originalísimo de una veracidad estremecedora.

He dicho que *El museo de la inocencia* es una historia de amor, pero más bien es la descripción de una obsesión fatal. Por circunstancias personales y sociales, Kemal termina atrapado en la tela de araña de su pasión. Durante ocho años acude casi cada noche a casa de su Füsun, en donde cena con ella, con su marido y con sus padres, al principio justificando su presencia con vagas excusas y después ya directamente pagando dinero por ello, de manera que nuestro protagonista termina haciendo un papelón patético al pegarse como un forúnculo a esa familia. Incapaz de abandonar su vida vicaria, Kemal va llevando las cuentas día tras día, como buen obsesivo, de las tristes piltrafas que conforman su existencia de enamorado: ha cenado 1.593 noches en el hogar de Füsun, y en ese tiempo ha robado y se ha llevado, como un trofeo, 4.213 colillas de su amada... Todo esto, naturalmente, sin volver a dar un solo beso a la muchacha, puesto que ahora ya es una mujer casada. Es un relato que podría resultar bastante divertido, si no fuera tristísimo.

El libro habla de una clase social pequeña y muy concreta, la oligarquía turca de la segunda mitad del siglo XX, y de un hombre más bien raro y estrafalario. Y, sin embargo, lo que cuenta nos atañe a todos muy de cerca, porque sólo profundizando en lo único, en lo individual y lo concreto pueden las novelas alcanzar lo general. En un grano de arena se esconde la estructura misma del universo.

Y así, voy a desdecirme una vez más: en realidad el tema de este libro no es el amor, como escribí antes, y tampoco la obsesión, sino que de lo que trata es de la vida, del fulgor del mundo en la juventud, de las trampas en las que vamos cayendo, del tiempo que pasa y que hiere al pasar, de ese decaimiento que se va posando como un polvo fino sobre la existencia. *El museo de la inocencia* utiliza la pasión para hablar de otra cosa, al igual que sucede en *Madame Bovary* o en *Anna Karénina*, dos figuras de mujer con quienes Füsun mantiene cierta semejanza: ella, que ansía ser actriz de cine, es la Emma Bovary de finales del siglo XX. En suma, es el amor como catástrofe, que a su vez representa la pequeña catástrofe que siempre es vivir. Esta historia abundantísima (seiscientas cincuenta páginas muy apretadas, de las cuales sobran fácilmente cincuenta, como siempre sucede en todas las novelas monumentales) es un texto de una belleza profunda que logra rozar el secreto esencial, esa zona oscura que casi nunca se alcanza. Y tiene la última línea más conmovedora que recuerdo en mucho tiempo en una novela. Pero no te hagas trampas y no empieces por el final: para saber por qué conmueve tanto hay que recorrerse antes todo el camino del libro hasta llegar a ella. Algo parecido a lo que pasa en la vida.

BIBLIOGRAFÍA

El museo de la inocencia, Orhan Pamuk. Traducción de Rafael Carpintero. Mondadori.

La belleza del monstruo

Frankenstein, de Mary W. Shelley

El nombre de Frankenstein nos trae inmediatamente a la memoria la imagen descoyuntada de un monstruo ojeroso y doliente, de una criatura compuesta de piltrafas que extiende hacia nosotros sus colosales manos, tal vez para matar, pero sobre todo para pedir, para reclamar nuestra compasión. Sin embargo, se trata de un recuerdo equivocado, porque la palabra Frankenstein no denomina al monstruo, sino que es el apellido del joven científico que lo crea. Por no tener, ese pobre engendro mal cosido ni tan siquiera tiene un nombre propio. No lo podemos llamar de ningún modo, pero a pesar de ello ese monstruo sublime se nos ha quedado dentro, grabado de manera tan indeleble en la memoria que ha terminado apropiándose del nombre de su creador. Pura justicia poética.

A decir verdad, esta criatura innominada es tan maravillosa que no sólo ha devorado a su antagonista en la ficción, sino que casi ha conseguido borrar el recuerdo de su autora real, de la escritora que lo sacó de la imprecisión de las sombras. Frankenstein (perdón: el monstruo de Frankenstein) pertenece a ese pequeñísimo grupo de personajes literarios (como el Dr. Jekyll y Mr. Hyde, de Stevenson, o Lolita, de Nabokov) que han crecido por encima de la vida de sus autores, porque su fuerza simbólica es de tal calibre que terminan siendo más populares que el escritor que los ideó. Y, sin embargo, Mary Shelley, la creadora de Frankenstein, es una persona fascinante en sí misma, y tan inolvidable en su peripecia individual como su criatura.

Frankenstein nació en 1816 en circunstancias singulares. Fue en Ginebra, en una hermosa casa junto al lago llamada Villa Diodati, propiedad de Lord Byron, espléndido poeta y disparatado personaje. Y fue en un mes de julio tormentoso y retumbante de truenos y centellas. En un alojamiento modesto, frente a Villa Diodati, pasaban el verano el poeta Percy Shelley y su pareja, Mary Wollstonecraft Shelley: se habían fugado juntos un par de años antes y vivían en abierto y desafiante concubinato. Con ellos estaba el niño que habían tenido, William, un bebé de pocos meses, y Claire, la hermanastra de Mary, amante de Lord Byron y por entonces embarazada de éste. Eran muy jóvenes (Shelley tenía veintirés años, Mary y Claire, dieciocho, Byron, veintisiete) y todos ellos, menos la pobre Claire, poseían un talento excepcional.

Fue un verano extraordinario, pródigo en lluvias torrenciales y huracanados vientos, una puesta en escena de lo más adecuada para el temperamento romántico de los amigos. Porque Mary, Percy y Byron eran un producto del más puro Romanticismo. Radicales, heterodoxos y progresistas, eran unos seres encendidos de pasión y propensos a toda desmesura. En las noches lluviosas se refugiaban en Villa Diodati y le prendían fuego a la penumbra con el ardor de sus conversaciones.

Contaban historias de ultratumba y aparecidos, y discutían sobre temas políticos o científicos. Habían nacido en las postrimerías del XVIII, un siglo racionalista y esperanzado en el que se llegó a creer que todos los problemas del ser humano podrían acabar solucionándose: la injusticia, la desigualdad, las guerras, tal vez incluso la muerte (el doctor Darwin, abuelo del Darwin evolucionista, galvanizaba fideos y los hacía brincar como si estuvieran vivos). Pero estos herederos de la Razón vieron cómo las aguas de la Reacción volvían a cerrarse sobre los avances revolucionarios, y presintieron que, bajo la luminosa lógica dieciochesca, se arremolinaban los viejos y turbulentos demonios del ser humano. Por eso hablaban de desaparecidos, y por eso Byron propuso durante una velada: «Escribamos cada uno una historia de fantasmas».

La única que terminó su historia fue Mary Shelley. Y así nació Frankenstein, salido de la larga noche de los terrores más antiguos. Un monstruo esencial prodigiosamente convocado por una joven de diceciocho años («¿Cómo yo, a la sazón una muchacha, pude pensar y abundar en una idea tan espantosa?», se asombra la propia Mary en un prólogo a su novela escrito quince años más tarde). Desde luego, aquél fue un verano mágico, el maravilloso verano de la juventud y la inocencia, cuando el lago y las montañas parecían recién creados sólo para sus ojos, y la vida se extendía ante ellos como un paquete de regalo aún sin abrir.

Mary podía tener tan sólo dieciocho años, pero no era una muchacha en absoluto común. En primer lugar, por sus padres. Era hija de dos escritores y reformadores radicales, dos personajes famosísimos en su época: William Godwin y Mary Wollstonecraft. Godwin era el autor de *Investigación acerca de la justicia política,* una obra que le consagró como pensador revolucionario y en la que sostenía cosas tan modernas como que «todo hombre tiene derecho, siempre y cuando el abastecimiento general sea suficiente, no sólo a los medios del estar, sino del bienestar». Sus teorías sobre la propiedad privada (consideraba que debía ser repartida según las necesidades de cada cual) le hicieron no sólo aceptar, sino exigir que Shelley, hijo de un rico aristócrata británico, le mantuviera económicamente. Y los pobres Shelley y Mary, que siempre fueron extremadamente generosos, así lo hicieron, aunque muchas veces ellos mismos apenas si disponían de dinero para vivir.

En cuanto a la madre, Mary Wollstonecraft, en su época fue la mujer más famosa de Europa. Godwin, en su calidad de hombre progresista, fue arrinconado por la

Reacción; pero Wollstonecraft sufrió durante toda su vida una marginación mucho mayor, la extrema soledad de los pioneros. Publicó *Vindicación de los Derechos de la Mujer* cuando todos los revolucionarios se limitaban a hablar de los Derechos del Hombre, y vivió libremente, aunque todo le resultara dificilísimo. Tuvo una primera hija, Fanny, con un aventurero que la abandonó; intentó suicidarse dos veces, y después pareció encontrar la felicidad con Godwin; pero murió de parto, a los treinta y ocho años, al dar a luz a Mary. Cuatro años después, Godwin volvió a casarse con una vecina que también era viuda (Claire era hija de esta mujer), pero Mary Shelley, que adoraba la memoria de su célebre madre, siempre se llevó fatal con la madrastra. Mary creció siendo una muchacha bellísima, muy rubia, de enormes e inteligentes ojos azules. Era una chica arrogante, muy culta, consciente de su gran talento; escribía desde muy pequeña y ambicionaba hacer una carrera literaria. Todo lo cual era muy poco común para la gran mayoría de las muchachas de su época.

En 1814 conoció a Shelley, que era un admirador de Godwin y venía a las tertulias del pensador. Shelley tenía veintiún años y estaba casado con Harriet, de la cual acababa de separarse (aunque la mujer estaba esperando su segundo hijo). El poeta era de aspecto bello y delicado, pero poseía un temperamento fogoso y radical. Había sido expulsado de la Universidad de Oxford junto con un amigo llamado Hogg por publicar un panfleto titulado *La necesidad del ateísmo*. Su padre, frenético, le tenía económicamente bajo mínimos, y Percy se negaba a buscar un trabajo: eso hubiera sido corromperse y colaborar con el sistema, por usar una terminología de los años sesenta (nuestros años sesenta) que le viene pintiparada, porque Shelley y Mary y los demás muestran una asombrosa semejanza con los usos y criterios de la contracultura sesentayochista. A fin de cuentas, el ser humano posee una limitada variedad de registros y tiende a repetirse.

Puro 68 fue el comportamiento de la pareja. Mary y Shelley se vieron, y cayeron fulminados de amor. A los dos meses, en julio de 1814, se fugaban de casa junto con Claire. ¿Y por qué con Claire? Porque tenían un concepto tribal de la liberación personal y el amor colectivo, como los primeros hippies. Viajaron por Europa los tres durante unas semanas, sin un duro, durmiendo en las cunetas, leyendo sin parar, empeñando el reloj para poder comer, felices hasta las lágrimas en la dorada pobreza de la bohemia. Cuando regresaron a Londres, Godwin, indignado, se negó a volver a ver a su hija —pero seguía recibiendo el dinero de Shelley, lo cual facilitó que sus muchos enemigos hicieran correr el maligno rumor de que había vendido a Mary y a Claire por ochocientas y setecientas libras, respectivamente—.

Los tres jóvenes se instalaron entonces en un modesto piso. Mary estaba embarazada y se sentía enferma; Claire, que probablemente estaba enamorada de Shelley, y que tal vez mantuvo relaciones con él, montaba por las noches espeluznantes números de convulsiones con el afán de que el poeta le hiciera caso: no se lo hacía, al menos en la medida que ella quería. Resultaban muy raros (eran vegetarianos, por ejemplo) y vivían muy aislados. Shelley tenía que desaparecer de su casa a menudo, a veces durante semanas, para que no le atraparan los acreedores y le metieran en la cárcel: por entonces uno iba a prisión por deudas. Se morían de hambre, pero leían y amaban y eran razonablemente felices.

Hogg, el amigo de Shelley, los ayudaba económicamente de cuando en cuando, y Mary le escribía notitas amorosas. Porque Shelley era partidario del amor libre («Nunca me vinculé a esa gran secta / cuya doctrina consiste, desafecta, / en que cada cual sólo un amante o una amiga escoja», dice uno de sus poemas), y Mary parecía dispuesta a aceptar a Hogg, sin excesivo entusiasmo, en aras de ese principio amoroso universal. Tal vez terminaron teniendo relaciones sexuales, o tal vez no. Eran tiempos movidos y los románticos parecían vivir permanentemente al borde de un ataque de nervios.

Mary dio a luz una niña en febrero de 1815, pero el bebé murió dos semanas más tarde. Fue un primer contacto con la desgracia, con ese sino cruel que la perseguiría durante toda su vida. Pero por entonces era muy joven y estaba todavía demasiado llena de ilusiones. El abuelo de Shelley murió, dejándole una pequeña herencia que los sacó de los peores apuros (inmediatamente le dieron mil libras al intratable Godwin); a principios de 1816 tuvieron a William, un niño sanísimo y precioso, y ese verano se fueron a Ginebra, junto al plácido lago, y nació Frankenstein (perdón: el monstruo). La vida, ya digo, parecía hermosa.

Pero luego todo empezó a derrumbarse. Byron dejó tirada a Claire, que a la sazón tenía un barrigón considerable. Para ocultar el embarazo, la tribu Shelley se fue a vivir a Bath, en donde empezó a decirse que el hijo de Claire era de Percy. De nuevo estaban hundidos hasta el cuello en deudas; en octubre, Fanny, la hermanastra de Mary, se suicidó bebiéndose una botella de láudano: tenía veintidós años. En diciembre, Harriet, la ex mujer de Shelley, se mató arrojándose a un lago. Percy pidió inmediatamente la custodia de sus dos hijos mayores, y, a fin de parecer más decentes, Mary y él se casaron a finales de ese mismo mes de diciembre. Pero en enero de 1817 la Cancillería afirmó que Shelley era un hombre inmoral no apto para la crianza de los niños, y los dos críos fueron enviados a Kent al cuidado de un clérigo. «No hay palabras para expresar la angustia que sintió Percy cuando le arrebataron a sus hijos mayores», escribió Mary muchos años después.

Y es que los Shelley eran unos apestados. No hay que olvidar ni minimizar los costes que tuvieron que pagar por vivir una vida progresista y diferente. Tras fugarse con Percy, Mary escribió a su amiga íntima de la infancia, y sólo recibió una carta insultante del novio de la chica. Estaban totalmente aislados y eran el escándalo de la sociedad: se inventaban chismes y malignos rumores sobre ellos. Muchos años después, siendo Mary ya madura, su entorno seguía despreciándola de modo patente, y al final de su vida sufrió tres intentos de chantaje sólo por haber amado libremente. Ser distinto es muy duro.

Un año después de perder a sus hijos, Shelley, enfermo y perseguido por los acreedores, resolvió huir de Inglaterra y establecerse en Italia. Allí fue toda la tribu, los tres adultos y tres niños: William, el hijo mayor de Percy y Mary; Clara, la nena que acababan de tener, y Allegra, la hija de Claire y Byron. En septiembre de 1818 murió Clara, la niña pequeña de Mary, y en 1819 murió de malaria William, el hijo adorado. Mary Shelley nunca se recuperó de ese último golpe. Siempre fue una mujer con tendencias melancólicas, pero tras la desaparición de William se hundió en una completa depresión: «He perdido todo interés por la vida». No hablaba, no estaba. Permanecía alelada y ausente.

A finales de 1819 nació Percy, el último hijo de la pareja y el único que alcanzó la adultez. Pero todavía quedaba lo peor por llegar. En 1821 murió Allegra, la hija de Claire y Byron. Y el 8 de julio de 1822 Shelley se ahogó en una borrasca mientras navegaba por la costa de Liguria. Había cumplido veintinueve años. Mary tenía tan sólo veinticuatro, pero dio su vida por terminada: «Mi existencia está trazada: salvo en lo concerniente a mi hijito, será sólo de estudio». Luego el encierro no fue tan radical, pero es cierto que algo se acabó definitivamente tras la desaparición de Percy. ¿Qué había sucedido con el brillo del mundo? Se había ido apagando muerte a muerte, pérdida a pérdida. Fue demasiado dolor para tan poco tiempo.

En *Frankenstein* palpita todo ese sufrimiento, aunque cuando Mary Shelley escribió la novela apenas si acababa de adentrarse en el estrecho valle de sus propias lágrimas. Pero el monstruo es un héroe inolvidable porque es un emblema del dolor humano, de la necesidad de amor, de la suprema injusticia del mundo, de la brutal estupidez de un Dios creador que pare seres imperfectos y es incapaz de cuidar de ellos. La Providencia Divina no existe, grita Mary Shelley a través del desesperado lamento de su monstruo; la vida es arbitraria, ciega y cruel. A esas mismas conclusiones llegaría Darwin cuarenta años después, por medio de la ciencia, cuando elaboró la teoría de la evolución.

Frankenstein es un libro singular lleno de poderosas elipsis. Por ejemplo, apenas si sabemos qué es lo que ve Victor Frankenstein cuando su monstruo abre los ojos: sólo se nos dice que la criatura es feísima y que al joven científico le horroriza porque no es humana. Sale corriendo ese dios de pacotilla del laboratorio, aterrado de lo que ha hecho y abandonando al engendro a su suerte. Victor se acuesta, febril, y a media noche se despierta: «Bajo los tenues haces blanquecinos de la luna (...) vislumbré al infeliz, al lastimoso monstruo que había creado. Alzó la colgadura de la cama, y sus ojos, si así podían llamarse, se fijaron en mí. Abrió las mandíbulas y masculló unos sonidos inarticulados, a la vez que arrugaba sus mejillas en un amago de sonrisa. (...) Extendió un brazo, aparentemente para retenerme, mas escapé y bajé raudo la escalera». Es la primera vez que vemos al monstruo: y el pobre ser sonríe. Pero Frankenstein sólo sabe escapar de su propia responsabilidad y de sí mismo.

Es imposible olvidar al conmovedor monstruo de Frankenstein: una vez que has leído la novela, el personaje se te mete dentro para siempre, como si se hubiera producido un reconocimiento devastador, el encuentro directo con la tragedia humana. Tras la huida de Victor, el engendro desaparece durante año y medio, y regresa a escena asesinando: mata por accidente a William, el hermano pequeño de Frankenstein. El monstruo habita en las cimas heladas de los Alpes (los glaciares son más cálidos que el duro corazón de los humanos), y allí arriba se encuentra con Victor y le cuenta lo que ha sido su vida. El engendro, que mide dos metros cuarenta centímetros, empezó sin saber hablar ni casi andar; era un monstruo niño, enorme y aterrado, que al encontrarse solo se había echado a llorar.

Luego la criatura relata su vía crucis: cómo le apedrearon y le dispararon, cuando él sólo buscaba cariño y entendimiento. Poco a poco fue aprendiendo a hablar, e incluso a leer, y entonces se dio cuenta de que era irremediablemente distinto y monstruoso: «¿Dónde estaban mis amigos y mis parientes? Ningún padre había supervisado mis gracias infantiles, ninguna madre me había bendecido con sus sonrisas y caricias (...) Hasta donde se remontaban mis recuerdos, había sido igual que ahora en altura y proporciones. No había visto a ningún ser humano que se me pareciese, ni que reivindicase ningún tipo de parentesco. ¿Quién era yo?, surgió de nuevo la pregunta para ser respondida sólo con gemidos».

Pero la criatura estaba llena de amor y buenas intenciones, y creyó que por ese interior le perdonarían. No fue así. Ni el humano más bondadoso fue capaz de admitirle. Repudiado y apaleado, el espantajo terminó convirtiéndose en el monstruo que los demás veían en él: «Si no puedo inspirar amor, provocaré miedo». Y así, asesina ya no por error, sino conscientemente, ciego de dolor y frustración. Aunque siempre late en él la esperanza de la redención: «Si alguna persona tuviera una sola emoción benévola hacia mí, se la devolvería centuplicada. ¡En honor de ese ser humano haría las paces con toda la raza!». Nunca consigue encontrar a ese individuo, esa mísera migaja de compasión.

Y el peor de todos es Frankenstein. Aunque Mary Shelley llena la novela de elogios al joven científico y de insultantes epítetos al monstruo abominable, es evidente que el corazón de la autora está con la criatura. El monstruo mata, pero el responsable de las muertes es en realidad Frankenstein, por su cobardía y su miseria moral. La dignidad del engendro es absoluta. Es un héroe clásico que vive trágicamente y que elige una muerte épica: arrojarse a una pira que arde entre los hielos del Polo Norte.

En realidad, Victor Frankenstein y su monstruo son las dos caras de la misma persona. Con deslumbrante modernidad, la novela trata de la identidad y la dualidad, adelantándose más de medio siglo al Dr. Jekyll y Mr. Hyde de Stevenson. El científico y su criatura se miran el uno al otro durante toda la obra, en un inquietante juego especular. Primero es el monstruo el que persigue a Frankenstein; luego es Frankenstein quien persigue al monstruo. Nadie ve al engendro más que Victor: es su demonio particular. Y ese demonio le va dejando pistas, o incluso comida, para que el perseguidor no deje de perseguirle. Y así, los dos se pierden, uno detrás de otro, en los lentos hielos del Polo, en ese desierto congelado tan parecido al ostracismo social, a la doliente, absoluta soledad del pionero: de Mary Wollstonecraft, feminista y monstruosa para su época, o de la misma Mary Shelley.

Frankenstein fue publicado en 1817 y no pasó inadvertido. Cosechó un buen número de críticas negativas dado lo escabroso e inusual del tema, pero también consiguió encendidos elogios, aunque en general la gente creía que el autor del libro era Percy Shelley. Mary siguió escribiendo y publicando toda su vida; de hecho, tras su viudez se ganó así el sustento. Tiene varias novelas, alguna muy notable, y fue una precursora de la crítica literaria y biográfica. Pero no volvió a alcanzar la sobrecogedora altura de su primer libro. Ya digo que algo se le rompió dentro.

Cuando Mary tenía cuarenta y tres años (moriría tan sólo una década más tarde), su hijo Percy heredó la fortuna familiar. De pronto eran ricos, y Mary se permitió viajar a Ginebra junto con su hijo, y visitar, por primera vez después de tantos años, aquel hermoso paisaje del lago y las montañas, aquella Villa Diodati en donde, en una noche remota de juventud y truenos, había concebido a su doliente criatura. «Toda mi vida, desde entonces, no ha sido sino una fantasmagoría irreal. Las sombras que se reunieron en torno a ese escenario eran la realidad», escribió entonces Mary.

Pero dentro de esas brumas fantasmales siempre brilló una luz. Dentro del carácter depresivo de Mary, y de la incesante mordedura de la desgracia, siempre hubo un alivio. Y ese consuelo fue, como señala lúcidamente la biógrafa Muriel Spark, su creatividad: «Mi imaginación, el imponente fundamento de mi placer», como Mary decía. Pero la imaginación literaria no era por entonces un atributo adecuado para una mujer: de manera que el talento de Mary constituía su íntima rareza, su aberración privada. Por eso fue capaz de reconocer la oculta belleza de los monstruos.

BIBLIOGRAFÍA

Frankenstein, Mary Shelley. Laertes y Plaza & Janes.
Mary Shelley, Muriel Spark. Lumen.
Mary Wollstonecraft, Claire Tomalin. Montesinos.
Vindicación de los derechos de la mujer, Mary Wollstonecraft. Debate y Cátedra.
Historias de mujeres, Rosa Montero. Extra Alfaguara.

De chinos, chilenos y marcianos

Wei Liang, Carlos Franz y Jung Chang

Al leer una novela siempre te cuelas dentro de los personajes, esto es, haces una incursión en las vidas ajenas, cosa que es uno de los mayores viajes que uno puede emprender. Pero hay libros en los que este viaje es más evidente o resulta más exótico. Tan exótico como si visitaras el espacio exterior. Leyendo a veces vas a Marte.

Un poco marciana, un tanto alienígena parece, en efecto, la China retratada en *El ojo de jade,* una interesante novela de Diane Wei Liang. Diane nació en 1966 en Pekín y pasó parte de su niñez junto con sus padres en los terribles campos de trabajo de la Revolución Cultural; después, en los ochenta, participó en las revueltas estudiantiles de la plaza de Tiananmen; a continuación tuvo que exiliarse y lleva viviendo en Londres muchos años. Una biografía ciertamente coherente. Aunque *El ojo de jade* salió al mercado inglés el año pasado y acaba de ser publicada en España, la acción transcurre en 1995, en un Pekín a comienzos de la explosión económica, de la ambigua apertura capitalista y de los fulminantes cambios sociales. El libro está protagonizado por Mei, una detective treintañera y novata, pero, dentro de la sutil distinción entre las novelas de género negro y las obras puramente policiacas, se encuadraría en el primer grupo, lo cual quiere decir que la intriga importa muy poco y el énfasis reside en el retrato social.

Y así, de la mano de Mei recorremos un Pekín contradictorio y estrambótico que está a medio camino del sistema socialista y de no se sabe bien qué. Es una vasta ciudad repentinamente llena de cochazos de lujo, de nuevos ricos y también nuevos pobres, de viejos caciques en pleno reciclaje e infinidad de ciudadanos atónitos, todo ello bien adobado de *guanxi,* que es la red de contactos, el sistema de enchufes y amiguismo, la palabra mágica que abre y cierra puertas, que arregla y rompe vidas, que engrasa eficazmente la colosal corrupción.

Es un mundo muy raro. Los restos de las antiguas tradiciones chinas se mezclan en confuso revoltijo con los métodos maoístas y con los nuevos usos occidentales, como capas geológicas fracturadas por un terremoto. Por ejemplo, aunque el Pekín de 1995 es todavía oficialmente ateo y socialista, los personajes de la novela creen en la buena suerte que da el número 8, el más providencial para los chinos. Por cierto que esa fe en las fechas propicias parece seguir estando muy arraigada: recordemos que los Juegos Olímpicos de Pekín se inauguraron el 8 del mes 8 a las 8 de la tarde, cosa evidentemente no casual.

Mei, en fin, nos lleva a bodas y banquetes, a fiestas de amigos, a los estrechos *hutong* o callejones populares, a restaurantes caros y garitos infames, a modernas pistas de patinaje, a centros comerciales. Como muchos otros detectives (¿de dónde vendrá esa obsesión alimenticia de los autores de novela policiaca?), Mei está rodeada de comida por todas partes: en *El ojo de jade* se comen medusas y caballitos de mar en adobo, se devoran fabulosos bollitos Dragón que recuerdan a Harry Potter y se mastican engarfiadas patas de pollo, escupiendo después elegantemente los roídos huesecillos de los deditos. Todo bastante singular. Es una novela que proporciona cierto placer *voyeur,* porque te permite atisbar la vida cotidiana de la China de hoy, poco conocida en Occidente.

Pero además este libro sencillo e inteligente hace un vívido retrato de una sociedad llena de sombras en donde nada parece ser del todo legal ni del todo verdadero. Un mundo resbaladizo e incierto cuya negrura moral proviene de antes, de un pasado reciente tan atroz que la gente tuvo que denunciar a su propia familia para poder sobrevivir. De aquellos horrores totalitarios, viene a decir la autora, sólo puede nacer una sociedad herida y enferma.

Ése es el mismo diagnóstico y el mismo desconsuelo que encontramos en la nueva, potente y original novela del chileno Carlos Franz, *Almuerzo de vampiros,* que también utiliza una estructura como de género negro para hablar de otra cosa. Y así, a través de una historia de intriga y bajos fondos fechada en la época pinochetista y localizada en un Santiago de Chile tan ominoso y atmosférico que parece engullirte en su noche perpetua, Franz consigue hacer un retrato hipnótico del veneno que destilan las dictaduras, y de cómo esa roña moral quiebra irreversiblemente el espinazo de las personas y gotea sobre quienes vienen después, contaminando también el futuro.

Me parece que yo no soy tan pesimista como Wei Liang y Franz, posiblemente porque, a diferencia de ellos, no viví los años primeros y peores de la dictadura que me tocó en suerte. Pero creo que conviene no olvidar la increíble devastación que pueden causar las tiranías. El maravilloso libro *Cisnes salvajes,* un clásico de la autobiografía escrito por la china Jung Chang, relata el testimonio más espeluznante sobre la represión política que jamás he leído. La madre de Chang, que siempre había sido una ferviente y fiel maoísta, cayó en desgracia, como tantos otros, en los tiempos de la Revolución Cultural, y fue torturada y encarcelada durante largos años. Pero lo más atroz es que, mientras duró su cautiverio, jamás la dejaron sola. Siempre estaba acompañada por alguna carcelera, que incluso dormía con ella en la misma cama. Por consiguiente, la madre de Chang ni siquiera podía llorar por las noches, porque el llanto era considerado pequeñoburgués y una prueba clara de su culpabilidad. No creo que haya nada más perverso que este método para destruir a una persona arrebatándole hasta su libertad más pequeña y recóndita, la libertad del dolor y la tristeza. Es una medida tan inhumana que resulta chocante, algo alienígena: ya digo que leer es como viajar a Marte. Sólo que, por desgracia, Marte está en la Tierra.

BIBLIOGRAFÍA

El ojo de jade, Diane Wei Liang. Siruela.
Almuerzo de vampiros, Carlos Franz. Alfaguara.
Cisnes salvajes, Jung Chang. Circe.

Atracciones perversas

Sobre la obra de Fred Vargas

Ésta es la historia de una pasión. Las pasiones son insensatas por definición; como la fe, pertenecen al ámbito poroso de lo irracional. A los que nos gusta de verdad leer y siempre cargamos con libros de acá para allá como celosos marsupiales acarreando su prole, la lectura suele suministrarnos de cuando en cuando alguna pasión irrefrenable. De pronto te atrapa un tema o un autor y te empeñas en leerlo todo con arrebato furioso. Pero estos súbitos enamoramientos, como los de carne y hueso, no son siempre recomendables ni gloriosos. ¿Quién no se ha obsesionado alguna vez por un (o una) imbécil? De la misma manera, no todas las pasiones literarias son elevadas; o sea, no siempre nos prendamos de Faulkner o Bernhard. A veces sucede que nos gusta un autor o una autora de escaso prestigio, lo cual ciertamente importa poco, porque el prestigio literario hoy en día se parece demasiado a la mera fama, es decir, no es más que una calderilla de la gloria, pura chundarata irrelevante. Pero en ocasiones, y esto es lo más inquietante, nos atrapa un escritor que, aunque nos subyuga, también tiene cosas que no nos gustan nada. Es una de esas atracciones un poco perversas que a veces se experimentan en la vida real. Es como perder la cabeza por alguien malvado.

De modo que ésta es la historia de una pasión. La amada, porque es una mujer, tiene muchísimo éxito y prestigio en su país, Francia. En España lleva años publicada, pero es ahora cuando su fama empieza a despegar. Hablo de Fred Vargas, de nombre verdadero Frédérique Audoin, cincuentona (1957), arqueozoóloga de profesión, autora de novelas policiacas. Hace apenas tres meses leí mi primer libro de ella, *La tercera virgen,* recién publicado por Siruela, y desde entonces para acá he devorado otros seis libros más. Ninguno me ha gustado tanto como el primero; y todos ellos, e incluso aquél, me irritaron en numerosas ocasiones. Y, sin embargo, aquí estoy, hocicando irremediablemente entre sus páginas, rendida y atrapada por su fastidioso pero espléndido encanto. Es una maldita hechicera.

Y lo es, me parece, porque no intenta serlo en absoluto. No intenta agradar, no escribe para vender (aunque sin duda le guste, como a todos). Ella, Fred, debe de ser así, como sus libros; así de rara, así de maniática, a ratos pedante, en buena medida incoherente e infantil en sus planteamientos, disparatada, definitivamente extravagante. Pero poderosa y, sobre todo, distinta. Hay algo en ella tan original que roza lo alienígena.

Para mí sus mejores novelas son, sin duda, las protagonizadas por el comisario Adamsberg: la ya citada y además *El hombre de los círculos azules, Bajo los vientos de Neptuno* y *Huye rápido, vete lejos,* las tres en Siruela y también en bolsillo en Punto de Lectura. Adamsberg es un tipo a la vez guapo y feo, apasionado y frío, bueno y un poco malo, atractivo y desesperante. El súmmum de lo incierto y lo borroso. Y luego está la riquísima constelación de personajes secundarios, a cual más extraordinario, o quizá debí decir más estrafalario. Pero inolvidables y maravillosos. Un inspector que, en vez de hablar como todo el mundo, recita a Racine sin parar. Una teniente gorda cual ballenato que es como la Madre Tierra, de la que toda la comisaría está prendada. Sexagenarias y septuagenarios que son alabados por su belleza física y resultan tremenda e insólitamente seductores para todo el mundo. Asesinos retorcidísimos y absolutamente improbables. Digresiones inacabables. Pestes medievales y leyendas góticas. Historias abigarradas e imposibles de creer que, pese a todo, te terminas creyendo, maldita sea. Y es que leer a Vargas es como ir a ver la actuación de un mago: todos sabemos que, cuando el tipo mete a su ayudante dentro de una caja y la sierra en tres trozos, en realidad no está descuartizando a la mujer; pero todos nos esforzamos en creerlo durante unos instantes, porque queremos que nos engañen para crear belleza. Sí, ser novelista es igual que ser mago. Lo explica muy bien el premio Nobel Naipaul: «Escribir es como practicar la prestidigitación. Si te limitas a mencionar una silla, evocas un concepto vago. Si dices que está manchada de azafrán, de pronto la silla aparece, se vuelve visible». Y luego está la famosa frase de Coleridge: «La literatura exige la voluntaria suspensión de la incredulidad».

La notabilísima prestidigitadora Fred Vargas debe de ser un personaje tan peculiar, en la vida real, como cualquiera de sus disparatadas y vigorosas criaturas. En primer lugar, tiene una hermana gemela, cosa que a menudo produce vertiginosas espirales en la propia identidad. Además, se ha pasado más de veinte años trabajando como científica y estudiando las pulgas que causaron la peste negra del siglo XIV, por ejemplo, entre otras investigaciones indescriptibles. También ha inventado una capa y una máscara de plástico contra el contagio de la gripe aviar, capa y máscara que un día enseñó a un atónito ministro de Sanidad. Éstas sólo son unas pequeñas pinceladas de la peculiaridad de Vargas. De su rareza. Quizá por eso, porque está acostumbrada a ser distinta, posee una libertad creativa extraordinaria. Sus juguetones libros muestran una total ausencia del miedo al ridículo. Por ejemplo, en *La tercera virgen,* Retancourt, la teniente cachalote, es secuestrada; y para encontrarla, sueltan en la calle a una gata perezosa y dormilona que ama (ella también) a la teniente, y un centenar de policías con coches y helicópteros se ponen a seguir a la gata, que avanza a un ritmo de dos o tres kilómetros por hora y se echa sus cabezaditas de cuando en cuando. Sinceramente, se necesita un coraje tal para escribir una escena tan delirante que, de sólo pensarlo, se me hiela la sangre dentro de las venas. ¡Y la escena funciona! No importa que en otros momentos sus novelas naufraguen y chirríen; basta una digresión atinada o un párrafo feliz de Fred Vargas para que sientas que estás rozando algo que pocas veces se toca. El misterio, la magia. En sus libros hay campos enteros de azafrán.

BIBLIOGRAFÍA

La tercera virgen, Fred Vargas. Siruela.
El hombre de los círculos azules, Fred Vargas. Punto de lectura.
Bajo los vientos de Neptuno, Fred Vargas. Punto de lectura.
Huye rápido, vete lejos, Fred Vargas. Punto de lectura.

El padre y el dolor
Tiempo de vida, de Marcos Giralt Torrente

La vida te enseña muchas cosas, pero la mayor parte de ellas hubieras preferido no aprenderlas. El libro de Marcos Giralt Torrente habla de esas enseñanzas que te caen encima como un rayo y dejan una cicatriz calcinada e indeleble en el paisaje. Habla de la manera de lidiar con el dolor, y ése sí que es un aprendizaje necesario. Giralt procura domar el sufrimiento por medio de la escritura, porque escribir es uno de los trucos primordiales, una de las magias más poderosas contra la oscuridad del mundo. El arte, todo arte, es el intento de convertir el dolor en belleza. El pintor Georges Braque lo expresó mejor: «El arte es una herida hecha luz». Marcos Giralt abre su libro con una cita de Nietzsche parecida: «Contamos con el arte para que la verdad no nos destruya». Aunque, al final, el pobre Nietzsche no pudo evitar la destrucción y acabó llorando abrazado al cuello de un caballo, a los cuarenta y cuatro años, con la razón perdida, fulminado por la intratable verdad de un dolor demasiado grande. El arte es poderoso, pero no infalible.

Tiempo de vida es la historia de un padre y un hijo, de un duelo, de una ausencia. Primero, la ausencia del padre que se fue, en la infancia. Que se divorció, que no estuvo donde tenía que estar para el Marcos niño. Esa primera desaparición, ese agujero de la infancia, queda subsumido en el enorme hueco de la desaparición física y real. En el agujero de la muerte. Este libro está escrito en pleno duelo. Miento: cuando el autor comenzó a redactarlo, ya hacía más de un año que su padre había fallecido.

Pero, por otro lado, ¿quién sabe cuánto dura un duelo? ¿O si acaba jamás? Sin duda acaba el primer periodo de embotado embrutecimiento: «Un duelo es una cosa extraña», escribe Giralt Torrente: «Un duelo se siente una vez ha quedado atrás. Un duelo te aísla incluso de ti mismo». Y más adelante: «He habitado la nada y de mi padre sólo queda el recuerdo. Me he hecho más frágil, me he hecho más triste, me he hecho más temeroso, me he hecho más escéptico, me he hecho más viejo. Éste es el único camino que he recorrido hasta aquí». En fin, éste es un hombre que sabe de lo que habla. Que sin duda ha aprendido unas cuantas cosas que hubiera preferido no saber. Y la devastación no proviene sólo de la muerte del padre en sí, sino del año y pico de la enfermedad que Giralt vivió con entrega absoluta. Como si en ello le fuera la vida también a él. Y sin duda le iba.

Este libro es de una sinceridad poco usual, de una desnudez fantasmagórica. Pero cuidado, porque no estoy hablando en absoluto del llamado vómito testimonial: ésta es una obra muy sofisticada, muy literaria. Y perfectamente controlada por el autor: «Hay lugares que desconozco y lugares a los que no quiero llegar. No todo puedo contarlo. No todo quiero contarlo. Mi vista tiene que ser de pájaro. Intento abrir una ventana; enseñar una porción de nuestra vida, no la totalidad», avisa claramente. Sin embargo, esa vista de pájaro abarca también al narrador, es decir, Marcos se contempla a sí mismo desde lejos (una pena observada, como diría C. S. Lewis), y desde esa distancia es capaz de escribir con una implacable mirada compasiva. Por eso este libro no resulta nunca exhibicionista, sino que a menudo parece el escueto y frío relato de un entomólogo que analiza las entrañas de un escarabajo. Pero por debajo de toda esa contención hierve un géiser de lágrimas.

Si no me equivoco, y creo que no, Marcos Giralt Torrente no dice en ninguna parte el nombre de pila de su padre, que fue un pintor conocido, Juan Giralt. Esa ausencia del nombre resulta decisiva: el padre siempre es mencionado como su padre, es un padre de alguna manera universal, aunque la historia que nos cuenta este libro sea tan específica en todos sus detalles, desde el relato de la difícil relación paternofilial que siempre mantuvieron, a los desmanes de la segunda pareja de Juan Giralt, a la que Marcos sólo nombra como «la amiga que conoció en Brasil» y de la que narra cosas tremendas, como, por ejemplo, que, al regreso de una sesión de quimioterapia, el padre encontró su piso medio vacío porque la mujer se había llevado los muebles. Y es que incluso en el acuciante trayecto hacia la muerte hay mezquindad. Pero también puede haber grandeza, y un impulso de redención y de restitución. Cuando el padre descubrió que tenía un cáncer avanzado, Giralt Torrente decidió entregarse por completo a la ordalía de la enfermedad: «No me quedo en la periferia, lo acompaño en el mismo centro del dolor. Yo soy su padre y él es mi hijo». Tras tantos desencuentros, tras toda una existencia de lejanías, vivieron el final en una abrasadora intimidad: «Los dos nos esforzamos. Un año y medio de nuestra vida nos dimos».

El libro de Giralt comienza con esa letanía desolada que he copiado al principio: «Me he hecho más frágil, me he hecho más triste...» , pero luego va avanzando poco a poco hacia la serenidad: es un texto en cierta medida sanador. A mitad del volumen, el autor empieza a hacer retratos de su padre, en algunos casos afilados apuntes de carácter («a solas, frente al lienzo, no pensaba en sus rivales, sino en sus maestros») y en otros simples y conmovedoras retahílas descriptivas: «Tenía debilidad por los fritos y por todo lo que llevara bechamel (...) le gustaban los embutidos, los macarrones, las albóndigas; le gustaba el repollo, la remolacha, el atún...». Es una marea de ínfimos datos que en realidad conforman lo que somos, es una combinación precisa de gustos y costumbres que desaparecerá para siempre con nuestro fallecimiento, a no ser que alguien que te haya querido tanto como para saberlo todo sobre ti sea capaz de recordarlo y de escribirlo en un libro como éste. Y, al hacerlo, se vence de algún modo la pena y la muerte. La magia de la palabra surte efecto.

BIBLIOGRAFÍA

Tiempo de vida, de Marcos Giralt Torrente. Anagrama.

La locura del mundo

Mi nombre es Jamaica, de José Manuel Fajardo

He aquí una novela alucinada. La narradora de *Mi nombre es Jamaica* se llama Dana y es una historiadora sefardí que está en un congreso de su profesión en Tel Aviv. Allí coincide con un viejo amigo llamado Santiago Boroní, también historiador, español aunque residente en París y viudo de la mejor amiga de Dana. Y Santiago, Tiago, revienta nada más empezar la acción. Que, por cierto, es una acción tan vertiginosa como una de esas interminables caídas que a veces sufres en los malos sueños. «Santiago Boroní enloqueció en algún lugar de la ruta entre Tel Aviv y la ciudad de Safed, no sé exactamente dónde y tampoco he querido averiguarlo pues, en el fondo, poco importa.» Éste es el comienzo de la novela. Desde el primer instante nos precipitamos en un universo fracturado por la relampagueante fisura del delirio.

Dana acude a rescatar a Tiago, y lo descubre detenido, o retenido, en uno de los pasos fronterizos con los territorios palestinos. Se ha recogido el cabello en una especie de estrafalario moño samurái, dice llamarse Jamaica y ser judío, cosa que no es, y acusa a grandes gritos a los guardias israelíes de antisemitas. Está trastornado y nadie duda de su evidente desequilibrio mental. Por otra parte, la propia frontera en la que se encuentra retenido, así como la situación de Cisjordania y las relaciones palestino-israelíes, conforman una realidad también demencial que, sin embargo, todo el mundo acepta con normalidad. A lo largo de la novela iremos viendo repetidas veces ese mismo efecto, el loco oficial en primer plano y el enloquecido mundo nuestro detrás, un universo delirante que aceptamos sin apenas cuestionarlo. Pero no se confundan: éste no es un texto demagógico, un panfleto de héroes y villanos; que nadie busque aquí esa barata carnaza emocional que gratifica fácilmente al lector haciéndole sentirse parte de la tribu de los buenos. Aquí no hay nada de eso, antes al contrario: es una novela de una sutileza y una complejidad argumentativa asombrosas. Quiero decir que José Manuel Fajardo no pretende hablar de, pongamos, lo malos que son los israelíes con los palestinos, sino de lo que es el Mal en la historia del mundo, del odio y del amor, de la esperanza y del sufrimiento. De la menesterosa y agitada condición humana.

Porque esta novela es muchas cosas, entre otras un libro de aventuras trepidante que sucede en dos épocas: el año 2005 y el final del siglo XVI en la conquista española de América (Dana está leyendo una crónica de Indias sobre un personaje llamado Jamaica que se parece extrañamente al chiflado Tiago). Pero, sobre todo, es una historia sobre el dolor, y sobre la desesperada necesidad de digerirlo, colocarlo, superarlo. Santiago ha perdido la razón porque no le cabe la pena en la cabeza: no sólo ha visto morir recientemente a su mujer de un cáncer devastador, sino que además enseguida nos enteramos, en cuanto Dana llega al puesto fronterizo, de que su único hijo, Daniel, de dieciocho años, se ha matado una semana atrás en un accidente de coche en el Periférico de París, el cinturón de circunvalación de la ciudad. Ése es el incidente que le lanza a la locura: sublima su dolor con el dolor del mundo, se sumerge en el sufrimiento de la humanidad entera porque el sufrimiento por su hijo es demasiado grande (como dice agudamente de él otro personaje: «Santiago sólo se preocupa por sí mismo y por la humanidad, que es como decir por nadie»). Por eso dice ser judío; su turbada mente ha decidido que todas las personas que sufren lo son: también los palestinos, también los muchachos musulmanes que queman coches en los tórridos, feroces altercados de la periferia de París durante las revueltas de 2005.

Dana acompaña a su amigo durante una semana en sus periplos de demente porque tiene miedo de dejarlo solo. Hacen el amor ocasionalmente como náufragos, se pelean, se ponen en riesgo de muerte, reciben una paliza de la policía francesa durante los disturbios de los arrabales después de haber estado a punto de ser apaleados por los alborotadores. Qué bien escribe José Manuel Fajardo: qué estilo tan febril y vigoroso. Y con qué precisión están dibujados los personajes (esa Dana tan creíble, tan mujer, ese Tiago tan conmovedor y tan cargante). Es una novela, además, de una potencia alucinatoria extraordinaria. No creo que uno pueda leer el largo y crepitante capítulo de los disturbios parisinos o la tremenda escena de Tiago caminando en mitad del Periférico mientras los coches lo sortean, por ejemplo, sin sentirse conmocionado y transportado al interior del libro. Y en toda esta tragedia hay una fina línea de humor, porque el personaje principal es heroico pero también ridículo en sus parloteos contradictorios, en su moño grotesco, en su grandilocuencia estrafalaria. Como Dana, a veces uno no sabe si reír o llorar.

El lector, en fin, va siguiendo con emoción ese vagabundeo disparatado, y por detrás de la figura principal va viendo pasar, como antes he dicho, el disparate del mundo. La realidad, por otra parte perfectamente reconocible, parece irse desquiciando cada vez más. Esa furia general, esa ciudad en llamas, ese París sumergido en una guerra que nadie nombra. Es el Apocalipsis y ya lo hemos vivido, lo estamos viviendo cada día. Habitamos entre los escombros. Aunque al final del libro, al cabo de ese agónico peregrinaje por los extremos de la existencia y del dolor, los personajes regresen a la cordura o a lo que llamamos cordura, que es nuestra capacidad para sobrellevar la locura del mundo y para ser razonablemente felices pese a todo.

BIBLIOGRAFÍA

Mi nombre es Jamaica, José Manuel Fajardo. Seix Barral.

Con la piel encendida

La Regenta, de Leopoldo Alas, «Clarín»

En la historia de la literatura destaca un formidable trío de damas; son tres curiosas, intensas y trágicas mujeres que ejemplifican, tal vez mejor que ningún otro personaje ficticio de la época, lo que fue el siglo XIX. Estoy hablando de Madame Bovary (Flaubert, 1857), Anna Karénina (Tolstói, 1875-1877) y Ana Ozores, «la Regenta» (Leopoldo Alas, «Clarín», 1884-1885); todas bellas y burguesas; todas casadas y adúlteras; todas prisioneras de un destino tan estrecho como una tumba. Son personas inquietas, inteligentes y sensibles, tan llenas de deseos y de sueños como cualquier humano. Pero son mujeres, y por ello están obligadas a no ser nada; el prejuicio social las condena a la pasividad, a la imposibilidad, a la inexistencia. Ni que decir tiene que las tres novelas terminan fatal.

No es de extrañar que tres autores procedentes de mundos tan distintos coincidieran en unos argumentos tan parecidos. El tema estaba ahí, monumental, latiendo bajo la superficie de las cosas. Me refiero al drama de esas damas que, en la segunda mitad del siglo XIX, vivían en el peor de los mundos posibles: habían perdido el antiguo lugar doméstico de la mujer y no habían conquistado ningún espacio nuevo. Porque antaño la mujer por lo menos cocinaba, y fabricaba conservas y jabón, y sabía cómo curar las enfermedades de la familia, y educaba a los niños, y confeccionaba la ropa y los zapatos de todos. Pero en el moderno y urbano siglo XIX, el jabón y los zapatos se compraban en las tiendas, el médico (por supuesto, varón) se había hecho cargo oficial de la salud, y las comidas habían pasado a ser responsabilidad de la servidumbre.

Envuelta en crujientes e inacabables capas de tela, cruelmente cinchada por los corsés y apretujada entre sus ballenas como un reo entre los hierros de sus grilletes, la mujer burguesa de finales de siglo no tenía absolutamente nada que hacer. Nadie esperaba nada de ella: ni una decisión, ni un acto, ni una simple opinión. No es de extrañar que nunca hubiera una mujer más enferma en toda la historia de la humanidad: ahogos, vahídos, sofocos. La primera epidemia de anorexia, así como las histéricas de Freud, con su espectacular sintomatología de cegueras y parálisis, procede de entonces: de toda esa capacidad y de esa impotencia.

Porque esas mujeres finiseculares sabían que podían. Sabían que tenían tanta alma y tanto corazón como cualquier hombre. En definitiva, tanto derecho como ellos a ser felices. Todo esto lo habían aprendido en los libros: porque los libros terminaron liberando a la mujer. Después de que la imprenta abaratara y facilitara el acceso al conocimiento, ya no importó tanto que se les siguiera prohibiendo a las mujeres el acceso a las universidades, porque las lecturas eran las ventanas por las que entraba el conocimiento. A finales de siglo, las mujeres burguesas eran muy leídas. Eso ampliaba su tragedia.

Por eso no es casual que nuestras tres heroínas sean mujeres a las que las muchas lecturas «han llenado la cabeza de pájaros». De sueños locos, quieren decir los autores con esta frase: pero es que los pájaros vuelan y son libres. Ninguna de las tres hubiera podido estudiar formalmente: las discriminaciones y prohibiciones académicas duraron hasta bien entrado el siglo XX.

Que las mujeres tuvieran prohibida la educación, por otra parte, no es más que una elocuente muestra de las muchas otras discriminaciones que sufrían. Tampoco podían votar (el sufragio universal no llegó hasta casi mediado el siglo XX), ni trabajar prácticamente en nada, y ni siquiera estaba bien visto que viajaran solas... Aprisionada en la estrecha, cruel y estúpida norma del prejuicio, media humanidad se agitaba y empujaba intentando liberarse, con un lamento poderoso de ballena aún sumergida. Esa presión colosal, y ese lamento, es lo que perciben Flaubert, y Tolstói, y Clarín. De ahí la coincidencia de sus heroínas.

La sensibilidad para advertir esta tragedia no implicaba necesariamente una inquietud feminista por parte de los autores: bastaba con tener talento suficiente, y los tres son enormes escritores. Tolstói, de hecho, era un tremendo reaccionario, y quiso escribir su *Anna Karénina* como un ejemplo de la depravación moral que la vida moderna podía deparar. Pero, luego, su propia genialidad le salvó de sí mismo y de sus prejuicios; vivió dentro de Anna, y ella fue en definitiva quien nos contó su historia.

Clarín, lo mismo que Flaubert, poseía un talante mucho más progresista. Desde que se hizo famoso a los veintitrés años como crítico literario y articulista satírico con el sobrenombre de «Clarín», Leopoldo Alas se dedicó a fustigar a los conservadores y reaccionarios. Sus planteamientos eran muy parecidos a los de Larra, al que admiraba mucho. Luchaba Clarín, medio siglo más tarde, contra los mismos fantasmas: el caciquismo, la carcunda, la incultura, el clero reaccionario, el provincianismo. También se ocupó de las mujeres en diversos artículos (como el famoso «Amor y economía»), defendiendo lúcidamente su independencia económica como base fundamental de su libertad.

Sin embargo, a medida que fue haciéndose mayor, Clarín experimentó cierta evolución hacia el conservadurismo. Sobre todo, se hizo más y más religioso, hasta rozar una blandura un poco beatona. Siempre había sido muy espiritual: de adolescente, incluso tuvo raptos místicos, típicos por otra parte de esa edad, en los que creía ver a la Virgen (su Ana Ozores también atraviesa por trances semejantes). Después se hizo krausista, que era una de las múltiples maneras de intentar adaptar las creencias en Dios al racionalismo y los tiempos modernos. Y, así, los krausistas opinaban que la relación con Dios era algo íntimo y personal, y no renegaban de los avances científicos. Por eso, Clarín podía ser creyente y al mismo tiempo anticlerical; también era partidario de las teorías evolucionistas de Darwin, audacia intelectual a la sazón nada baladí, porque en 1875 fueron expulsados dos catedráticos de la Universidad de Santiago por defender los principios darwinianos, y todavía en 1884 cesaron a otro catedrático de Badajoz por lo mismo.

En cuanto a la mujer, sin embargo, y después de haber escrito uno de los libros más profundamente feministas y estremecedores de la historia de la literatura, Clarín fue derivando a posiciones cada vez más reaccionarias. Y así, años después de publicar su espléndida novela, reconocía en un artículo que había mujeres con talento, «pero, sin ofender a nadie, no cabe duda que, en general, comparadas con los hombres, se quedan tamañitas, lo que son ellas es más guapas». También sostuvo que el cerebro era peligroso en las mujeres porque las «amasculina», y que «ningún hombre de genio, lo que se llama de primera, ha sentido jamás el prurito de emancipar a la mujer»; y arremetió «contra esa otra necedad de la Europa democrática, igualitaria, emancipadora, que también quiere la igualdad jurídica de los sexos».

Si reseño todos estos disparates (hubo muchos más), no es para criticar a Clarín, sino más bien para dar una idea de la cerrazón mental de aquella sociedad con respecto a las mujeres. Si incluso las personas más inteligentes, sensibles y progresistas llegaban a sostener majaderías semejantes (hasta el punto de tomar a risa, como si no fuera ni digna de pensarse, la obvia reivindicación de la igualdad jurídica), es de imaginar el asfixiante y aterrador ambiente en el que tuvieron que vivir nuestras tatarabuelas. Y es justamente ese mundo injusto y ciego el que destruye a Karénina, a Bovary, a la hermosa Ana Ozores.

Sin contar *El Quijote, La Regenta* probablemente sea la mejor novela de la literatura española. Es un libro enorme, tanto en longitud como en sustancia. Cuenta la historia de Ana Ozores, una hermosa dama de la ciudad de Vetusta, en la que todo el mundo reconoció a Oviedo. Ana tiene veintisiete años y lleva tiempo casada con Víctor de Quintanar, un buen hombre que le dobla la edad y que fue regente de la Audiencia (de ahí el sobrenombre de «la bella»); ahora, jubilado, el disparatado, impotente, candoroso y ridículo Quintanar se dedica a sus manías: la caza, el teatro clásico y otras locurillas de viejo maniático. El matrimonio carece de hijos; y Ana, joven, llena de vida y energía, de sensualidad y de intuiciones de grandeza, se muere de melancolía en la estrechez de una vida sin sentido. Pero la Regenta es una persona sensible y honesta; la única, o casi la única, dentro de una sociedad estúpida, codiciosa y corrupta. Por eso está sola: nadie la ayudará, y toda Vetusta colaborará y se regocijará con su caída.

En la catástrofe, Ana vacilará entre dos hombres: Fermín de Pas y Álvaro Mesía. De Pas, el magistral de Vetusta, es un personaje fascinante, el único capaz de entender a Ana Ozores, pero, a la postre, también el más miserable, porque es quien la delata por despecho. De Pas es un arribista lleno de amargura y resquemor: él se sabe intelectual e incluso moralmente superior a todos, pero sus humildes orígenes le han obligado a hacerse sacerdote para poder llegar a algo. Ahora, a los treinta y seis años, saborea su poder, lo único que posee, y él cree que le es suficiente. Hasta que aparece la Regenta y le vuelve loco.

En cuanto a Mesía, es un bello evanescente y ya talludo. Es el caballero más elegante, el más guapo, el más mujeriego de Vetusta, aunque ya ha cumplido con creces los cuarenta y está a punto de marchitarse. Una noche, al regresar de uno de los larguísimos escarceos previos con la

Regenta, y previendo ya que la dama está a punto de ceder, Mesía llega a su casa saboreando las mieles del triunfo, pero también cansado: la edad no perdona. Y quitándose «una prenda de abrigo interior, de franela», y dejándola sobre la percha, murmura a media voz don Álvaro mientras se mete en la cama: «¡Lástima que la campaña me coja un poco viejo!».

Es un donjuán risible, un galán que lleva calzoncillos de lana contra el relente, un tipo frívolo y más bien tontín; pero es en sus brazos en los que cae la pobre Ana, cegada, como tantas mujeres (y como tantos hombres) por la engañifa de la pura belleza física. Por los ojos grises de Mesía, que de hermosos parecen inteligentes; por su elevada estatura; por lo elegante que resulta montado a caballo; y porque cuando él se viste de etiqueta, «todos los demás parecen camareros».

Pero la caída y el drama final sólo ocupan los tres últimos capítulos de los treinta que tiene el libro. Porque de lo que en realidad trata la novela es de las luchas espirituales de Ana, de los abismos que encierra el corazón del magistral y de la descripción de un mundo cruel, miserable y estúpido que Leopoldo Alas dibuja con mano maravillosa en su retrato de Vetusta. Divertidísimo y lacerante, el irónico Clarín hace desfilar por su obra un sinfín de personajes inolvidables. Alas es un escritor muy moderno tanto por su sentido del humor como por el rigor del trazo.

Porque, pese a la longitud del texto, no sobra nada; y toda la abundancia verbal, y la masa de personajes, y la pasión exhibidas por el autor están prendidas a una estructura férrea y circular: la novela empieza en la catedral y termina en el mismo sitio, de un mes de octubre a otro mes igual; la primera parte dura tres días; la segunda, tres años... Más que una novela, es un prodigio, una verdadera proeza narrativa de precisión y gracia. Sobre todo, si se tiene en cuenta que Alas la escribió durante año y medio, y que el editor le iba quitando los capítulos a medida que los iba terminando, de manera que redactaba de memoria (carecía de borrador) y sin poder rehacer lo escrito. Todo lo tenía dentro de su cabeza, de su frente enorme y escasa de pelo, porque Clarín era bajito, y dicen que feo y cabezón.

Pero además *La Regenta* es una de las novelas más sensuales y eróticas que existen: es un libro que se lee con la piel encendida. Las páginas se contagian del ansia de los protagonistas, de ese Fermín de Pas que hace pesas para domesticar la fiereza de sus músculos, que mastica botones de rosa como un lobo furioso, que arde de fiebre con la sola cercanía de Ana Ozores; o de esa Regenta que se siente caer dentro de los ojos de Mesía, y que se revuelca desnuda sobre pieles de tigre. Puro fuego. La novela es dinamita, tanto en su intensidad sensual como en la emocional. Porque, para Ana Ozores, el amor ha de ser absoluto. Cosa que también comparten Anna Karénina y Madame Bovary: las tres heroínas deifican el amor. En esto demuestran ser hijas de la segunda mitad del XIX: eran los años de la muerte de los dioses, y los humanos buscaban otros valores trascendentes a los que agarrarse.

Aunque resulte sorprendente, ha habido académicos que han juzgado la obra de Clarín como un producto de sus frustraciones personales. O sea, Alas sería un escritor crítico con la sociedad por el mero hecho de haber nacido bajito (apenas metro y medio), miope, cabezotilla, enclenque y tímido, y no porque la sociedad en sí tenga todos los defectos criticables que Clarín señala y muchos más. Este juicio inculto y estúpidamente conformista no es sino uno de los múltiples malentendidos que han existido durante muchos años en torno a la obra de Clarín; porque, por una serie de desgraciadas circunstancias, ha sido un escritor maltratado por sus contemporáneos y por sus descendientes hasta hace muy poco.

Leopoldo Alas nació en 1852 en Zamora casi por casualidad, porque era hijo de asturianos y sólo el hecho de que su padre hubiera sido nombrado gobernador civil de aquella ciudad le hizo nacer fuera de su tierra. Era un buenísimo estudiante y terminó Derecho en Oviedo en tan sólo dos años. Luego se fue a Madrid y empezó a trabajar como articulista. Se hizo célebre muy joven: era uno de los mejores críticos literarios de Europa, y poseía una brillantísima y feroz capacidad satírica con la que despachaba a todos los mediocres y miserables, que eran muchos, y que consecuentemente le odiaban sin paliativos. De modo que tuvo gran cantidad de enemigos, pero también numerosos amigos: Galdós, Menéndez Pelayo, Castelar y otros caballeros de nombres no famosos con los cuales mantuvo durante toda su existencia relaciones de afecto profundas y leales. Porque, sin duda, Clarín era un hombre eminentemente honesto, un tipo apasionado y comprometido con su época que criticaba a la sociedad porque quería mejorarla. «Ante todo, Alas era un filósofo y un moralista», dijo Azorín.

A los veintiséis años sacó el número uno de las oposiciones a una cátedra de Derecho en Salamanca, pero le robaron el puesto por imposición del ministro de Fomento, del partido conservador. Tuvo que esperar cuatro años y la entrada en el poder de los liberales para poder conseguir una cátedra equivalente en Zaragoza. Al año siguiente, 1883, trasladó la cátedra a Oviedo y se casó con Onoffre, una rubita guapa y un poco coja con la que tuvo tres hijos. Fue también en esos años, teniendo él treinta y tres, cuando escribió *La Regenta,* y a partir de entonces se dedicó a llevar una vida muy simple y ordenada cuya única aventura parecen ser las deudas clandestinas de juego. Sólo escribió una novela más, *Su único hijo,* aunque dejó también noventa y cinco relatos, entre ellos el celebérrimo «¡Adiós, cordera!». Siempre tuvo muy mala salud; padeció tuberculosis intestinal durante mucho tiempo, y de eso murió en junio de 1901, a los cuarenta y nueve años, en la desolación de un piso a medio instalar al que la familia acababa de mudarse.

En su agonía hubo también otras desolaciones, porque sus logros como escritor no habían sido reconocidos. *La Regenta* fue duramente criticada y se organizó un escándalo cuando fue publicada: el obispo de Oviedo incluso editó un panfleto contra Clarín (aunque, al final, el prelado y el escritor terminaron siendo amigos). Hubo dos o tres críticas muy elogiosas, pero eso fue todo; los enemigos de Alas aprovecharon la ocasión para hundirle, y los amigos, aunque en privado redactaban cartas muy elogiosas sobre la novela, no se atrevieron a sacar la cara por él.

Clarín estaba clasificado como un articulista, y la sociedad, cegata y rutinaria como siempre, se negaba a darle otro lugar: ese señor que llevaba tantos años escribiendo en los periódicos no podía ser un novelista. De manera que *La Regenta* se vendió bien, pero tampoco fue gran cosa; se reeditó por segunda vez en 1901, poco antes de la muerte de Clarín, y luego, salvo una horrible y casi invisible edición en 1908, desapareció durante medio siglo: no se volvió a imprimir hasta 1949, y en Buenos Aires.

Claro que a la desidia, la venganza y la incomprensión de sus coetáneos se sumó la desgracia de la guerra y el franquismo. En 1936 destrozaron el monumento a Clarín que había en Oviedo; en 1937, su hijo, rector de la universidad, fue represaliado. En 1952, centenario del nacimiento del escritor, las tímidas celebraciones organizadas en España tuvieron que enfrentarse valientemente a la repulsa del régimen. «La obra de Alas ha sido y es radicalmente disolvente de valores esenciales a ese modo de ser que es ser español», dijo Torcuato Fernández Miranda en 1953. En realidad, la obra de Clarín sólo comenzó a ser verdaderamente rescatada del olvido a finales de los años sesenta, y hasta los ochenta no había sido ni siquiera traducida al inglés, por ejemplo. Un siglo le ha costado a *La Regenta* empezar a ocupar el lugar fundamental que le corresponde en la historia mundial de la literatura.

Y ese largo purgatorio, ese destierro de hielo y desmemoria, ya había empezado, como queda dicho, en vida del autor. Si Clarín, perfecto conocedor de la calidad de su libro, escribió entusiasmado a un amigo: «¡Acabo de terminar una obra de arte!», cuando puso el punto final a *La Regenta,* con el paso del tiempo se fue desilusionando y angustiando, en vista de la escasa acogida. Durante cuatro años fue incapaz de escribir ni un solo cuento: estaba bloqueado. Se sentía progresivamente inseguro de sus dotes literarias; no es de extrañar que desconfiara de los elogios que en privado le dedicaban sus amigos, puesto que luego ninguno de ellos los sostenía en público.

«Trabajo sin fe ninguna», le cuenta en una carta a Galdós, años después de la publicación de *La Regenta:* «Únicamente me gusta la cosa mientras estoy escribiendo, pero a la media hora me parece una grandísima bobada. Yo no soy novelista ni nada más que un padre de familia que no conoce otra industria que la de gacetillero trascendental». Qué enorme derrota exuda esta carta. Tal vez la muerte de Alas se vio acelerada por ese desencanto, por haber llegado a dudar fundamentalmente de sí mismo tras haber creído que rozaba el cielo. Y, sin embargo, era él quien tenía razón: había estado más cerca que nadie del paraíso.

Por eso le suplicó un prólogo a Galdós para la segunda edición de *La Regenta.* Se lo pidió en octubre de 1899; a principios de 1900, el editor, un hombre apellidado Fe, tenía ya la novela compuesta y preparada, pero el prólogo no acababa nunca de llegar. El 26 de diciembre de 1900, año y pico más tarde del encargo, Clarín envió a Galdós esta divertida y agónica carta: «Felices Pascuas. Salud y prólogo. Fe desesperado, es decir, Fe sin esperanza. Vd. sin caridad, yo sin fe en que Vd. tenga caridad. Cinco cuartillas tiene Fe del prólogo. ¡Dé Vd. las demás! Por Dios, don Benito: por Dios y por la diosa Razón... Suyo...».

Pérez Galdós entregó por fin el texto en el mes de abril; es un escrito hermoso en el que pone a *La Regenta* en el lugar que le corresponde. Bien sabía Galdós que esa novela era superior a cuanto él había hecho, y no creo que tuviera demasiado empacho en reconocerlo; más bien pienso que en su reticencia a pronunciarse públicamente primaba más la pereza y la cobardía: no es grato defender a quien no está de moda. Pero, aunque tarde, al cabo tuvo la honestidad de ser sincero. «La literatura oficial está en apremiante deuda con Leopoldo Alas», dice el prólogo. Dos meses después de que Galdós escribiera por fin esto, Clarín fallecía. Y empezaba su larguísimo destierro.

BIBLIOGRAFÍA

La Regenta, Leopoldo Alas, «Clarín». Diversas ediciones: Editorial Óptima, Espasa Calpe, Alba Libros, etcétera.

Clarín en su obra ejemplar, Gonzalo Sobejano. Castaglia.

Clarín y La Regenta, edición de Sergio Beser. Ariel.

Ensayos sobre La Regenta, edición de Frank Durand. Taurus.

Brujas, comadronas y enfermeras, Barbara Ehrenreich y Deirdre English. Ediciones La Sal.

Con falditas y a lo loco

Sobre literatura y cine

Tengo debilidad por los libros raros. No me refiero a la rareza exquisita, a las primeras ediciones, a las encuadernaciones primorosas y demás libros con pedigrí, sino que hablo de la rareza plebeya, de aquellas obras que, por una razón u otra, se escapan de los cánones convencionales y resultan inclasificables. Libros a menudo modestos y sin pretensiones, publicados en pequeñas editoriales e ignorados por el gran público, a los que un día ves por casualidad, de refilón, en el rincón más oculto de una librería, pero que parecen removerse y dar saltitos en la estantería para llamar tu atención, y extender sus anhelantes tapas hacia ti, y susurrar: «¡Cógeme, por favor, por favor!».

Y yo los suelo coger casi todos.

Hay tres locos maravillosos que han escrito un par de libros así. Son asturianos y se llaman Juan J. Alonso, Enrique A. Mastache y Jorge Alonso. Filósofos, historiadores y documentalistas de formación, son además unos fanáticos del cine. Estos tipos multidisciplinares, enciclopédicamente cultos y divertidísimos, son la clase de gente a la que imaginas pasándoselo bomba charlando durante horas en algún bar. Quizá esas apasionadas tertulias que se les intuyen fueran la base del libro fascinante que sacaron hace un par de años, *La Edad Media en el cine,* en el que, además de contar curiosos detalles cinéfilos de las películas medievales, desde *Camelot* a *Braveheart,* componían un espléndido friso histórico del medievo, explicando no sólo lo que había de cierto o de incierto en los films, sino también cómo era la vida en aquellos siglos, los valores imperantes, los detalles más nimios de la cotidianidad. Y todo ello con una escritura airosa, graciosa, ligera pese a la profundidad de algunas de sus observaciones. «Utilizamos el cine como excusa para hablar de la Edad Media y la Edad Media como excusa para hablar de cine», dijeron ellos mismos por entonces para definir sus (raras) intenciones. Una rareza que funciona de maravilla. Recuerdo especialmente el capítulo dedicado a la película *El león en invierno* y a la historia de Leonor de Aquitania: extraordinario.

Al parecer la cosa marchó tan bien que han repetido fórmula y hace poco sacaron otro libro: *La antigua Roma en el cine.* Ahora de lo que se habla es del Imperio romano, y la percha son películas como *Quo Vadis* o *Gladiator.* Personalmente creo que prefiero el libro anterior, tal vez más redondo y más trabajado, pero éste también ofrece una lectura irresistible y deliciosa, y probablemente será mucho más fácil de encontrar (por si acaso, doy aquí el teléfono y la web de la editorial: 915232704, www.cinemitos.com/tbeditores).

Dicen los autores que en el cine de romanos hay un axioma, a saber, que cuanto más corta es la faldita de los hombres, peor es la calidad de la película. Si ellos lo dicen, sin duda será así, porque saben mucho. En realidad son unos estupendos *frikis* que aseguran conocer de memoria los diálogos de *Ben-Hur* y excesos semejantes. Aunque lo cierto es que parecen conocerlo casi todo. Por ejemplo, hablando del suicidio de Lucrecia, que se mata porque ha sido violada, los autores explican con agudeza el sentido de la castidad para los romanos: Lucrecia se mata porque en el momento de la violación no estaba preñada, y, por lo tanto, podía enturbiar el linaje: «Una anécdota de Macrobio permite comprender la *castitas* romana: en presencia de Julia la Mayor, la gente se sorprendía del increíble parecido que sus tres hijos tenían con su padre, Agripa. Julia la Mayor les decía: *Numquam enim nisi navi plena tollo vectorem* (sólo acepto pasajeros cuando la bodega está llena)». Si hubiera estado embarazada, Lucrecia no habría sido «mancillada» y no habría tenido que suicidarse. Una observación muy interesante.

El libro está lleno de detalles de este tipo, de lúcidos vislumbres y de divertidas informaciones superficiales. Tomemos por ejemplo el capítulo dedicado a la película *Espartaco,* de Stanley Kubrick. Los autores nos cuentan los entresijos cinematográficos, incluidas las peleas entre Kubrick y Kirk Douglas, el primero director y el segundo protagonista y productor, y luego comparan al Espartaco de Hollywood con el verdadero: «Victor Hugo decía que la insurrección es cosa del espíritu, mientras que la revuelta es cosa del estómago, y ponía a Espartaco como ejemplo de insurrección. La película de Kubrick va por el mismo camino del espíritu, pero el Espartaco histórico se habría movido más bien por el estómago».

En este capítulo nos enteramos de cosas tan dispares como que los candidatos a cuestor, edil, pretor o cónsul deambulaban por el Foro pidiendo el voto vestidos con la *toga candida,* es decir, con una toga completamente blanca, y de ahí el nombre de candidatos. También de que el riquísimo Craso fue un precursor de la especulación inmobiliaria, porque cuando ardía un edificio en Roma (y ardían muy a menudo) se presentaba allí, compraba el inmueble en llamas al propietario y después lo mandaba apagar con su escuadrilla de bomberos; pero si el propietario se negaba a vender, el edificio ardía por completo. O de que una antigua costumbre romana prohibía barrer el suelo del comedor, porque los restos de comida eran el alimento para los muertos: «Fue una cuestión de higiene la que hizo que estos restos se representaran en mosaicos, a fin de que el suelo pudiese ser limpiado». Con mosaicos o no, estaba prohibido barrer durante la comida, y los comensales arrojaban al suelo lo que no ingerían. Una guarrada.

Hay informaciones de más hondo calado que no caben aquí, como un apunte sobre la estructura esclavista de la Roma imperial o el concepto de homosexualidad imperante. Por cierto que se incluyen unos cuantos procaces insultos en latín, como *paedicabo te* o *irrumabo te,* frases tan indecorosas que no voy a poner aquí su significado. Si quieren saber las cosas que se gritaban con sus sucias bocas los ciudadanos romanos, tan serios ellos y tan entogados, lean este libro entretenidísimo.

BIBLIOGRAFÍA

La antigua Roma en el cine, Juan J. Alonso, Enrique A. Mastache, Jorge Alonso. T&B Editores, Colección Cine/Historia.

La Edad Media en el cine, Juan J. Alonso, Enrique A. Mastache, Jorge Alonso. T&B Editores, Colección Cine/Historia.

El rey Arturo y la fragilidad de los escritores

Sobre Steinbeck y su rey Arturo inacabado

Mi edición del maravilloso libro de John Steinbeck *Los hechos del rey Arturo y sus nobles caballeros* (Edhasa 1979), incluye un apéndice espeluznante: un puñado de cartas que el novelista envió a Elizabeth Otis, que fue su agente literaria durante más de treinta años, y a Chase Norton, su editor. La obra de Steinbeck es una reescritura de los mitos artúricos y está basada principalmente en *La muerte de Arturo,* el famoso texto clásico publicado póstumamente en 1485 y escrito por sir Thomas Malory, un personaje atrabiliario que estuvo preso por robo y violación pero que, quizá por eso mismo, dedicó su vida literaria a cantar el ideal de honor caballeresco. El libro de Steinbeck también se publicó de manera póstuma, como si el rey Arturo impusiera ese peaje terrible, y además se trata de un texto inacabado. De un simple borrador. Deslumbrante y espléndido, pero un borrador. Y lo verdaderamente terrible del libro no es una imaginaria maldición artúrica, sino el drama que podemos entrever a través de las cartas recogidas al final del volumen.

Steinbeck comenzó a documentarse para el libro de Arturo en 1956, cuando tenía cincuenta y cuatro años. Recorrió bibliotecas, archivos y abadías y se lo leyó todo sobre el tema. En las cartas incluidas en el apéndice y enviadas durante ese periodo a Norton y Otis, se aprecia que el escritor estaba entusiasmado y que perseguía un ambicioso proyecto que retumbaba de manera confusa en su cabeza. No quería hacer una mera adaptación de los mitos artúricos al gusto del lector contemporáneo, no pretendía realizar una simple traducción al inglés moderno, sino que aspiraba a reescribir esos viejos temas como leyendas vivas, es decir, dotarlos de toda su magia y su maravilla, recrear su capacidad simbólica y onírica, reinventar lo legendario en el siglo XX. Una apuesta arriesgada.

Al fin, después de reunir toda la documentación posible, Steinbeck empezó a redactar el libro en julio de 1958. Los meses iban pasando y las cartas muestran su pelea con el texto, sus dudas, su emoción cuando creía estar en el buen camino. Y, de pronto, el hachazo. Una carta fechada el 13 de mayo de 1959, y dirigida a la vez a sus dos interlocutores, nos permite saber que Steinbeck les había enviado el borrador de una primera parte. Y que la respuesta no había sido buena: «Tus comentarios [se refiere a su agente] y prácticamente la ausencia de comentarios de Chase con respecto a la sección que te envié (...) Mentiría si declarase que no quedé asombrado. Sufrí un impacto. (...) Es natural que busque argumentos en mi defensa o en defensa del trabajo que estoy haciendo. Ante todo quiero declarar que espero ser lo suficientemente profesional como para que el impacto no me paralice (...) Nunca les dije cuál era mi plan, quizá porque yo estaba tanteando el camino. Puedo aducir que ésta es una primera prueba sin corregir, cuyo propósito es establecer el estilo y el método, y que los deslices y errores serán eliminados, pero eso no basta...». Y así hasta el infinito, en esa larga carta y en las siguientes. Cartas acongojadas, doloridas; en ocasiones, rara vez, brilla un pequeño desplante orgulloso («no intenté escribir un libro popular, sino un libro permanente. Debería habéroslo dicho»), pero, por lo general, el tono es el del niño cuyo trabajo ha sido masacrado por los profesores: es un borrador, no me he explicado bien, haré lo posible por mejorarlo... Y a últimos de mayo, poco antes del fin, un grito desesperado: «¡Creo en esto, qué diablos! Hay en lo que hago una impensable soledad. Debe haberla».

Lo cierto es que el proyecto estaba herido de muerte. Todavía intentó seguir escribiendo ese verano, como la persona que sufre un grave accidente a caballo y luego aún monta un par de veces antes de dejarlo para siempre. Pero en agosto, patéticamente, empezó a pedir que le mandaran bolígrafos de repuesto, como si fuera un problema de la herramienta; y en septiembre abandonó su Arturo. Como él se temía, el impacto le paralizó. Y, sin embargo, Steinbeck tenía cincuenta y siete años y era un autor consagrado: tan sólo tres años más tarde, en 1962, obtuvo el Nobel. ¿Qué más se necesita para confiar lo suficiente en uno mismo? En 1965, tal vez algo más seguro de sí tras el premio sueco, se atrevió a retomar el trabajo, si bien extremando la prudencia: «Creo que tengo algo y estoy muy entusiasmado con eso, pero voy a cubrirme no mostrándoselo a nadie hasta que haya completado una buena parte. Si me parece mala, la destruiré. Pero en este momento no me parece mala. Extraña y diferente, pero mala no». Quizá no tuvo suficientes agallas, o no dispuso de la energía necesaria, o le faltó tiempo: Steinbeck murió en 1968 y su Arturo nunca fue terminado.

Pocos años después de su fallecimiento, esa agente literaria y ese editor que se habían mostrado tan reticentes publicaron el texto inacabado. En el apéndice epistolar no están incluidas las críticas que ellos le hicieron, pero es evidente que quien tenía razón era el autor. Aunque irregular como todo borrador y, sobre todo, abruptamente cortado, *Los hechos del rey Arturo y sus nobles caballeros* es una joya, un libro hipnótico que te transporta a un mundo fabuloso que es a la vez muy nuevo y muy antiguo. Realmente fue una pena que las críticas truncaran toda esa potencia. En aquel terrible mes de mayo, Steinbeck escribió a su agente en una carta: «Acaso trato de decir algo que es inexpresable o algo que excede mis capacidades (...) Acaso no sé de qué se trata, pero lo presiento. Y, si me equivoco, mi equivocación es realmente colosal». Su único error fue dejarse herir por unas palabras tontas y no confiar en su atinada intuición de grandeza. Esta poca cosa somos los humanos.

BIBLIOGRAFÍA

Los hechos del rey Arturo y sus nobles caballeros, John Steinbeck. Narrativas Contemporáneas, Edhasa.

La muerte de Arturo, sir Thomas Malory. Prólogo de Carlos García Gual. Ediciones Siruela. Biblioteca medieval, 2 vol.

Nuevas y buenísimas

Sobre la obra de las escritoras noveles
Nuria Labari y Myriam Chirousse

Llevo treinta años publicando ficción, y en este tiempo he leído innumerables textos de escritores novatos. Cuentos y novelas y capítulos sueltos que la gente me ha pedido que mirara. Muchos eran malos, bastantes tenían cosas interesantes, unos pocos estaban francamente bien. Algunos de los noveles que hace tiempo leí se convirtieron después en escritores profesionales y publicados. La narrativa es un oficio tenaz, un trabajo tan lento como la construcción de una estalactita, y con el tiempo he visto crecer literariamente a esos jóvenes que antaño ya mostraron buenas maneras. Siempre ha sido un crecimiento orgánico, natural; una mejora razonable y sutil. A la gente le gustan los cuentos de hadas, los triunfos artísticos instantáneos, esas mentirosas escenas de película en las que un cobrador de autobús demuestra de repente que pinta tan bien como Velázquez o una solterona rarita rompe a cantar como los ángeles. Pero en la vida real no existen estas apoteosis tipo Hollywood (salvo prefabricadas, como en el patético caso de la pobre Susan Boyle), y menos aún en la narrativa.

Y sin embargo...

Ya se sabe que no hay una vara de medir por la cual se pueda decir sin discusiones si un libro es bueno o no. Dos lectores igual de preparados son capaces de disentir furiosamente sobre la misma novela, que a uno le puede parecer maravillosa y al otro, un verdadero bodrio. Todo esto lo sé bien y, sin embargo, unas pocas veces en mi vida, muy pocas, he leído textos de autores novatos que han explotado ante mis ojos como una supernova. Textos que han llegado como un viento de fuego trayendo la promesa, al menos para mí, de un escritor formidable. Casualmente, dos de estas raras obras luminosas han coincidido ahora en su publicación en España. En su debut como autores. O, mejor dicho, como autoras, porque se trata de dos mujeres.

Una es Nuria Labari. Acaba de cumplir treinta años y hará cosa de cuatro o cinco leí sus primeros cuentos y me dejó pasmada. Eran historias crueles, originales, maravillosamente escritas desde no se sabe qué extraño lugar de la conciencia. Relatos de adolescentes o de niñas a medio camino del humor y el horror. Me enganchó de tal modo su voz personalísima que fui leyendo y releyendo una y otra vez durante todos estos años sus textos mercuriales, mientras ella iba madurando y mejorando. Mientras sus personajes iban creciendo y se ahondaba su desolación y su ironía. También vi cómo Nuria presentaba una y otra vez los relatos a diversos premios, sin conseguir jamás ni la menor mención. Cosa que a decir verdad no me extrañó: su obra es demasiado distinta, demasiado buena para ser apreciada por un jurado de gustos convencionales. Hasta que, al fin, Labari seleccionó trece de sus cuentos y formó con ellos un volumen titulado *Los borrachos de mi vida.* El libro ganó el último Premio de Narrativa de Caja Madrid y lo acaba de editar Lengua de Trapo.

Los relatos de Nuria Labari son un minucioso recuento de los miedos, las soledades, las rutinas, las mentiras y las necesidades sentimentales de las personas. Es tan aguda, tan afilada en su observación del comportamiento humano, que a veces tienes la sensación de estar asistiendo a una autopsia practicada en vivo. A una clase de anatomía patológica afectiva. Te ríes mucho con los cuentos, viendo esos hígados tan negros; y también te estremeces, al reconocerlos como algo cercano. Una de sus protagonistas habla de los inicios de su relación con un hombre: «Cuando llegué a su apartamento estaba sentado en el sofá mirando fijamente un huevo duro que se había servido directamente sobre la mesita del centro. En una esquina había fútbol, en un aparato de quince pulgadas, que parecía una radio con pretensiones en el salón vacío. (...) Un hombre tiene que estar muy mal para poner el fútbol en una tele tan pequeña y no bajar al bar». De alguna manera los cuentos de Labari se mueven en la aplastante vacuidad que gira en torno a un desolado huevo duro.

La otra autora tiene treinta y seis años, se llama Myriam Chirousse y es francesa, aunque ha vivido largo tiempo en España. La contraté como profesora hace cinco años, para refrescar mi oxidado francés, y a la tercera clase me dijo que escribía. Que llevaba doce o trece años redactando una inmensa novela con cientos de páginas. Le pedí que me trajera una muestra, más por cortesía que por verdadera curiosidad; y al día siguiente Myriam llegó con una carpetita con los primeros capítulos. Fue un descubrimiento, un rayo fulminante. Amor a primera vista con el texto. La novela de Myriam es una historia neorromántica y neogótica, una tempestad de palabras y emociones. Un libro de desaforadas aventuras. Con el trasfondo de la Revolución Francesa, dos personajes se encuentran y se pierden, se aman y se odian, se hieren y se perdonan. El relato se agita entre tus manos como un mar embravecido, a veces jubiloso, a menudo sombrío. También en este caso fui leyendo durante dos años, en francés y capítulo a capítulo, la redacción final de esta novela. Ahora el libro, que se llama *Vino y miel*, acaba de salir en Francia con estupendas críticas (*Miel et vin*, Buchet Chastel); y será publicado en España en octubre en la editorial Alfaguara. No lo olvides.

Sí, ya sé que la calidad de un libro no es algo objetivo. Que a mí me puede gustar lo que tú odies. Sin embargo, siento una rara certidumbre sobre el talento de estas dos escritoras. Son nuevas, son jóvenes y todavía les queda mucho por aprender. Pero cuánta fuerza tienen, las malditas.

BIBLIOGRAFÍA

Los borrachos de mi vida, Nuria Labari. Lengua de Trapo.
Vino y miel, Myriam Chirousse. Alfaguara.

Chetenché Glubglubb Chetyeketyovovó

Metrópolis, de Ferenc Karinthy

Ferenc Karinthy (1921-1992) era húngaro. Mi antiguo editor en Seix Barral, el mítico Mario Lacruz, solía decir que los escritores húngaros eran terribles en el trato personal: atormentados, picajosos, exigentes y un poco delirantes. Creo que el gran Mario se refería, con fino humor británico, a Stephen Vizinczey, maravilloso ensayista y mediano novelista, que era autor suyo y de quien contaba anécdotas tronchantes. Pero me es fácil creer que Karinthy respondiera a ese retrato robot. Debo confesar que ni siquiera conocía la existencia de este autor hasta ahora, que es cuando he leído su novela *Metrópolis.* Y, en efecto, es un libro atormentado y delirante. A posteriori me entero de que ha sido comparado con *El proceso* de Kafka y de que Karinthy fue un escritor reconocido y premiado. Así de fugaz es el prestigio en este mundo, o así de vasta mi ignorancia. O tal vez ambas cosas.

En cualquier caso, entiendo bien el éxito de esta novela y la impresión que produjo en 1970, cuando se publicó. Es uno de esos libros singulares, una mirada única, una ambiciosa parábola del mundo. Entramos en la acción de golpe y porrazo; Budai, un profesor que viaja a Helsinki para participar en un congreso de lingüística, se descubre de repente en un país extraño e incomprensible. Durmió durante todo el vuelo; como no lleva reloj, ni siquiera sabe cuánto tiempo duró el viaje; han aterrizado de noche, aún está aturdido, un autobús transporta a los pasajeros al hotel y es sólo entonces cuando Budai se da cuenta de que no está en Helsinki, de que no entiende el idioma que habla el recepcionista y tampoco consigue hacerse entender por nadie, de que ignora en dónde diablos se encuentra y cómo ha acabado allí: ¿se equivocó de avión?, ¿han desviado el vuelo? Todo esto se explica con formidable economía en las treinta primeras líneas de la novela, y a partir de ahí comienza un vertiginoso desvarío.

Al principio, lo único que quiere Budai es salir de allí. Llegar a Helsinki a tiempo para su conferencia. Pero el recepcionista se ha quedado con su pasaporte y no hay manera de recuperarlo. Lo más terrible es la imposibilidad de entenderse; nadie habla nada ni remotamente aproximado a una lengua conocida, y eso que Budai es un políglota que domina una docena de idiomas y posee nociones de una docena más. Pero en este extraño lugar impera un parloteo furioso, impreciso, equívoco, y una enmarañada escritura cuneiforme imposible de descifrar. La rareza expresiva no es lo único chocante; la ciudad es enorme, y aunque Budai va en metro hasta el final de la línea, la metrópolis no parece acabar jamás. Además, está atiborrada de gente: masas de individuos la recorren incesantemente tanto de día como de noche, y para todo es necesario hacer espantosas colas. Es una urbe gris, deprimente, helada, con casitas medio ruinosas intercaladas entre edificios sombríos y rascacielos en construcción que van creciendo un piso cada día. Y los ciudadanos son una horda nerviosa y antipática de todos los colores raciales. Imposible deducir el lugar por su aspecto.

El mundo paralelo de *Metrópolis* posee esa cualidad resbaladiza de las cosas que, pareciéndose mucho a la realidad, tienen sin embargo un matiz discordante. Por ejemplo: por la calle venden salchichitas de aspecto reconocible y apetitoso, pero luego, al comerlas, no están buenas, porque en la ciudad todo sabe asquerosamente dulce. Incluso las bebidas alcohólicas son melosas. Y en esa diferencia azucarada, nimia pero chocante, se agazapa la inquietud, incluso el miedo: es como uno de esos detalles chirriantes que, al aparecer en medio de un sueño feliz, lo transmutan repentinamente en pesadilla. Atrapado en el laberinto, y como buen lingüista, Budai intenta descifrar el idioma como única llave a su alcance para poder entenderse con los demás y superar la aplastante indiferencia de la muchedumbre. Pero es una cháchara infernal: «Chetenché glubglubb chetyeketyovovó...». Es la temida maldición de una lengua intraducible.

La desesperación del profesor me hizo recordar una historia cruel que leí hace tiempo: un día la policía de Nueva York encontró a un pobre tipo que lanzaba incomprensibles aullidos y que parecía sufrir una profunda y agresiva demencia. Sin dinero y solo, fue internado en un psiquiátrico, y allí permaneció durante quince años hasta que una asistente social descubrió por casualidad que era un emigrante kurdo, analfabeto y sordo, que había entrado ilegalmente en Estados Unidos y no sabía inglés. Sus supuestos aullidos eran frenéticas palabras en su idioma, y su agresividad, la angustia por no ser entendido.

Seguro que ese emigrante kurdo se sintió exactamente así, como Budai. Seguro que para él el aterrador mundo de *Metrópolis* no era más que una descripción exacta de la realidad. La confusión, la absoluta soledad en medio de un mar de multitudes, el feroz desinterés de los demás. Budai sólo intima con una mujer, una ascensorista con quien mantiene un conato de relación sentimental, pero tan pobre y tan mediatizada por la incomprensión esencial que ni siquiera consigue entender cómo se llama la chica: ¿Bebé, Diediedié, Teté, Edebé? La historia resulta chistosa y movería a la risa si el trasfondo no fuera tan acongojante. Paso a paso, día a día, semana a semana, Budai se va hundiendo en ese mundo inhóspito que es una especie de trituradora humana, y nosotros, los lectores, nos hundimos con él, nos angustiamos con él, porque el autor consigue la proeza de prolongar esta situación imposible durante casi cuatrocientas páginas sin perder la tensión narrativa. Y al final, cuando cerramos el libro, sabemos que poseemos algo nuevo. Que Karinthy nos ha regalado una imagen poderosa y perdurable, un emblema de la desolada, alienada vida moderna. Y que ya no podremos pensar en una ciudad hormiguero sin recordar *Metrópolis.*

BIBLIOGRAFÍA

Metrópolis, Ferenc Karinthy. Editorial Funambulista.

La extraña pareja

Autobiografía de Alice B. Toklas, de Gertrude Stein

Gertrude Stein era de talla más bien baja, pero de una tremenda corpulencia: llegó a pesar más de noventa kilos. Vestía siempre ropas informes de pana o de *tweed* que, según el escritor James Lord, le daban un aspecto de «saco de cemento». Fumaba puros, se tocaba con sombreros hongos adornados de flores y solía calzar, tanto en invierno como en verano, unas sandalias abiertas con las puntas hacia arriba, como proas de góndolas, que habían sido diseñadas por Raymond Duncan, el hermano de la célebre Isadora Duncan. A los cincuenta y dos años se cortó el pelo casi al cero, lo cual acentuó su notable semejanza con Spencer Tracy. O, como dijo su amigo íntimo (primero) y enemigo feroz (después) Ernest Hemingway, «llegó a parecerse a un emperador romano, lo cual está muy bien si a uno le gustan las mujeres que parecen emperadores romanos».

En cuanto a Alice Toklas, era tres años más joven que Gertrude y diminuta: ni siquiera alcanzaba el metro y medio. Sus ojos tenían un hermoso color gris, pero eran tristones e incluso «lúgubres», según algunos testimonios. Poseía una narizota ganchuda colosal, y siempre lucía un flequillo muy negro, muy largo y muy espeso, además de imponentes sombreros llenos de plumas de avestruz que se calaba hasta las pestañas. Según Picasso, amigo y (al mismo tiempo) enemigo íntimo de Gertrude durante toda su vida, Alice se cubría la frente porque tenía un cuerno entre las cejas, un enorme quiste sebáceo «que le hacía parecer un unicornio», de manera que ella y Gertrude, concluía el pintor con su legendaria malevolencia, formaban «la pareja perfecta, el hipopótamo y el rinoceronte». Alice vestía con extravagante refinamiento, raros trajes orientales y collares tintineantes que hacían resaltar más su bigote, tan negro y tan espeso que, a decir de una visitante, «en comparación con él, cualquier otro rostro parecía desnudo».

Pero esto no es más que la descripción del exterior, o sea, nada.

Lo más importante es que Gertrude Stein llegó a París en 1903, con veintinueve años; que, junto con su hermano Leo, se dedicó a comprar los cuadros por entonces baratísimos y unánimemente despreciados de un puñado de pintores que estaban volviendo del revés el mundo del arte: el ya viejo Cézanne, Matisse, Picasso... Amiga de todos ellos, Gertrude intimó sobre todo con Picasso, que tenía tan sólo veinticuatro años y parecía un «apuesto limpiabotas», como dice ella pérfidamente en la *Autobiografía de Alice B. Toklas.* Entre 1905 y 1906, Picasso retrató a Stein; fue un trabajo muy duro (Gertrude tuvo que posar durante casi noventa sesiones), pero el cuadro supuso el abandono del periodo azul por parte de Picasso y la evolución hacia el cubismo. En la *Autobiografía,* Gertrude se atribuye a sí misma un papel decisivo en la creación del cubismo. También se atribuye un papel decisivo en la historia de la humanidad en general y en la del siglo XX en particular, porque Gertrude tenía un ego de dimensiones cósmicas que no se paraba en menudencias.

Gertrude escribía (y escribía y escribía y escribía), con el convencimiento de que estaba inventando el arte del futuro: «Gertrude Stein se da perfecta cuenta de que, en la literatura inglesa de su tiempo, ocupa un lugar único», dice ella misma en la *Autobiografía,* utilizando la tercera persona porque en el libro juega a simular que es Alice quien está escribiendo. Y más adelante habla de «esa obra monumental que fue el principio, el auténtico principio, de la moderna literatura». Se refiere a *The Making of Americans* (La construcción de los americanos), la gran obra cubista de Stein, un mamotreto de mil páginas carente de capítulos y con frases que llegan a tener treinta líneas de extensión.

Gertrude escribía (y escribía y escribía y escribía) destruyendo el lenguaje establecido, ignorando las reglas de puntuación, aniquilando cualquier vestigio de argumento. Así como Cézanne convertía el color en el vehículo de su expresión artística, ella intentaba usar la materia misma de las palabras. El siglo XX había traído una aguda percepción de la fragmentación y el caos; el mundo había dejado de ser un lugar sólido y estable, regido serenamente por la providencia de algún dios. Uno ya no podía estar seguro ni siquiera de cosas tan aparentemente firmes como el espacio y el tiempo: según la teoría de Einstein, publicada en 1905 y celebérrima desde el primer momento, también eso era relativo.

Si no existía una realidad objetiva y fiable, entonces, ¿qué quedaba? Solamente la subjetividad, y esa subjetividad se afanaba por descubrir nuevas formas de entender y construir la realidad. Así nació el fauvismo de Matisse, y el cubismo de Picasso. Gertrude Stein supo percibir todo esto y fue sin duda un personaje perfectamente contemporáneo, además de una pionera del modernismo literario: sacó varios años de ventaja a Proust y a Joyce. Pero, por desgracia para ella, Gertrude carecía del talento suficiente.

Y así, sus textos son absurdos y en general idiotas. Puesto que la realidad era «un continuo presente», se esforzaba en repetir y repetir palabras. «Rosa es una rosa es una rosa es una rosa», reza una de sus frases más célebres. Tiene millones más, todas muy parecidas. Como, por ejemplo: «Un sonido saliendo de ella, un sonido saliendo de él es algo que es completamente eso es completamente sonido saliendo de ella, es completamente sonido saliendo de él. Un sonido saliendo de él es completamente eso es completamente un sonido saliendo de él». Y así seguía durante ciento cuarenta y siete páginas. O bien: «A menudo hay dos, ambas mujeres. Había dos, dos mujeres. Había dos, ambas mujeres. Había dos mujeres y eran hermanas. Ambas vivían. Muy a menudo estaban juntas cuando estaban viviendo. Muy a menudo no estaban juntas cuando estaban viviendo». Todo esto, lo del sonido y lo de las mujeres, formaba parte de un libro de retratos que Gertrude mandó en 1912 a diversos editores, y que, naturalmente, fue rechazado por todos. Uno de ellos, A. C. Fifield, de Londres, acompañó su negativa con la siguiente carta:

> Estimada señora:
> Yo soy sólo uno, sólo uno, sólo uno. Sólo un ser, uno al mismo tiempo. No dos, no tres, sólo uno. Sólo una vida para vivir, sólo sesenta minutos en una hora. Sólo un par de ojos. Sólo un cerebro. Sólo un ser. Siendo sólo uno, teniendo sólo un par de ojos, teniendo sólo un tiempo, teniendo sólo una vida no puedo leer su manuscrito tres o cuatro veces. Ni siquiera una vez. Sólo una mirada. Sólo una mirada es suficiente. A duras penas un solo ejemplar se vendería aquí. A duras penas uno. A duras penas uno. Muchas gracias. Le envío el manuscrito por correo certificado. Sólo un manuscrito por correo.

La *Autobiografía de Alice B. Toklas* está escrita en un estilo sencillo y convencional, y cuando fue publicada en 1933 alcanzó un gran éxito. Pero hasta entonces, y durante treinta largos años, Gertrude tuvo que enfrentarse al rechazo y la burla generalizada frente a su obra. No conseguía encontrar editor, y sus manuscritos se iban acumulando en los cajones. Cuando se atrevía a publicar algo, pagando los costes de su propio bolsillo, las críticas eran comprensiblemente feroces. Sin embargo, Gertrude se las apañaba para seguir manteniendo el firme convencimiento de su propia genialidad. A fin de cuentas, ya había visto esto antes. Cuando llegó a París, los cuadros de Matisse expuestos en el Salón de Otoño eran objeto de todo tipo de rechiflas, y algunos visitantes, indignados, incluso intentaban rascar la pintura de la tela. Pocos años después, sin embargo, Matisse, Picasso y los demás salieron de la marginalidad y la pobreza para ser reconocidos como dioses. Y ella había estado allí. Ella había sabido descubrir el buen arte antes que nadie. Lo mismo iba a pasar con su escritura. Era cuestión de tiempo.

Justamente uno de los mayores atractivos de la *Autobiografía de Alice B. Toklas* es la vívida capacidad para evocar la atmósfera de aquellos años; para describir, en estilo expresivo, sugerente y chismoso, los primeros tiempos de la bohemia vanguardista. Y así, nos parece estar viendo el estudio del joven Picasso, vacío y helador, con una estufa de hierro que servía de cocina y calefacción, un diván medio roto «en el que se tumbaba todo el mundo», una pequeña silla y un perro enorme que el pintor movía de acá para allá «como si fuera un mueble». Y sabemos del hambre que pasaba todo el mundo (un discípulo de Matisse se comía la miga de pan que los otros estudiantes habían usado a modo de goma de borrar), y de los conflictos amorosos de unos y otros, y de los celos entre los pintores, de sus ambiciones y esperanzas.

Es una historia ejemplar, un relato lleno de penalidades y sabañones que culmina en la gloria, y Stein lo cuenta en la *Autobiografía* desde una perspectiva doméstica que le confiere un encanto irresistible. Por ejemplo, pone en boca de Héléne, la criada, el resumen histórico del triunfo de las vanguardias. Héléne, cocinera y doncella de Stein y Toklas en la primera época, se casó y abandonó por un tiempo el trabajo, pero volvió a retomarlo años después. Y al regresar «dijo que le parecía extraordinario que aquellas personas que no eran absolutamente nadie cuando ella las conoció, en la actualidad salieran todos los días en los periódicos, y que incluso hablaran de *monsieur* Braque, que solía ser el encargado de sostener en alto los cuadros más grandes, porque era el más forzudo de los amigos de *madame,* mientras el portero clavaba los clavos en la pared, y ahora resulta que van a poner en el Louvre un cuadro del pobre *monsieur* Rousseau, aquel hombre tan tímido que ni siquiera se atrevía a llamar a la puerta».

Después de la Primera Guerra Mundial, durante la cual Alice y Gertrude se dedicaron a transportar alimentos y medicinas a diversas zonas de Francia (Gertrude se tocaba con un gorro de cosaco y conducía el Ford, Alice llevaba casco y una vieja guerrera militar, y cada vez que entraban en una población los niños les hacían corro), la casa de París de las dos damas dejó de ser el centro de la pintura más avanzada. Tanto Stein como Toklas habían cumplido para entonces los cuarenta años, y además, aunque parezca sorprendente, siempre mostraron un verdadero empeño en ser respetables. Por tanto, se vieron poco con los dadaístas y prácticamente nada con los surrealistas, una tropa ácrata, radical y bárbara que incendiaba París, en los años veinte, con memorables orgías, peleas y borracheras.

En cambio, el salón de Gertrude empezó a ser muy frecuentado por los nuevos escritores. Hemingway llegó en 1922; tenía veintitrés años y Gertrude, cuarenta y ocho. Durante tres años cultivaron una amistad estrechísima; después, no se sabe por qué, se hicieron enemigos venenosos. En su autobiografía *París era una fiesta,* publicada después de la muerte de ambos, Hemingway da una versión de la ruptura que suena un tanto a falso. Dice que un día fue a casa de Gertrude y que, mientras esperaba en el salón, escuchó cómo Alice la trataba cruelmente, y cómo Stein respondía con abyecta sumisión: «No, no, no, amorcito, por favor, no». Se supone que eso le hizo abandonar la casa y el afecto a Gertrude. Muchos años después, en 1948, Hemingway escribió a un amigo que, en los tiempos en que se trataba con Stein, «siempre quise follarla, y ella lo sabía; era una sensación muy saludable». Se me ocurre que, en el deterioro de su relación con ella, pudieron quizá influir el desaforado machismo de Hemingway («nunca se saca gran cosa de que un hombre sea amigo de una mujer célebre», dice en *París era una fiesta*) y su agotador empeño en parecer muy viril.

En cuanto a Gertrude, ella rompió con Hemingway como con los demás. De hecho, Stein se peleó, en un momento u otro de su vida, con todos sus amigos, porque podía ser una persona insoportable. Y, cuando se enemistaba, era maligna. En la *Autobiografía* se permite poner, en boca de Alice, todo tipo de finas perversidades contra Hemingway. Dice que es un cobarde; que intentó enseñar a boxear a un amigo y fue noqueado por él; que como escritor era un producto de Gertrude y del también autor Sherwood Anderson, y que tanto Stein como Anderson se sentían «un poco orgullosos y un poco avergonzados de su obra».

Sin embargo, y pese a toda su perfidia y su monumental egocentrismo, Gertrude Stein era capaz de resultar fascinante. Según Picasso, con su sola presencia «llenaba cualquier habitación». Y el propio Hemingway tuvo que reconocer que «tenía tanta personalidad, que cuando quería ganarse a alguien no había modo de resistirse». Algo de ese encanto se percibe aún hoy a través de sus fotos: una imagen redonda, rotunda, feliz, llena de vida y de energía. La inteligente Silvia Beach, editora de Joyce, decía que Gertrude era «una cría, una especie de niña prodigio», y el escritor James Lord opinaba lo mismo: «Una de las fuentes de su encanto, creo, era su ingenua, casi infantil y gozosa concentración en su propia persona. Estaba tan apasionada y obviamente interesada en todo lo que decía que parecía imposible no compartir su interés». Stein tenía una risa fresca y contagiosa, y su desfachatez narcisista resultaba a menudo muy graciosa. Como cuando decía: «Lleva mucho tiempo ser un genio, una tiene que permanecer sentada demasiado tiempo sin hacer nada». Era lo que se dice todo un personaje.

Y detrás de ella, en la sombra pero siempre fiel y poderosa en su aparente debilidad sentimental, asoma la inquietante Alice Toklas. Ambas se conocieron en París en 1907, y desde entonces, y hasta la muerte de Gertrude en 1946, no se separaron jamás: fueron casi cuarenta años de convivencia. Gertrude llamaba Pussy (Gatito) a Alice, y Alice llamaba Lovey (Amorcito) a Gertrude. Se consideraban marido y mujer, y eran además un matrimonio extremadamente convencional. Alice cocinaba, cuidaba de Gertrude, le pasaba a máquina sus escritos, atendía a las mujeres de los «genios» que las visitaban, bordaba, cortaba flores para adornar jarrones, servía deliciosos pastelitos que ella misma había horneado y no decía palabra. Y Gertrude era el centro, el Sol, el amo. Según uno de los invitados, Alice «era tan humilde que nadie la consideraba mucho más que un pintoresco objeto silencioso en el fondo del cuarto». Hemingway, como ya queda dicho, describió una relación íntima muy distinta que yo no me acabo de creer. Sí creo, sin embargo, que Alice poseía un considerable poder doméstico y sentimental sobre Gertrude. Aunque la relación era muy desigual, sin duda se querían.

Y se amaban con delicadeza, pero también con pasión. Como cuenta Diana Souhami en su divertidísima y muy recomendable biografía de Gertrude y Alice, hay muchos textos amorosos de Stein que evocan la gloria de la carne, aunque para entenderlos haya que entrar en un complicado mundo de significados. Por ejemplo, al parecer, Gertrude llamaba *vaca* al orgasmo, y uno de sus escritos de amor dice así: «Ocurriendo y tenerlo mientras ocurre y teniendo que tenerlo ocurrir mientras ocurre, y mi esposa tiene una vaca desde ahora, mi esposa está teniendo una vaca desde ahora, mi esposa está teniendo una vaca desde ahora, mi esposa teniendo una vaca desde ahora y teniendo una vaca desde ahora y teniendo una vaca y teniendo una vaca ahora, mi esposa tiene una vaca y ahora. Mi esposa tiene una vaca».

Tanto Alice como Gertrude eran norteamericanas (las dos habían sido educadas en San Francisco), hijas de judíos europeos y huérfanas de madre desde muy jóvenes. Siendo todavía adolescente, Alice se convirtió en la única mujer, o más bien en la sirvienta, de una casa de hombres, y en ese ingrato papel quemó su juventud. Estaba a punto de cumplir los treinta años cuando sucedió el famoso terremoto de San Francisco de 1906. Alice despertó a su padre y le comunicó que un temblor acababa de destruir la ciudad, y que luego un feroz incendio estaba arrasando lo que quedaba. «No deja de ser una pérdida para el Oeste», dijo el hombre, y luego se volvió y siguió durmiendo. Ahí es cuando Alice decidió abandonarlo todo y marcharse a París. No volvió a ver a su padre con vida (lo cuenta, tal cual, la *Autobiografía).*

En cuanto al padre de Stein, era un hombre disparatado que acabó sufriendo graves trastornos psíquicos. Desde los catorce hasta los diecisiete años, Gertrude vivió en una casa caótica; el padre se encerraba días enteros en su cuarto, y los hijos adolescentes se escapaban a dormir al monte. Fue un contacto demasiado cercano con la locura. Cuando al fin el padre murió, todos quedaron muy aliviados.

El señor Stein había tenido negocios, y por lo menos dejó a sus hijos unas rentas moderadas pero suficientes. Alice y Gertrude no eran ricas, pero sabían vivir. Comían opíparamente, compraban cuadros para Gertrude y sofisticados sombreros para Alice, recibían, viajaban. «Cuenca nos entusiasmó y nosotras entusiasmamos a los habitantes de Cuenca», dice la *Autobiografía* a propósito de unas vacaciones en España en 1930: «Les gustamos tanto que nuestra situación llegó a ser un poco incómoda». De hecho, el Ayuntamiento tuvo que ponerles un policía para defenderlas de la muchedumbre que quería ver y tocar a la extraña pareja. Disfrutaban como niñas.

Pero esa felicidad se iba amargando a medida que los años transcurrían sin que la humanidad reconociera que Gertrude era genial: «Estoy haciendo cosas más importantes que cualquiera de mis contemporáneos y tener que esperar tanto tiempo a su publicación me pone los pelos de punta», decía Stein mientras acumulaba manuscritos sin editar. Iba a cumplir pronto los sesenta años, y Alice le aconsejó que redactara su autobiografía, convencida de que podría funcionar comercialmente. Pero a Gertrude se le ocurrió algo mejor: hacer la *Autobiografía de Alice B. Toklas.* La obra apareció en 1933 y fue, ya está dicho, un gran éxito de ventas y de crítica. Aparte del curioso encanto del libro, tal vez el público también apreció el hecho de que la antaño hermética Gertrude Stein escribiera al fin un texto perfectamente legible, sin modernismos ni experimentalismos: era la deglución final de las vanguardias. Pero a Gertrude no le importó lo más mínimo que el triunfo le hubiera llegado con una obra más o menos convencional: «Me gusta ser famosa, me gusta una y otra vez, y tener éxito te da una sensación de paz».

De manera que, después de todo, la historia terminó bien, o por lo menos bien para Gertrude, que murió en 1946, a los setenta y dos años, de un cáncer rápido. La pobre Alice vivió hasta 1967, y murió sola, sorda, ciega, impedida y en la mayor pobreza, poco antes de cumplir los noventa años. La enterraron en la misma tumba que a Gertrude, en el cementerio parisiense de Père Lachaise, pero Alice, sumisa hasta el final, dejó dicho que escribieran su nombre en el revés de la lápida. Tanta mansedumbre repugna un poco, pero al mismo tiempo hay algo profundamente conmovedor en la historia de Gertrude y Alice, y en el hecho de que se comprendieran a la perfección desde el primer momento. «Platito de delicias / que es mi esposa y es todo / y una esfera perfecta», dice uno de los poemas de amor de Gertrude. Lo increíble es que estas dos mujeres estaban condenadas a la amargura de la marginación, y sin embargo se salvaron. Estrafalarias y disparatadas, vivían en la frontera de lo que la sociedad considera loco o anormal, pero supieron construirse unas vidas plenas y felices.

Y así, Gertrude hizo de sí misma un personaje histórico, y Alice vivió instalada en su destino de esposa de genio. Crearon un universo propio con palabras distintas (como las inefables vacas de la pasión) y alcanzaron tal punto de simbiosis frente al mundo enemigo, que fue la siempre silenciosa Toklas quien proporcionó a Gertrude la voz con la que redactar su único libro de éxito, esa voz razonable, liviana, maliciosa y doméstica de la *Autobiografía.* Porque a lo mejor lo que fallaba en Gertrude no era el talento, sino la lógica; puede que Stein fuera demasiado rara, y, por consiguiente, incapaz de escribir de manera comprensible. En cualquier caso, fue Alice B. Toklas quien le prestó su mirada, su personalidad y su palabra para alcanzar el triunfo. Sepultada como estaba en su humildad morbosa, tal vez Alice no llegó jamás a darse cuenta de esto. O tal vez sí.

BIBLIOGRAFÍA

Autobiografía de Alice B. Toklas, Gertrude Stein. Lumen.
Gertrude y Alice, Diana Souhami. Tusquets Editores.
Autobiografía de todo el mundo, Gertrude Stein. Tusquets Editores.
París era una fiesta, Ernest Hemingway. Biblioteca de Bolsillo, Seix Barral.
Six Exceptional Women, James Lord. Farrar Straus Giroux, Nueva York.
The Selected Diaries of Cecil Beaton, Cecil Beaton. Pimlico, Londres.

Antropología alienígena

La niña verde, de Herbert Read, y *El testimonio de Yarfoz*, de Rafael Sánchez Ferlosio

Debo decir que lo que me hizo hociquear en *La niña verde* de Herbert Read (y luego ya sentarme a leer el libro de arriba abajo) fue el hecho de que se trata de la única novela escrita por este autor, celebérrimo filósofo anarquista y ensayista de arte del que leí, siendo muy joven, unos cuantos libros que me dejaron bisoja, como *Anarquía y orden* o *Al diablo con la cultura*... Hace casi cuarenta años de aquellas lecturas, me acuerdo de muy poco (aunque sin duda andarán por ahí abajo, hechas carne) y no sé si hoy se mantendría mi fascinación por ellas; pero entonces fueron fundamentales para mi formación. Y el caso es que ignoraba que Read (1893-1968) hubiera publicado ficción, de modo que este libro, recién reeditado en España, me llenó de curiosidad.

Y curiosa es la novela, vive Dios. Este libro inclasificable está compuesto por dos historias en apariencia divergentes. Una es el relato, en primera persona, de cómo Oliver, un muchacho procedente de un pequeño pueblo británico, pasa por diversos avatares (que incluyen la cárcel) hasta terminar convertido, por un malentendido, en un agente revolucionario dentro de un pequeño país latinoamericano, luego en golpista contra la tiranía y, por último, en Olivero, presidente de ese país durante veinticinco años. Así contado parece la típica historia de aventuras vitales, una novela casi picaresca sobre un destino singular, y de hecho es cierto que esta parte del libro contiene las páginas más convencionales. Pero en cuanto llegamos a Roncador, que es el nombre del pequeño Estado hispano, el libro se convierte claramente en otra cosa: en una suerte de ensayo novelado sobre la construcción de una sociedad ideal. El paraíso en la tierra. Esto es sin duda lo que deseaba contar Read; y lo hace tan bien que realmente parece que el narrador está haciendo un informe burocrático, una detallada exposición que resultaría tediosa si no fuera por la rareza de lo que describe. El mundo que construye en Roncador es muy distinto de cuanto conocemos, y al mismo tiempo perfectamente lógico. Eso es lo que resulta tan interesante.

Pero más rara y más hipnotizante es la segunda historia, que está narrada en tercera persona y que, de golpe y porrazo, se transmuta en un relato de género fantástico. Olivero, cansado de la política, finge su propia muerte y regresa a la aldea inglesa de la que salió, en donde, por cierto, años atrás habían aparecido un buen día dos niños medio translúcidos y de color verdoso que fueron criados por una viuda. Cuando vuelve Olivero, sólo queda viva la niña, que ahora es una mujer adulta (y muy verde). Aquí también hay un cierto prólogo de aventuras y luego la novela entra en materia, a saber: la niña verde conduce a Olivero a través del lecho de un río a otra realidad, un mundo subterráneo habitado por un pueblo de seres verdosos. Y el resto del texto no es más que la descripción pormenorizada de esa realidad tremendamente alienígena, de una cultura que no tiene nada que ver con la nuestra, pero que mantiene una coherencia absoluta. Hay otros mundos, pero están en éste.

Lo más interesante del libro, en fin, es la formidable capacidad intelectual de Read para imaginar unas existencias alternativas que expone con finura estilística pero con cierta frialdad de antropólogo en Marte. En Roncador crea una sociedad nueva que respeta los límites de nuestro mundo; mientras que en las grutas de los seres verdes se permite fantasear más allá de los parámetros conocidos. Y lo más divertido es que la sociedad ideal de Roncador, que supuestamente es una comunidad más o menos ácrata, se asienta en la ignorancia de sus ciudadanos. Para ser felices, explica Olivero, las gentes del pueblo no deben ser educadas, no deben saber leer ni escribir: «Antes morir que destruir su paz (...) creando una sociedad de intelectuales», dice el narrador. En cuanto a los seres verdes, su mundo, hermoso y plácido, es una realidad estática que abomina del cambio, de la diferencia y, por consiguiente, del arte.

De manera que este finísimo intelectual que fue Herbert Read creó dos mundos felices que iban totalmente en contra de todas sus ideas y de toda su vida: del anarquismo, de la cultura, de la lectura y del arte. Y los creó con total seriedad, aunque la paradoja resulte desternillante; quién sabe, tal vez una parte de Read ansiara rozar esa suprema libertad que consiste en no ser quien uno es. No creo que este extraño libro fuera muy comprendido en su momento; la edición tiene un epílogo de 1948 del escritor contracultural Kenneth Rexroth que es uno de los textos más ridículos que he leído en mi vida. Declara, en tono muy pomposo, que no va a explicar «el sentido de la alegoría de Read», y el lector intuye que el hombre está patidifuso, que no ha entendido nada, esto es, que no ha entendido que no hay nada que entender; para protegerse de su desconcierto, en fin, se refugia en la pedantería, haciendo un epílogo tan pretencioso e inane que parece dar la razón a Olivero cuando dice que es preferible morir a crear una sociedad de intelectuales.

Pero si hablamos de autores capaces de inventar civilizaciones desconocidas, realidades ajenas pero redondas y verosímiles, tenemos que citar una obra maravillosa: *El testimonio de Yarfoz,* de Rafael Sánchez Ferlosio, que narra la historia del príncipe Nébride, del fabuloso pueblo de los Grágidos, que están separados por el río Barcial de sus vecinos y eternos enemigos, los Atánidas, con quienes mantienen desde tiempo inmemorial las guerras barciaeas. Esta hermosa novela fantástica, que para mí es lo mejor de Ferlosio aunque termina de sopetón (cuentan que el editor le arrancó casi a la fuerza un fragmento de una obra mucho más larga e inacabada), tiene todo el brío intelectual de Read, toda su capacidad de constructor de sociedades, pero además posee una grandeza épica incomparable. Escritores demiurgos, hacedores de mundos.

BIBLIOGRAFÍA

La niña verde, Herbert Read. Traducción de Enrique Pezzoni. Duomo.

El testimonio de Yarfoz, Rafael Sánchez Ferlosio. Colección Áncora y Delfín. Ediciones Destino.

Raros viajes al cuerpo

Sobre neurología y letras

Nuestro cuerpo, que nos esclaviza a sus necesidades y al cabo nos mata, siempre ha sido una fuente de conflicto para los humanos. Los puritanos de todas las religiones han tendido a contraponerlo al espíritu (estoy aquí dentro, encerrada en la cárcel de mi carne) y a considerarlo impuro y punible, un enemigo. Pero también ha habido celebraciones de la gloria del sexo, esa máxima explosión de lo carnal, como sucede en el tantrismo o en el pintoresco *orgón* de Wilhelm Reich.

Los últimos descubrimientos científicos están demostrando que nuestro cuerpo es un vasto universo en vías de exploración. El estudio del cerebro, sobre todo, lleva unas cuantas décadas de avances formidables. Hay un libro maravilloso del neurólogo V. S. Ramachandran, *Fantasmas en el cerebro,* un texto de divulgación que se lee como una novela de aventuras y que, entre otras cosas, viene a decir que Dios habita encima de nuestra oreja izquierda. Ahí está situado el lóbulo temporal izquierdo del cerebro, y se ha comprobado que, cuando esa zona sufre alguna lesión por un ataque epiléptico o alguna otra causa, el sujeto afectado puede experimentar intensos raptos místicos, obsesionarse por los temas religiosos y convertirse en un iluminado o en un fanático. Simplificando de manera bárbara, podríamos decir que Dios no es una zarza ardiente, sino un desordenado chisporroteo eléctrico que ilumina un rincón de la blanda y grasienta masa de neuronas. Aún más: Dios sería una lesión, una enfermedad, una herida.

Sí, nuestro cuerpo es el mundo en el que tenemos que vivir toda nuestra vida. Y hay libros que son como cartas de navegación de ese planeta corporal, mapas de la *terra incognita* de nuestro organismo. Como, por ejemplo, las espléndidas obras del neurólogo Oliver Sacks (la mejor, para mí, *Un antropólogo en Marte,* sobre la que quizá escriba algún otro día); o como un libro publicado en España hace algunos meses, *Nacido en un día azul,* de Daniel Tammet, un autista británico de veintinueve años. En concreto, Daniel tiene el síndrome de Asperger, que es un trastorno de la familia del autismo, aunque algo más leve. Además, ha padecido ataques epilépticos y posee un alto grado de sinestesia, de manera que en su cabeza se mezclan los sentidos y puede ver los números con colores y formas. Como Vladimir Nabokov, dicho sea de paso, sólo que al gran escritor ruso le ocurría sobre todo con las palabras.

Por añadidura, Daniel es un *savant,* uno de los cincuenta *savants* que hay registrados en el mundo, personas que por un lado sufren discapacidades graves y a menudo totalmente inhabilitadoras, pero que por otro ejecutan proezas cognitivas apabullantes. El *savant* o sabio de este tipo más famoso es Kim Peek, que inspiró el personaje de Dustin Hoffman en la película *Rain Man,* y que, entre otras cosas asombrosas, era capaz de leer dos libros a la vez, uno con cada ojo, y recordaba palabra por palabra el noventa y ocho por ciento de los doce mil volúmenes que leyó en su vida. En cuanto a Daniel, puede recitar de memoria veintidós mil quinientos decimales de pi y distingue inmediatamente cualquier número primo (que es aquel que sólo se divide por sí mismo y por la unidad), porque para él posee una textura suave y como pulida, muy distinta de la rugosidad con que ve las demás cifras. Para Daniel, los números son sus amigos; cuando está nervioso o asustado se pone a contar y eso le calma. Las cifras forman hermosos paisajes numéricos dentro de su cabeza y poseen personalidades definidas. Y así, el once es amistoso y el cinco, chillón. En cuanto al cuatro, que es su número favorito, es tímido y callado. El treinta y siete tiene grumos, y al ochenta y nueve lo ve como nieve cayendo. Tampoco se le dan nada mal las palabras: habla once idiomas, entre ellos el español, el lituano y el galés. Por cierto que aprendió el islandés en sólo una semana. Y ha inventado un lenguaje propio que se llama Mänti.

Todo esto ya es lo suficientemente peculiar; pero lo que ha hecho de Daniel un caso único en el mundo es que, mientras otros *savants* no pueden hacerse cargo de sí mismos (Kim apenas era capaz de abrocharse la camisa), él ha conseguido construirse una vida independiente y completa. Eso sí, con un esfuerzo descomunal, porque cosas tan simples como coger un autobús siguen siendo para él retos difíciles. Cada mañana tiene que desayunar cuarenta y cinco gramos de cereales, ni uno más ni uno menos (los pesa con una báscula electrónica); y si por alguna razón no puede beber a su hora exacta alguna de las tazas de té que toma al día, se pone nerviosísimo y al borde del paroxismo. De niño, se daba de cabezazos contra las paredes. Y, sin embargo, este joven tan próximo al abismo ha sido capaz de irse de casa de sus padres a los diecinueve años; de mantener desde hace siete una sólida pareja amorosa con Neil, un técnico informático; y de inventar un método de enseñanza de idiomas por Internet que marcha viento en popa y le ha permitido montar su propia y boyante empresa. Digamos que lo más extraordinario de Daniel es que sea tan *normal*.

Por añadidura, en fin, ha escrito este libro, una autobiografía ágil y sencilla que nos permite viajar a los extremos del ser, al interior de ese cerebro tan distinto. El pulcro texto tiene algo exótico, algo alienígena, el eco fascinante de un mundo remoto, y al mismo tiempo ofrece el íntimo reconocimiento de lo humano por encima de su pasmosa diversidad. Hacia el final del libro, Tammet cuenta su encuentro con el *savant* Kim Peek, que en su vida cotidiana era tan autónomo como un niño de dos años. Kim le abrazó y le dijo: «Algún día serás tan grande como yo». Y Tammet explica que es el cumplido más maravilloso que jamás le han dicho, y que encontrarse con Peek fue uno de los momentos más felices de su vida. Conmovedor e inolvidable Daniel Tammet, valiente explorador de los confines.

BIBLIOGRAFÍA

Nacido en un día azul, Daniel Tammet. Editorial Sirio.
Fantasmas en el cerebro, V. S. Ramachandran. Debate.
Un antropólogo en Marte, Oliver Sacks. Anagrama.

El jardín al que nunca volveremos

Lolita, de Vladimir Nabokov

Hace veinte años, en un pequeño pueblo al sur de Inglaterra, compré un ejemplar en inglés de *Lolita* en un mercado callejero. Era un libro de segunda mano, una edición de bolsillo publicada en diciembre de 1959. Tenía una dedicatoria que decía (y que aún dice): «To Maurice with Love. Pam. Christmas 1959». (Para Maurice con amor. Pam. Navidad 1959.) Y el dibujo de un pequeño corazón con una estrella de cinco puntas dentro. Quién sabe lo que habría sucedido con ese amor de Pamela, en el entretanto de los años, para que el libro hubiera acabado en aquel tenderete de la calle, en la pequeña infamia de la reventa.

Tal vez Maurice nunca correspondió a la mujer; o tal vez la quiso con ardiente pasión, pero el pobre murió, y después, un heredero descuidado saldó sin remordimientos su biblioteca. Puede que Pamela y Maurice se amaran intensamente para luego odiarse de igual modo, etapa en la que el libro habría comenzado su destierro. Quizá se traicionaron, quizá se maltrataron, quizá se hicieron la vida imposible el uno al otro. Entre ellos pudo haber incluso un asesinato, o un aburrimiento casi igual de letal. Existen tantas maneras de perderse, de destruir un amor y tu propia vida. Por no mencionar el paso del tiempo, que todo lo arrasa y lo marchita. Acabo de nombrar dos de los temas fundamentales en la visión del mundo de Vladimir Nabokov: el amor que se funde con el horror, y el tiempo como fuerza aniquilante. Por eso siempre he guardado con especial cariño ese viejo ejemplar de *Lolita:* con su dedicatoria hoy ya marchita, resulta un soporte muy adecuado para una novela de amor tan atroz y tan bella.

Desde luego, el paso del tiempo, y su carga de decadencia e inevitable pérdida, fue una obsesión para Nabokov. Lo cual es natural si tenemos en cuenta que el escritor sufrió en su propia vida pérdidas colosales. Vladimir Nabokov nació en San Petersburgo en 1899 y fue el mimadísimo primogénito de una familia de la alta burguesía rusa. Su abuelo había sido ministro de Justicia; su padre, periodista y político, fue parlamentario de la duma y fundador del Partido Constitucional Democrático, de centro-derecha. Eran extremadamente ricos: a partir de los siete años, Vladimir contó con un ayuda de cámara para vestirse. Poseían un Benz y un Rolls-Royce en épocas en las que nadie tenía coche en Rusia y los niños corrían detrás de los pocos vehículos a motor gritando: «¡Automóvil, automóvil!».

Vladimir era conducido al colegio en alguno de esos coches rutilantes por un chófer de librea que doblaba la cerviz ante el señorito. Los profesores pidieron al niño que se bajara del coche una manzana antes de llegar para no causar escándalo con su ostentación, y el pequeño Nabokov se negó altivamente. Siempre fue un esnob, un déspota ilustrado y soberbio, más aristocrático que burgués, aunque en su familia no había ningún título nobiliario. Sus antepasados paternos, sin embargo, tenían una historia muy curiosa. El abuelo (aquel que luego sería ministro de Justicia) era el amante de una mujer de cierta edad, bellísima y casada, la cual arregló la boda de su propia hija, Maria, con su amado, para poder tenerlo cerca sin levantar sospechas.

De manera que Vladimir conoció en su propia familia, en sus abuelos, el reverso de la situación que luego describiría en *Lolita:* si en la novela Humbert Humbert, el protagonista, se casa con la madre para poder estar cerca de la hija, en la realidad el viejo Nabokov se casó con la hija para poder estar cerca de la madre. Como es natural,

Maria, la abuela del escritor, no se sentía feliz dentro de semejante matrimonio. Era también muy guapa, y se rumoreó de manera insistente que había sido amante del zar, o tal vez del hermano del zar, y que tres de sus hijos, entre ellos el padre de Nabokov, que verdaderamente se parecía muchísimo a los Romanov, venían de la rama imperial. Así es que, después de todo, tal vez el escritor sí tuviera un pasado aristocrático. En cualquier caso, nuestro Nabokov era un genio, pero poseía tal certidumbre de su propio talento que a menudo resultaba difícilmente soportable.

Los adinerados Nabokov contaban con varias casas de campo, pero una de ellas, Vyra, fue fundamental en la formación de Vladimir. Todos los escritores rusos (salvo Dostoievski: y tal vez fuera por eso, pura cuestión de clases, por lo que Nabokov le odiaba tanto) parecen tener una casa de campo en la infancia, un parque resplandeciente anclado en la memoria, con formidables veranos que nunca se acababan, y un tintineo de risas, y un revuelo de encajes, y el sol moteando el mundo a través de las hojas susurrantes. También Nabokov tuvo su jardín primordial, y en él se empapó de la poderosa sensualidad eslava, de esa gloriosa celebración de la vida física y, al mismo tiempo, de la melancolía infinita de la pérdida, porque uno siempre crece y acaba perdiendo el paraíso. Con el agravante de que, en el caso de Nabokov, no fue sólo el tiempo el que le cerró las puertas del edén, sino también la historia y el exilio.

Porque en 1917, al estallar la Revolución, la familia Nabokov tuvo que escapar por piernas del país (Vladimir jamás volvió a pisar suelo ruso). Lo perdieron todo y se convirtieron, de la noche a la mañana, en unos apátridas pobres como ratas. Los dos estudios en Cambridge de Nabokov se pagaron con la venta de un collar de perlas que la madre había conseguido salvar; luego el escritor malvivió penosamente con ayudas del fondo de exiliados, dando clases de tenis o de inglés, haciendo pequeños trabajos de entomología (Nabokov era un experto en mariposas y llegó a descubrir un espécimen que lleva su nombre, la *Plebejus lysandra cormion nabokov*) y recibiendo ínfimas sumas de dinero por los derechos de sus obras. Vladimir vivía en Berlín y escribía y publicaba en ruso: su público, por tanto, se reducía a la comunidad de rusos exiliados, apenas un millón de personas, la mayoría muy pobres. Pronto se convirtió en un autor famoso entre los suyos, pero eso no le sacó de la miseria.

Curiosamente, su extremado individualismo le ayudó a sobrellevar la penuria: era como si lo material no fuera relevante. Siempre fue un hombre tremendamente aislado del entorno y volcado hacia sí mismo. Por ejemplo, en su juventud, mientras Rusia hervía y se preparaba para el estallido de la Revolución, Vladimir se dedicaba a escribir poemas de amor. En esto era la antítesis de su padre, V. D. Nabokov, un hombre honesto y profundamente preocupado por lo social. V. D. Nabokov arrojó su carrera política por la ventana al defender públicamente a los judíos, y en la Revolución de 1905, tras la sangrienta represión de las fuerzas del orden, condenó las matanzas, lo cual le costó su degradación como gentilhombre (el zar le echó de la corte), tres meses de prisión y la expulsión para siempre de la duma o parlamento. Un día de 1922, ya en Berlín y en el exilio, V. D. Nabokov invitó a un adversario político (un izquierdista) a dar una conferencia; dos fascistas rusos intentaron asesinar a tiros al invitado y V. D. se interpuso. Le metieron tres balas en el cuerpo y murió en el acto. Vladimir quedó destrozado: aun siendo tan distintos, adoraba y admiraba a su padre. Ahí perdió el último pedazo del paraíso.

El heroico ejemplo de V. D. Nabokov, sin embargo, no animó a Vladimir a comprometerse más con su entorno. Por ejemplo, pese a sentir un comprensible odio por los comunistas y a tener un talante belicista (muchos años más tarde, durante la guerra de Vietnam, mandó un telegrama a Lyndon B. Johnson apoyando la intervención militar), Vladimir no se incorporó al Ejército de los Rusos

Blancos, como hizo la mayoría de los jóvenes de su entorno. Para fortuna de sus lectores, siempre estuvo embebido en su obra. Redactó libro tras libro con rigor infinito, desdeñando todas las dificultades y construyendo poco a poco su voz formidable. Trabajaba muchísimo: era insomne, y se pasaba las noches escribiendo, dando apenas una breve cabezada de cuando en cuando. En la etapa rusa, que duró hasta 1939, publicó ocho novelas, una de ellas la magnífica *La dádiva*. Luego, la Segunda Guerra Mundial y el nazismo (su mujer, Vera, era judía) le hicieron emigrar a Estados Unidos. Como en 1917, volvió a escaparse por muy poco: durante meses no pudieron huir porque no tenían dinero para pagarse el barco, y fue al fin una organización de socorro judía la que los sacó de la ocupada Francia.

En Estados Unidos se convirtió en un escritor en lengua inglesa. ¡Y qué lengua! Vibrante, brillantísima, saturada de juegos de palabras, de equívocos y referencias. La escritura de Nabokov es un rompecabezas vertiginoso que resulta difícilmente traducible: leer *Lolita* en español le hace perder gran parte de su complejidad y su potencia. En realidad, Nabokov era trilingüe desde siempre; de niño hablaba con sus padres en inglés y francés, dejando el ruso para las relaciones con la servidumbre.

En Estados Unidos consiguió también los primeros trabajos fijos y decentemente pagados de su vida: fue profesor de universidad, primero en Wellesley y luego en Cornell. Empezó a poder comer, dicho sea de manera metafórica pero también literal, y el hasta entonces delgadísimo, famélico Vladimir engordó como un buey. En 1954, rollizo y maduro, terminó *Lolita*. Ofreció el manuscrito a cuatro editores, pero ninguno quiso publicar el libro: temían ser procesados por obscenidad. El propio Vladimir se sentía inquieto: al principio pensó en publicar la novela con un nombre falso, por miedo a que le echaran de la universidad. Pero pronto cambió de idea y decidió salir a cara descubierta. Al fin, en 1955, consiguió que una pequeña editorial inglesa de París, la Olympia Press, sacara el libro. Y empezó el escándalo.

Hubo presiones de las fiscalías en diversos países, amenazas de procesamientos, denuncias puritanas e histéricas (como la del jefe de críticos de *The New York Times*), e incluso una prohibición completa del libro (en Nueva Zelanda). Pero *Lolita* se convirtió en un enorme éxito mundial, en una fiebre. En 1958, la editorial Putnam sacó la edición norteamericana; en 1959, Stanley Kubrick hizo su celebérrima película sobre la novela. A los sesenta años, Vladimir Nabokov volvía a ser muy rico.

Hoy resulta difícil entender por qué *Lolita* levantó tantas ampollas. Sí, el tema sigue siendo atroz y la hondura del relato, estremecedora; pero es imposible considerarlo un libro pornográfico. Humbert Humbert, emigrante europeo, un intelectual culto y exquisito de cuarenta y dos años, alquila una habitación en una casita suburbial de un pueblo norteamericano, y se enamora perdidamente de la hija de su patrona viuda, una niña de doce años, Lolita, maleducada, sucia y comedora de chicle, la típica adolescente descarada y vocinglera. No es la primera vez que esto le sucede a Humbert Humbert, como él mismo se encarga de contarnos, porque siempre le han gustado las niñas: es un pedófilo. Pero en esta ocasión el reconocimiento amoroso le deja aniquilado.

Porque de eso se trata, de recrear, de recuperar. Humbert Humbert amó a los trece años a una niña de su misma edad, Annabel, que a los pocos meses falleció de tifus. Y aquel primer encuentro sexual, que era inocente y limpio, dejó a Humbert prendido en el amor a las nínfulas; y le fue convirtiendo, con el transcurso de los años, en un ser atroz y universalmente imperdonable, en el pederasta que se sienta en los bancos de los parques para atisbar el correteo de las niñas, de esas nínfulas que juegan, sudorosas, en jardines eternos de los que el mirón ha sido expulsado para siempre. Y aunque Humbert se siente por dentro tan inocente en su amor como el niño que fue, en el exterior la edad le ha convertido en un monstruo abominable. Qué terrible es, en efecto, el sino del pedófilo, para quien el mero hecho de amar es aberrante.

De ese profundo drama habla Nabokov en *Lolita,* pero en realidad está hablando de una tragedia común a todos los humanos: de la vida, tan inquietante y paradójica; de la imposibilidad de conseguir la dicha; del tiempo fugitivo; del paraíso perdido; del amor como sinónimo del daño. Humbert, que es un obsesivo y un paranoico, cuenta su historia en primera persona, manteniendo un asombroso equilibrio entre lo grotesco y lo sublime, entre la ternura y la crueldad. Es una narración trepidante, llena de suspense y de las sutiles trampas que Nabokov nos pone, de modo que el lector confunde los datos, las pistas del misterio, y al final ha de volver a repensar el libro para recolocar todo lo leído.

Humbert se casa con Charlotte Haze, su patrona viuda, que se había enamorado perdidamente de él. Pero Humbert sólo piensa en la manera de asesinar a Charlotte para quedarse a solas con Lolita. Al final, muerta la madre, el incestuoso padrastro tiene prisionera a la niña entre sus brazos durante dos años. Van de motel en motel huyendo de sí mismos, la Lolita cautiva y la Araña Humbert. La historia, tal como la cuenta el protagonista, es a menudo desternillante; y, sin embargo, uno ríe y se espanta al mismo tiempo. Humbert adora a la pequeña: pero la obliga a hacer el amor con él varias veces al día. En un motel cualquiera, Lolita, niña al fin, está jugando. Humbert va a buscarla: todos creen que es su hija. Se despide de los otros críos, de los otros adultos, y, colocando una amorosa y paternal mano en la nuca de la chica, «llevé a mi reacia niña, suave pero firmemente, a nuestro pequeño hogar, para una conexión rápida antes de la cena». Es la viva imagen de lo siniestro.

A medida que el libro avanza, el relato va derivando hacia el delirio. Llega un momento en que no sabemos si lo que nos cuenta Humbert sucedió de verdad o es un producto de su locura (el protagonista estuvo internado varias veces en un psiquiátrico). Al final, sin embargo, la paranoia de Humbert se revela acertada: existe un malvado cuyo nombre suena, en inglés, como «Claro Culpable». Es el otro yo de Humbert, un ser perverso.

Dado que vemos la historia desde los ojos de Humbert, el lector, aunque estremecido por los muchos barruntos del horror que salpican las páginas, no puede por menos que conmoverse ante la intensidad del amor que el cultivado Humbert siente por esa niña tosca, estúpida y hortera. Pero Nabokov es implacable con su personaje: al final, Humbert nos dejará ver que Lolita no era una necia, sino una inteligente niña de doce años, una pobre huérfana sin recursos. Y que en realidad Humbert no le proporcionaba un amor exquisito, sino que la avasallaba de un modo cruel. Porque el personaje de Nabokov es un hombre profundamente disociado capaz de advertir su propia negrura:

> Recuerdo ciertos momentos en los que, después de saciarme de ella —al término de fabulosos, dementes conatos que me dejaban exhausto—, la recogía en mis brazos, al fin con un mudo plañido de ternura humana (su piel brillaba a la luz de neón que llegaba a través de las varillas de la persiana, y tenía las negras pestañas pegadas y los ojos más vacíos que nunca, exactamente como los de una pequeña paciente todavía perdida en la confusión de una droga, después de una operación grave), y la ternura se ahondaba en vergüenza y desesperación, y yo sostenía y mecía a mi solitaria y pequeña Lolita en mis brazos de mármol, y gemía en su pelo tibio, y de cuando en cuando la acariciaba y pedía su bendición sin palabras, y en la cúspide misma de esa ternura humana, agónica y generosa —con mi alma en verdad a punto de arrepentirse y sometida a su cuerpo

desnudo—, súbitamente, irónicamente, horriblemente, el deseo se henchía de nuevo y... oh, no, decía Lolita con un suspiro al cielo, y un momento después la ternura y el azul... todo se hacía pedazos.

Los lectores suelen mostrar una fastidiosa y pertinaz tendencia a creer que las novelas reflejan la vida del autor, y por eso, aunque *Lolita* es un artefacto narrativo obviamente complejo, Nabokov recibió cartas insultantes que le tildaban de pederasta. Nada más lejos de la biografía que se conoce de Vladimir; por el contrario, dos de sus novias juveniles fueron mujeres mayores que él. Es cierto que el tema del pedófilo conmueve profundamente a Nabokov: ya en 1939 hizo un relato largo, titulado *El hechicero* y escrito en ruso, que cuenta la historia de un pederasta que se casa con una mujer muy enferma para poder aprovecharse de su hijita. Pero es que a Nabokov le interesan los monstruos, los distintos: ¿y qué monstruo más patético puede haber que ese pedófilo que cuando ama, peca?

En realidad, los autores no escogen el tema de sus libros: son más bien los temas los que se apoderan del escritor. El novelista da forma a sus fantasmas sin llegar a desentrañar por qué le obsesionan. Detrás de *Lolita* puede latir la idea del incesto (el amor por la madre); o el agudo dolor de la infancia perdida. En *Habla, memoria,* su bellísimo libro autobiográfico, Nabokov cuenta la historia de su primer amor, una niña a la que llama Colette con la que se rozaba en las playas de Biarritz. Y el tono del relato (la evocación de las dulces rodillas rasguñadas) es muy parecido al de Humbert Humbert cuando cuenta su primer amor por la niña Annabel. Nabokov, que tenía diez años, vio por última vez a su querida Colette en un parque en París, corriendo entre las luces y las sombras de un verano perezoso e interminable. En ese mismo parque, edén perdido ya, paraíso roto, recuperaría cuarenta años después Humbert Humbert a sus nínfulas dolorosas e inalcanzables.

Pero tal vez haya otro punto en el que se parecen Nabokov y Humbert, y es en la disociación. También Vladimir (como todos los novelistas, probablemente) parece tener una personalidad hecha a retazos. Y así, el escritor podía ser a la vez tierno y despótico, pedante y atento, divertido e insufrible. Antes de su matrimonio con la madre de Lolita, Humbert había tenido otra esposa: «Por mi propia seguridad, resolví casarme». Es decir, se casó para intentar huir de su pasión prohibida por las niñas. Pues bien, tengo la sensación de que a Nabokov le sucedió algo parecido: se casó con Vera, su mujer, siendo aún muy joven (en 1925, a los veintiséis años), y tras haber intentado desposar a otra muchacha dos años antes. Se diría que él también creía que el matrimonio podría salvarle de algo: tal vez de la disolución, de la locura. «Tengo miedo a volverme loco», escribió en 1937 Vladimir a Irina, la única amante que tuvo (la historia duró seis meses) durante los cuarenta años de su matrimonio con Vera.

Nabokov fue un hombre bastante raro empeñado en parecer normal, un excéntrico disfrazado de tipo metódico y aburrido. Nunca adquirió una casa propia, cambiaba con inaudita frecuencia de alojamiento, vivió sus últimos dieciocho años instalado en una suite de un hotel de lujo de Suiza. Perseguía mariposas como un poseso, tal vez porque en ellas se manifiestan, con especial intensidad, las paradojas nabokovianas del gusano reptante y la hermosura aleteante, de la vida plena y sin embargo efímera. Una vez, mientras era profesor en Wellesley, una de sus alumnas fue a preguntarle sobre un examen que tenía al día siguiente. Encontró a Nabokov cazando mariposas junto al lago: «La vida es bella. La vida es triste. Eso es todo lo que necesitas saber», le dijo Vladimir. Y luego siguió buscando lepidópteros.

El éxito de *Lolita* le sentó bastante mal a Nabokov: fomentó lo peor de él, la soberbia, el narcisismo, la intransigencia. Se peleó con e insultó públicamente a todos sus amigos o ex amigos, y dio entrevistas postulándose de manera abierta para el Premio Nobel y criticando acerbamente a quienes lo habían ganado. Nunca le dieron el galardón: sin duda una injusticia, porque Nabokov es uno de los más grandes escritores de este siglo. Pero que él mismo proclamara tan iracundamente su grandeza no le hacía muy simpático. Este acartonamiento personal repercutió en su obra: *Ada,* la novela más jaleada por la crítica de la época, es en realidad un libro pedante, autocomplaciente y manierista, muy lejano de la intensidad y la veracidad de sus mejores obras. Pero todo esto en realidad son menudencias. Tras la muerte de Nabokov en 1977, lo que queda es su maravillosa capacidad para hacernos entender el alma humana; para atrapar, como quien atrapa una mariposa, el milagro y la tragedia de la vida: «La cuna se mece sobre un abismo», dice en su autobiografía, «y el sentido común nos dice que nuestra existencia no es sino una breve grieta de luz entre dos eternidades de tinieblas». Queda su sensualidad, y la añoranza del hermoso jardín, del parque primordial al que jamás regresaremos. Y queda esa voz inolvidable que nos confirma que sin dolor no existe la belleza.

BIBLIOGRAFÍA

Lolita, V. Nabokov. Anagrama.

El hechicero, V. Nabokov. Anagrama.

Habla, memoria, V. Nabokov. Anagrama.

Nabokov: His Life in Part, Andrew Field. The Viking Press, Nueva York.

The Life and Art of Vladimir Nabokov, Andrew Field. Macdonald Queen Anne Press, Nueva York.

Vladimir Nabokov, los años rusos, Brian Boyd. Anagrama.

Theroux y otros buitres

Sobre la obra de Paul Theroux

No sé si las novelas de Paul Theroux me gustan demasiado; las que he leído me han parecido faltas de fluidez, un poco agarrotadas. Me interesan bastante más sus libros de viajes, pero cuando de verdad me resulta un autor fascinante es cuando se pone a escribir textos híbridos y ambiguos, obras raras a medio camino del testimonio personal y de la ficción. Ahí, en la distancia corta con las cosas, es un escritor irresistible.

Ahora acabo de leer *Mi otra vida,* un texto voluminoso (se ve que a Theroux le encanta redactar libros gordos) que parte de una idea simple pero muy efectiva: hacer una autobiografía que en realidad es una invención. Pero la gracia, claro está, es que no todo lo que cuenta es ficción. ¿Qué parte se inventa y qué parte no? Imposible saberlo. Tal vez ni él mismo sea capaz de desenmarañar la línea de sombra que separa el recuerdo real de lo fabulado, pues a fin de cuentas todo recuerdo es mentiroso y toda memoria un producto más o menos elaborado de nuestra imaginación.

En cualquier caso, en *Mi otra vida* habla de sus viajes por África, de su expulsión del Cuerpo de Paz por meterse en política, de su estancia en Singapur y sus años en Londres. Todo eso está ahí y es *verdadero,* quiero decir que puedes rastrearlo en el artículo de la Wikipedia sobre Theroux, pongamos por caso. En el libro también aparecen sus hijos y su primera esposa, sólo que con el nombre cambiado: la mujer de carne y hueso se llama Anne, y él aquí la bautiza como Alison. Un recurso muy pobre para alejar la quemazón de lo real. Porque las personas reales, como es natural, suelen llevar bastante mal que se les meta en los libros, que se las manipule y distorsione como a personajes de ficción. Cuando Truman Capote publicó en una revista los primeros capítulos de su novela *Plegarias atendidas,* sus amigos y benefactores de la alta sociedad quedaron tan horrorizados al verse despiadadamente expuestos en el libro que le cerraron todas las puertas en las narices. Capote se convirtió en un apestado, jamás terminó la novela y los ocho años que aún le quedaron de vida fueron un puro decaer. Por supuesto que su deterioro se debió a un cúmulo de circunstancias, pero el ostracismo provocado por el tremendo escándalo contribuyó lo suyo.

No sé cómo Capote no pudo prever que pasaría eso. No sé cómo los escritores que se dedican a atrapar y reelaborar retratos de personas reales, como quien captura mariposas, no se dan cuenta del daño que pueden hacer y de las consecuencias. En *Mi otra vida* hay un capítulo sobre una absurda cena con el estupendo escritor Anthony Burgess, y en la historia aparece Alison, la esposa ficticia. Al parecer el fragmento fue publicado previamente en una revista manteniendo el nombre real de la ex mujer de Theroux, y Anne escribió una iracunda carta a los diarios diciendo que todo era mentira. El pobre Burgess, que queda bastante mal parado, no pudo protestar porque ya estaba muerto. Quiero decir que hay algo inquietante, algo vidrioso en el uso libérrimo que ciertos autores hacen de los demás. Pero, en ocasiones, ¡qué obras tan enormes produce este descaro! Como, por ejemplo, *En busca del tiempo perdido,* de Proust, en la que se pueden rastrear, y muchos estudiosos lo han hecho, decenas de nombres reales por detrás de los personajes novelescos.

Salvando las distancias con el autor de *En busca del tiempo perdido* (el gran Proust siempre está lejísimos de todos), hay que decir que a Paul Theroux se le da de perlas el buitreo. De hecho, a mí me parece que eso es lo que hace mejor: picotear las vísceras de la gente y regurgitar el bolo después de haberlo adobado de fantasía. En su defensa, hay que decir que el escritor también picotea sus propias tripas: de ahí esa sensación de honda veracidad que tienen sus textos. Eso es lo que sucede con *La sombra de Naipaul,* un grueso tomo que relata las peripecias de su larga relación con el premio Nobel V. S. Naipaul. Fue publicado en 1998 y, para mí, es el mejor libro de Theroux, un texto embriagadoramente bueno, irresistible. Una obra en cierta manera venenosa, porque el retrato final del Nobel indio es francamente atroz. Pero es que es la historia de un cariño traicionado; para Theroux, que es algo más joven, Naipaul fue un maestro, y ambos mantuvieron una íntima amistad durante treinta años. Hasta que un día el norteamericano descubrió en una librería de viejo todas sus obras, los ejemplares que él había ido enviando y dedicando amorosamente a su mentor década tras década. Una herida narcisista imperdonable para un escritor, un final estupendamente literario para la amistad de dos literatos. Con esos mimbres, Theroux escribió un libro glorioso y formidable, divertidísimo y melancólico, conmovedor y cruel, una profunda y original reflexión sobre la amistad y la vanidad, sobre la ambición y la narrativa. Sobre la vida, en fin. Cuanto más buitre es Theroux, más jirones de auténtica vida cuelgan de sus garras.

Su fingida biografía no alcanza, desde mi punto de vista, las alturas de *La sombra de Naipaul,* pero de todas formas es un texto estupendo que te atrapa desde las primeras páginas. Aunque *Mi otra vida* salió en España en 2003, se había publicado originalmente en 1996, apenas tres años después del divorcio de Anne, y las páginas exudan la melancolía del amor perdido, el duelo por la juventud que se fue, la herida aún reciente de los sueños rotos, la añoranza casi tangible de sus hijos cuando aún eran niños. Además de incluir capítulos desternillantes, como la cena demencial con la reina Isabel de Inglaterra. No sé cómo se las arregla Paul Theroux, pero cuando escribe desde el resbaladizo filo de lo real sus textos parecen palpitar entre tus manos.

BIBLIOGRAFÍA

Mi otra vida, Paul Theroux. Seix Barral.
La sombra de Naipaul, Paul Theroux. Ediciones B.

Polvo y cenizas

Las hermanas Grimes, de Richard Yates

Si estás deprimido, lo que se dice verdaderamente deprimido, no leas *Las hermanas Grimes,* de Richard Yates. Todos los demás, melancólicos y tristones incluidos, deberíais leer corriendo esta novela, si aún no lo habéis hecho. Es un libro más bien breve (doscientas veinticuatro páginas) que logra la rara magia de ser monumental. El relato, limpio y afilado como un bisturí, nos cuenta la vida de dos hermanas, desde la niñez hasta los cuarenta y muchos años de edad. Aunque sería más atinado decir que el relato nos cuenta simplemente lo que es la vida, punto. La vida de todos, con la indefensión y la maravilla de la niñez, la esperanza y la confusión de la juventud, la lucha por la supervivencia de los años adultos y la desolación de la madurez. Polvo y cenizas.

Para Yates, la existencia es una pura decepción. Un trayecto penoso. Ni siquiera es una gran tragedia: no olvidemos que sus protagonistas son dos mujeres comunes y cotidianas, humildes heroínas de la vida vulgar. Tanto en esta novela como en su primer libro, *Vía Revolucionaria,* ahora puesto de moda por la película protagonizada por Leonardo Di Caprio y Kate Winslet, Yates muestra un finísimo instinto antisexista, un extraordinario entendimiento de las muchas limitaciones que la sociedad machista de los años cincuenta imponía a las mujeres. Son libros feministas en el mejor y más profundo sentido de la palabra, porque no son textos voluntaristas ni dibujan heroínas perfectas y admirables, sino que retratan con sobrecogedora elocuencia el destino innecesariamente cruel de unos seres humanos atrapados en la telaraña de los prejuicios.

De manera que, en *Las hermanas Grimes,* Yates huye de lo grandioso. En su libro, la vida se rompe al final sin apenas ruido y la realidad se revela como un fraude, como un mediocre decorado teatral que acaba por despintarse y resquebrajarse, evidenciando su triste falsedad. Las existencias que describe son diminutas, pero están tan llenas de deseos y esperanzas como las de las personas más prominentes. El fuego de la vida arde igual para Alejandro el Magno que para el individuo más modesto, y esta mezcla tan humana de lo ínfimo y lo enorme es lo que hace que la obra de Yates resulte formidable. Como demostró Flaubert con *Madame Bovary,* los buenos escritores son capaces de hacer novelas muy grandes con personajes muy pequeños.

Yo no creo y no quiero creer que la vida tenga que ser necesariamente así como la cuenta Yates, esa imparable decadencia, esa desilusión creciente, ese pequeño dolor que se te mete dentro y va creciendo insidiosamente como un cáncer. Pero el libro tiene tal veracidad y tal hondura que despierta inevitables ecos dentro de ti. Sin duda no todas las existencias son así, pero también es indudable que algunas sí lo son, y, en cualquier caso, todas participan de algún modo de un inevitable desencanto. La biografía del propio Richard Yates parece reflejar el ambiente de sus libros, esa tristura al mismo tiempo aguda y estoica. Por lo visto tuvo una infancia agitada, itinerante y difícil, con padres no sólo divorciados, sino ferozmente enemistados. Fue periodista, profesor, negro literario de Robert Kennedy y, desde que sacó su primera novela, *Vía Revolucionaria,* a los treinta y cuatro años, tuvo un gran éxito de crítica y un incomprensible y pertinaz fracaso de público: ninguno de sus libros vendió más de doce mil ejemplares, una auténtica miseria para Estados Unidos, y un año después de su muerte ya estaba descatalogada toda su obra. Permaneció en el limbo de los olvidados hasta que, hace algunos años, los críticos comenzaron poco a poco a rescatarlo. Pero podrían no haberlo hecho; Yates y sus libros maravillosos podrían haberse perdido para siempre. Me pregunto cuántos grandes escritores estarán por ahí, flotando en la oscuridad de nuestra desmemoria.

En cualquier caso, Yates debió de morirse sintiéndose más o menos fracasado. Algo tuvo que de pasarle en la vida, algo tan fatal como lo que les ocurre a los protagonistas de sus libros, porque sus fotos muestran un cambio físico estremecedor entre el joven autor de treinta y cuatro años de *Vía Revolucionaria* y el hombre maduro que parece un anciano roto, aunque al morir tan sólo tuviera sesenta y seis años. Se divorció dos veces, tuvo tres hijas y falleció de enfisema. Me lo imagino fumando como un desesperado. O más bien desesperado, y por eso fumando.

Gracias a la película, *Vía Revolucionaria* ha tenido mucha más repercusión en todo el mundo, y sin duda en nuestro país, que *Las hermanas Grimes.* La primera novela de Yates está sin duda muy bien y habla del veneno del amor, de esa terrible paradoja por la cual muchas parejas, pese a desear ardientemente querer bien al otro y hacerle feliz, consiguen convertir su vida en un infierno. Es un libro poderoso e inteligente, una primera obra espléndida. Pero comparado con *Las hermanas Grimes* deja traslucir la juventud del autor. En los dieciséis años que median entre la publicación de uno y otro, Yates ha crecido hasta alcanzar una talla de gigante. Ha crecido al mismo tiempo que el grosor de su obra menguaba: *Vía Revolucionaria* tiene cuatrocientas páginas. Más modesta en apariencia, *Las hermanas Grimes* llega, o eso me parece, mucho más al fondo de las cosas. Si la primera novela admira, ésta conmueve y conmociona. Con qué inmensa sabiduría consigue el autor dejar el relato en lo sustancial y pelar las palabras hasta alcanzar el tuétano. Sin aspavientos, sin sentimentalismos, Richard Yates disecciona la vida como si estuviera escribiendo la novela con su propia sangre. Tanta desnudez pone los pelos de punta.

BIBLIOGRAFÍA

Las hermanas Grimes, Richard Yates. Alfaguara.
Vía Revolucionaria, Richard Yates. Alfaguara.

Los buenos escritores pueden ser miserables

París: suite 1940, de José Carlos Llop

Este libro fascinante es como una autopsia. Como rajar un cadáver inflado y atisbar sus nauseabundos interiores. En su reciente obra *París: suite 1940,* José Carlos Llop disecciona la avaricia humana llevada hasta sus más feroces consecuencias. La ruindad que medra en los momentos difíciles. Habla Llop del París de la ocupación alemana y del novelista, poeta y periodista César González Ruano, pero en realidad está hablando de esa mugre que crece como un hongo venenoso al calor de las guerras; y de aquellos personajes turbios y torcidos que parecen condensar las sombras en los tiempos oscuros. He aquí una vieja contradicción, una inquietud irresoluble: que un buen escritor, como lo fue Ruano, pueda ser también una persona detestable.

Las sombras que rodean a CGR son de doble signo; por un lado apuntan a la dificultad de conocer los datos exactos, la realidad de su vida; por otro, a las posibles fechorías que se intuyen. Con tenacidad de detective, José Carlos Llop investiga, en apasionantes capas concéntricas, la época más enigmática de la vida de Ruano: ¿por qué abandonó en marzo de 1940 su trabajo como corresponsal en Berlín del *ABC*? ¿Por qué se fue a París? ¿Cómo pudo vivir durante dos años a todo lujo en la capital francesa sin trabajar oficialmente en nada? Y, lo más intrigante, ¿por qué fue detenido por la Gestapo en junio de 1942 y pasó casi tres meses en la cárcel de Cherche-Midi?

Llop contesta en buena parte a todo esto, pero no se confundan: su texto no tiene nada que ver con un trabajo periodístico, sino que es una sugerente y muy literaria recreación del ambiente y la época, de lo picaresco y lo canalla. Para lo cual utiliza numerosas fuentes, documentos y libros, entre ellos las novelas del propio Ruano (sobre todo, *Manuel de Montparnasse,* que al parecer estaba inspirada en el pintor Viola) y sus *Memorias,* subtituladas, muy elocuentemente, *Mi medio siglo se confiesa a medias.* Sí, sin duda muy a medias. Como dice Llop, es un calamar esparciendo tinta.

Lo que se sabe, en fin, es alarmante. Se sabe que, cuando Ruano fue detenido por los alemanes en París, llevaba encima doce mil dólares, un brillante de nueve quilates sin montar y un pasaporte de un país latinoamericano perfectamente en orden pero en blanco, a falta del nombre del titular. Todo de una irregularidad abracadabrante. También se sabe que, en aquellos años de lágrimas y plomo, muchas personas se enriquecieron gracias a la tragedia judía. Por cierto que la opulenta casa en la que vivía CGR en París con un alquiler «muy barato» pertenecía a un judío: ¿quizá había sido requisada por los alemanes? Estremece imaginar las posibles razones de esa ganga inmobiliaria.

Pero aún estremece más el boyante negocio que algunos desalmados habían montado con las víctimas necesitadas de huir. No sólo se traficaba con pasaportes falsos por sumas astronómicas, dinero, joyas, obras de arte, todo cuanto aquellos pobres desgraciados tenían, sino que además, y a menudo, les vendían unos contactos para pasar a pie la frontera que en realidad no existían, esto es, los estafaban; o, aún peor, esos contactos sí que eran reales, pero se trataba de unos bandoleros que, en cuanto alcanzaban la montaña, asesinaban a los fugitivos para robarles. Los conflictos bélicos, dice Llop, fomentan este tipo de iniquidades, y como muestra cuenta un caso aterrador de la Guerra Civil española, recogido tanto en el *Diario* del comisario Koltsov como en la Causa General franquista: el establecimiento de una falsa embajada de Siam en el Madrid republicano, concretamente en la calle Juan Bravo 12, en donde un «conocido estafador», Antonio Verardini Díez, comandante del Ejército Popular, se hacía pasar por embajador para atraer a personas de buena posición económica a las que supuestamente iba a dar asilo, pero a quienes, en realidad, asesinaba y robaba. El horror, como diría Kurtz, el inolvidable personaje de *El corazón de las tinieblas.* Por cierto que hay otros dos libros más o menos recientes que permiten atisbar la negrura de aquellos años en España y en Francia: *Los rojos de ultramar,* del mexicano Jordi Soler, una estupenda novela que, entre otras cosas, cuenta el indignante martirio sufrido por los exiliados republicanos en el campo de concentración francés de Argelès-sur-Mer, y *Enterrar a los muertos,* el espléndido ensayo de Ignacio Martínez de Pisón sobre el traductor español de Dos Passos, José Robles, que fue asesinado durante la Guerra Civil por los rusos que colaboraban con la República. Estremecedores testimonios de una brutalidad que no sabía ni de ideologías ni de fronteras.

No se conoce exactamente qué papel jugaba CGR en el baile de vilezas del París ocupado, pero sus doce mil dólares en el bolsillo, su brillante de nueve quilates y su pasaporte latinoamericano en blanco dan pie para imaginar unas cuantas ruindades. Además, según se desprende de los materiales recogidos en *París: suite 1940,* es posible que el escritor participara en la venta de obras de arte falsas; e incluso que fuera un espía franquista. En cualquier caso era un vividor, un fantasmón, un petimetre más bien cutre y estropeado, con su bigotito estrafalario y su aire daliniano cadavérico. Ruano, hablando de un amigo de la época parisina, escribió con su prosa alucinada de adjetivos: «Vivió una especie de dandismo alegre y negro, un delirio sin interrupción, una miseria con incrustaciones de lujo». Frases que parecen describirle a él mismo. Sí, el notable libro de Llop deja una sensación muy nítida de aquel ambiente, de aquellos años, de aquellos individuos y de CGR: un olor a rancio y a cerrado, un polvillo sucio sobre el corazón. Pura miseria bajo un puñado de palabras de plata.

BIBLIOGRAFÍA

París: suite 1940, José Carlos Llop. Narrativas RBA.
Los rojos de ultramar, Jordi Soler. Alfaguara.
Enterrar a los muertos, Ignacio Martínez de Pisón. Seix Barral.

Así suena Thomas Mann

Thomas Mann, de Blas Matamoro

De cuando en cuando te topas con libros maravillosos, y no me refiero solamente al contenido, sino también al continente, al objeto físico. Esto me ha sucedido con la colección «Los escritores y la música», unos volúmenes exquisitos y casi clandestinos, por lo desconocidos, que está sacando Ediciones Singulares. Como es evidente, de lo que se trata es de hacer una semblanza de un escritor abundando en su relación con la música. Los libros están primorosamente confeccionados y diseñados, tienen fotos buenísimas y textos bien hechos. Yo sólo he leído el volumen dedicado a Thomas Mann, que trae un prólogo formidable de Fernando Aramburu y un sólido e interesante ensayo de Blas Matamoro, y ha sido una lectura de relamerse, como quien degusta un platillo delicado y sabroso. Y, para postre, después de ese pequeño banquete de palabras, uno puede solazarse con el CD de música que viene con cada libro y que trae las grabaciones de las que se habla en el texto. En concreto, en el caso de Mann, hay fragmentos de Richard Strauss, de Gounod, Mahler, Britten, Hans Pfitzner, Schubert, Schönberg y, naturalmente, Richard Wagner. Más de setenta minutos de buena música. Y todo ese esfuerzo literario y profesional, esa edición hermosa, esa compilación discográfica única, sólo cuesta diecinueve con noventa euros. No conozco a los de Ediciones Singulares, pero creo que han hecho un gran trabajo.

De Thomas Mann ha escrito mucha gente, empezando por sus propios hijos, que hablaron de él en diversas memorias y le crearon una imagen de padre adusto y un poco terrible. Recordemos que se suicidaron dos de sus seis hijos, los dos varones, aunque el suicidio era un velo negro que pendía sobre la familia desde tiempos antiguos: también el padre de Mann se quitó la vida, así como las dos hermanas del escritor. Demasiada muerte y desesperación alrededor.

Tal vez por eso vemos a Mann empeñado en controlar lo incontrolable, es decir, empeñado en dominar su propia vida, ambición tan inane como la de contar las arenas del mar. Ya se sabe que el escritor iba a las playas con traje y corbata, totalmente inadecuado en ese entorno de cuerpos semidesnudos, de bañistas esbeltos que, por otra parte, le encendían el corazón. Como su inolvidable protagonista de *Muerte en Venecia,* Mann tenía una fuerte tendencia homoerótica. «Golo Mann sostenía que la homosexualidad de su padre, conocida por toda la familia, era de índole platónica», explica Aramburu. A los setenta y cinco años, por ejemplo, se enamoró perdidamente de un joven camarero a quien dedicó ardientes páginas secretas de sus diarios; pero el muchacho jamás se enteró de la devoción del escritor. Quiero decir que Mann estrangulaba o aherrojaba su sexualidad con el apretado nudo de esa corbata burguesa que no se quitaba ni en la playa. Él quería ser un hombre «como es debido», una persona de orden y de fundamento. Apena pensar qué podría haber hecho Mann en tiempos más permisivos. Si hubiera podido vivir su verdadera sexualidad, probablemente habría sido más feliz. Aunque quizá, quién sabe, eso no le hubiera mejorado como escritor.

Este precioso libro está lleno de datos interesantes y sutiles. Se habla de la relación de Mann con Strauss, con Pfitzner, con Mahler. Y se explica con certera concisión cómo reaccionaron los músicos ante esa gran prueba moral, esa ordalía personal que fue el nazismo: las pequeñas miserias de Strauss, la grandeza de Mann... Tanto el escritor como su familia eran muy musicales: todos tocaban algún instrumento o cantaban. «No soy un hombre visual, sino un músico desplazado a la literatura», escribió el premio Nobel en 1947. En realidad se podría dividir a los escritores, en especial a los novelistas, entre autores que *ven* y autores que *oyen.* Hay escritores fundamentalmente oníricos, rememorativos, táctiles; y otros parecen redactar sus libros al ritmo inaudible de un metrónomo interior. Entre los literatos melómanos está Mann, o Alejo Carpentier, o Vikram Seth. En el otro extremo están los autores reacios a cualquier tipo de melodía, y el *sordo* más famoso debe de ser el gran Vladimir Nabokov, que odiaba la música pero *veía* las palabras en colores.

Para Mann, en cambio, la música era una especie de esqueleto intangible que le ayudaba a mantenerse en pie. Contra el horror. Contra las muchas muertes merodeantes. De todo eso trata este volumen, y también de detalles amenos y curiosos, como, por ejemplo, que Mann basó su personaje de *Muerte en Venecia* en Gustav Mahler (para escándalo de algunos biempensantes), o que se inspiró en el compositor Schönberg para crear a Leverkühn, el músico protagonista de *Fausto,* que aparece en la novela como el inventor de la música atonal. En 1948 Mann envió un ejemplar del *Faustus* a Schönberg con una dedicatoria en la que reconocía que Leverkühn era él, y el compositor se agarró un cabreo monumental: «Schönberg desea que yo aclare que el atonalismo es un invento suyo y no del Demonio», escribió burlonamente Mann en una carta a un amigo. Este libro delicioso, en fin, es capaz de aunar lo leve y lo profundo. ¡Y, además, *suena*! En la colección de «Los escritores y la música» también han sacado a Proust, Tolstói, Shakespeare, Dante y Goethe. Al parecer son títulos difíciles de encontrar, pero sé que algunas librerías los tienen (como la Rafael Alberti, calle Tutor, 57, Madrid). Yo voy a comprarlos todos.

BIBLIOGRAFÍA

Thomas Mann, Blas Matamoro, prólogo Fernando Aramburu. Colección «Los escritores y la música», Ediciones Singulares. Incluye CD de música.

Indigna

Claudine en la escuela, de Colette

«Me llamo Claudine y vivo en Montigny, donde nací en 1884 y donde, probablemente no moriré.» Así empieza *Claudine en la escuela,* una novela que fue publicada en Francia en el redondo año de 1900, y que se convirtió en un escándalo, una moda, una fiebre fatal. De pronto la sociedad novecentista se llenó de Claudines, esto es, de niñas de quince años maliciosas y audaces, como la propia protagonista y narradora del libro, esa Claudine que deja claras sus intenciones desde la primera línea de su obra: probablemente no morirá en Montigny, porque las adolescentes, las mujeres, las Claudines de 1900, en fin, están dispuestas a salir al ancho mundo y quieren vivir vidas trepidantes e intensas. Una de las manifestaciones más chistosas de la incultura del ser humano es nuestra capacidad para olvidar lo que otros han hecho antes que nosotros. Tendemos a creer que lo que hoy vivimos es el colmo de los colmos, el momento más álgido de la historia. A menudo sucede, por ejemplo, que los tipos rebeldes de una época creen que nunca ha habido nadie tan osado como ellos, cuando en realidad el pasado está jalonado de seres rompedores. Y así, *Claudine en la escuela,* publicado hace un siglo, sigue siendo hoy un libro modernísimo: ácido, fresco, descarado, lleno de un humor corrosivo y cínico. No es una gran novela: literariamente es más bien mediana. Pero es un texto insólito en su tiempo, un hito sociológico, una rareza.

Claudine es una adolescente que cuenta su último año en una escuela rural. Reina por doquier un ambiente de disparatado desenfreno, vitalidad y alegre corrupción que es descrito como lo más normal del mundo. Anais, compañera de Claudine, es una grandullona «fría y viciosa» que tiene la manía de comerse a mordiscos todo tipo de objetos: lápices, gomas, tizas (Claudine, por el contrario, sólo mastica leves papelines de fumar). La profesora del colegio y su bonita ayudante mantienen una frenética y apasionada relación de amor y se soban con fruición mañana y tarde. Claudine pellizca y pega a su amiguita Luce, la cual en realidad está «feliz de ser maltratada y golpeada». Dutertre, el médico del pueblo e inspector de estudios, toda una autoridad, es un pedófilo que mete mano a las niñas mayores con el pretexto de interesarse por su salud: «Dutertre deja mi cuaderno», cuenta la sarcástica Claudine, «y me acaricia los hombros con ademán distraído». «No piensa en absoluto en lo que está haciendo, evidentemente, e-vi-den-te-men-te...»

En realidad, Claudine es una especie de Lolita pionera, una protonínfula aparecida medio siglo antes de que Nabokov creara a su perversa, trágica e inolvidable niña. Sin duda, Vladimir Nabokov conocía la obra de Colette: en su autobiografía, *Habla, memoria,* llama Colette a su primer amor infantil, una pequeña de nueve años cuyo verdadero nombre era Claude, en una de esas casualidades de la vida que tanto le gustaban al escritor ruso.

Claudine en la escuela pone en solfa, con risueña malicia, el mundo del poder y de las convenciones. Y además es un canto a la naturaleza, a la fuerza embriagadora de la vida: «¡Queridos bosques!», escribe Claudine: «Los conozco todos (...) en ellos me he estremecido con sofocantes escalofríos al ver deslizarse ante mis pies esos atroces cuerpecillos, lisos y fríos; mil veces me he detenido, expectante, al sentir bajo mi mano, cerca de la malvarrosa, una astuta culebra, enroscada en una espiral perfecta (...) Siempre termino por volver a los bosques, sola o con mis compañeras; más bien sola, porque esas chicas mayores me dan dentera, con su miedo a arañarse con los espinos, con su miedo a los animalitos, a las orugas aterciopeladas y a las arañas de los brezos, tan bonitas, redondas y rosadas como perlas. Gritan, se cansan... en una palabra: insoportables».

Y es que Claudine es una especie de salvaje, o más bien una loca, como se encargan de decirle varias veces los otros personajes. Pero se trata de la divina locura dionisíaca, de un estallido de pasión y voluptuosidad: «Se enciende fuego bajo los abetos, incluso en verano, porque está prohibido; se asa cualquier cosa, una manzana, una pera, una patata robada en algún huerto, pan moreno a falta de algo mejor; se huele el humo amargo y la resina: es abominable, es exquisito».

El mundo de las niñas, cuenta Claudine en su primera novela (después hubo tres más protagonizadas por la misma muchacha), está lleno de sensualidad y de sexualidad, e incluso de perversión. Por no hablar del mundo de los adultos, que es ya el acabose. Todas estas revelaciones las hace Claudine justo en 1900, pocos meses antes de que Freud publique su obra fundamental *La interpretación de los sueños,* en la cual se reconoce científicamente la relevancia del sexo. Qué necesitados debían de estar los humanos de recuperar la carne, tras las puritanas y reaccionarias décadas finales del siglo XIX, para que se produjera un estallido así. En cualquier caso, 1900 fue un buen año: los ceros se subían a la cabeza como burbujas de champaña y parecía que el mundo iba a ser distinto y prodigioso. Esas ansias de modernidad y cambio contribuyeron a que la transgresora y escandalosa *Claudine en la escuela* fuera un rotundo éxito.

Claro que, al principio, la gente no sabía que la novela había sido realmente escrita por una joven, Sidonie Gabrielle Colette, que a la publicación del libro tenía veintisiete años. Porque la obra había aparecido firmada por Willy, un personaje célebre del París novecentista, crítico de música y diletante. Willy, que en realidad se llamaba

Henry Gauthier-Villars, era un tipo gordo con papada que siempre llevaba sombrero de copa y que se había hecho famoso a base de vender postales y efigies de sí mismo: era un pionero del marketing moderno.

Además, Willy era conocido en el mundillo literario por haber montado una industria de negros que le escribían los libros que luego aparecían con su firma: él se limitaba a dar la idea y a añadir algunas anécdotas finales (Claude Debussy fue uno de sus negros para las críticas de música). Cuando el capitán Dreyfus, francés y judío, fue acusado de traición con pruebas falsas, y el reaccionario y antisemita Willy se negó a firmar un manifiesto a su favor, uno de sus negros comentó vitriólicamente: «Es la primera vez que no quiere firmar algo no escrito por él».

Pues bien, este Willy se había casado con Colette en 1893. Colette era hija de unos pequeños terratenientes provincianos arruinados que habían tenido que dejar el pueblo, Saint-Sauveur (el Montigny de los libros de Claudine) perseguidos por las deudas. En el momento de su boda, Colette era una chica de veinte años que leía muchísimo, con una hermosa cara triangular, rasgados ojos de gato color azul verdoso y una espléndida melena rubia de metro y medio de largo. En cuanto a Willy, a sus treinta y cuatro años tenía tan mala fama que, dos semanas antes del enlace, se tuvo que batir en duelo con el editor de un periódico que publicó que no se casaría con la muchacha. Pero sí que se casaron, y Colette pasó a formar parte de su nómina de negros. Fue la mejor. La que le llevó a la fama.

El pintor Blanche, que los retrató, dijo que formaban una «pareja triste», ella, aún una niña, y él, su amo y maestro, tratándola como a una cría y regañándola en público. Willy debió de educar a Colette en todos los sentidos: «En muy poco tiempo un hombre sin escrúpulos convierte a una joven ignorante en un prodigio de disolución, y ya nada le repugna», escribió Colette muchos años después. Sin duda, Willy revisó sus primeros escritos y debió de darle buenos consejos estilísticos: era un hombre vano pero brillante. También influyó en el argumento de *Claudine en la escuela:* dicen que la idea de que las profesoras mantuvieran una relación lesbiana provenía de él. Yo creo advertir fácilmente el rastro de Willy, creo poder escuchar su susurro por encima del hombro de la laboriosa Colette: suyos deben de ser los detalles de erotismo tópico y barato, de pornografía blanda de burdel, que son lo peor del libro. El apartamento de Willy, adonde llegó la Colette recién casada, estaba lleno de fotografías de señoras en paños menores con opulentas nalgas.

De modo que Claudine fue un exitazo y Willy encerró a Colette en casa para que siguiera escribiendo las siguientes novelas de la serie. Cuando le elogiaban por su obra, él aceptaba con envanecimiento los cumplidos y luego palmeaba la cabeza de Colette y añadía, pérfidamente: «No os podéis ni imaginar cuánto me ha ayudado esta niña». Estoy dando la versión de la escritora sobre el asunto, pero, a juzgar por las pruebas que tenemos, debe de ser la más cercana a la realidad. Por entonces Willy puso en circulación una de sus célebres postales: Colette, vestida de colegiala y sumisamente arrodillada ante su maestro, dibuja un retrato de Willy, de pie y con sombrero de copa.

Las tres primeras Claudines fueron firmadas sólo por Willy, aunque al final todo el mundo sabía que las escribía Colette. La cuarta y última entrega de la serie salió bajo la firma de Colette Willy: para entonces el matrimonio ya se había roto. No obstante, el abusivo Willy vendió por su cuenta, después del divorcio y sin que lo supiera Colette, todos los derechos de las Claudines, de manera que pasaron cuarenta años antes de que la escritora pudiera recibir un céntimo de sus primeras obras.

Durante algún tiempo, las novelas de Claudine se reeditaron firmadas por ambos; ahora lo habitual es que se publiquen bajo el único nombre de Colette. Después de que el matrimonio se rompiera en 1907, Willy siguió publicando libros, a cual más malo, hasta que su nombre se hundió en el olvido: hoy sólo se le recuerda por haber sido el primer marido de Colette.

En España tenemos un caso similar de escritora parasitada por su cónyuge, pero el final es mucho menos feliz. Está totalmente comprobado que María Lejárraga fue la verdadera autora de todas las obras de su esposo, el dramaturgo Martínez Sierra, hoy un personaje casi olvidado pero autor famosísimo a principios de siglo. Suya es (es decir, de María Lejárraga) esa *Canción de cuna* que José Luis Garci llevó al cine hace pocos años, manteniendo aún el único nombre de Martínez Sierra en los títulos de crédito. María nunca dejó de escribir para su pomposo y mezquino marido, ni siquiera después de que éste la abandonara y se fuera a vivir con una actriz. La única y perversa venganza de María consistió en escribir conferencias feministas que su ex marido daba como si fueran suyas, denunciando a los machistas que condenaban a las mujeres al silencio. Son los abismos del alma humana, en fin, enigmas de la tradicional y enfermiza entrega femenina.

Pero la Francia novecentista era mucho más libre que la miserable y reaccionaria España de la época, de modo que Colette pudo crecer más fuerte y más sana que María Lejárraga, y romper sus ataduras. Aunque no fue una ruptura fácil. De hecho, los años inmediatamente anteriores y posteriores al divorcio de Willy fueron una fiebre, una locura. Todo empezó en 1905, cuando Willy y ella se separaron amistosamente. Willy se echó una amante veinteañera y Colette se fue a vivir con Missy, la marquesa de Belbeuf; una mujer de cuarenta y dos años (es decir, diez más que Colette) que vestía pantalones de montar, corbata y chaquetas de hombre.

Ahora que estaba separada, Colette tenía que vivir de algo, y se le ocurrió hacer pantomimas, pequeños cuadros dramáticos que se representaban en los cabarés y teatros de variedades. Como a esas alturas ella era también un personaje muy conocido (había publicado algunos libritos con su nombre y se sabía que era la autora de Claudine), recibía un buen sueldo por salir casi en cueros y enseñar su rollizo cuerpo treintañero. Era una chica regordeta pero musculosa, una campesina rotunda con cara de gata, pésima como actriz pero con gran capacidad de seducción y mucha energía.

Esta etapa más o menos cabaretera, que duró desde 1905 hasta 1912, fue quizá la más escandalosa de su vida. Empezó con un descaro exhibicionista casi suicida, porque Colette y Missy se empeñaron en mostrar su relación a todo el mundo. En 1907 estrenaron en el Moulin Rouge una pantomima escrita por la marquesa de Belbeuf y titulada *El sueño de Egipto.* La interpretaban Colette e Yssim, que era el nombre artístico de Missy. El local estaba lleno hasta los topes y los abucheos comenzaron desde el primer momento, cuando se levantó el telón y los espectadores descubrieron que el maduro caballero que estaba en escena era la marquesa. Entonces Colette salió del sarcófago ataviada de egipcia (muy poco ataviada, para ser exactos) e inició una escena de amor con el caballero, ante lo cual la audiencia comenzó a rugir y a arrojar todo tipo de objetos sobre el escenario. Aquella noche tuvo que intervenir la policía y al día siguiente la obra fue prohibida para siempre.

Colette ya no volvió a actuar con la marquesa, pero siguió manteniendo tanto su relación con Missy como su carrera teatral. De hecho, obtuvo inmenso éxito con una pantomima titulada *La carne,* en el transcurso de la cual su antagonista, esta vez un hombre, discutía con ella y le rompía el vestido, dejándole un pecho al aire. «¡El violento desgarro de la túnica que hace desparramar la sabrosa fruta del seno!», glosaba, transido de emoción lírica, uno de los críticos teatrales. Colette anduvo de gira y enseñando el pecho por toda Francia durante tres años, hasta que en 1910 empezó a publicar relatos y piezas cortas en el periódico *Le Matin.* Claro que durante los dos primeros meses no firmó los trabajos, porque su nombre resultaba demasiado escandaloso para el diario.

Colette inició su colaboración con *Le Matin* tras enrollarse sentimentalmente con el redactor jefe del diario, Henry de Jouvenel, un aristócrata guapo, frío y tres años más joven que ella. Colette dejó a Missy; Henry, a la que era por entonces su amante, una mujer apodada La Pantera por su extrema fiereza. La Pantera, haciendo honor a su sobrenombre, intentó matar a Colette en un par de ocasiones. Fue una época muy agitada, porque mientras tanto, Henry resultó herido en un brazo en el transcurso de un duelo: había desafiado al editor de un periódico rival porque se habían burlado de *Le Matin.* (En aquellos años los responsables de los diarios se pasaban la vida batiéndose unos con otros, hasta el punto de que el Consejo Internacional de Prensa prohibió formalmente los duelos entre periodistas en 1905.)

Al cabo las aguas se remansaron; Colette se quedó embarazada y se casó con Henry. Unos meses más tarde, en 1913, ya cumplidos los cuarenta años, la escritora dio a luz a su única hija. A todo esto, había seguido escribiendo y publicando con creciente éxito. También empezó a engordar y pronto estuvo redonda: sólo medía 1,63 y llegó a pesar ochenta kilos.

En 1920 publicó la que probablemente es su mejor obra: *Chéri* trata del amor entre una mujer de cincuenta años, Léa, y un joven de veintiséis, Fred, el *chéri* del título. Fred y Léa llevan seis años juntos y la novela narra los momentos finales de su historia. Con una prosa exacta y una mirada implacable, Colette era capaz de destripar los sentimientos humanos como quien disecciona un renacuajo, y además fue la primera mujer en hablar de ese modo del amor. Es decir, fue la primera mujer capaz de celebrar al hombre como objeto. En *El nacer del día,* una especie de autobiografía de ficción, Colette le hace decir a su álter ego

Colette las siguientes palabras con respecto a Vial, un atractivo joven mucho menor que ella: «Estaba semirrecostado con la frente sobre los brazos doblados; me gusta mucho más cuando oculta su rostro. No porque sea feo, pero encima de su cuerpo preciso, despierto, expresivo, los rasgos del rostro están un poco adormilados. Siempre le dije que podrían guillotinarle sin que nadie se diera cuenta».

Colette publicó *Chéri* antes de conocer a su *chéri.* El muchacho apareció aquel mismo año, en 1920, y era Bertrand de Jouvenel, el hijo mayor de su marido. Henry lo había tenido con Claire, su primera mujer, anterior a La Pantera. Cuando Colette y Bertrand se encontraron, ella tenía cuarenta y siete años y él, dieciséis. Colette le puso un piso, cuya renta pagaba ella, y empezó a marcharse con el chico a las estaciones de invierno (Colette aprendió a esquiar, por él, a los cuarenta y nueve años). Contaba a los vecinos del hotel que la madre del muchacho le había encargado que lo cuidara; cada día se parecía más a Humbert Humbert, el protagonista de Lolita. En realidad, Claire pidió a Henry que apartara a su hijo de esa mujer, y Henry discutió furiosamente con su esposa. Al final Colette y Henry se divorciaron, tal vez por causa de Bertrand, tal vez porque Henry se echó otra amante.

La escandalosa relación duró cuatro años, hasta que Henry y Claire encontraron la manera de separarlos: buscaron un estupendo trabajo para el chico en Praga. Pocos meses después de la ruptura con su joven amante, Colette, con sus ochenta kilos y sus cincuenta y un años, interpretó el papel de Léa en una versión teatral de *Chéri,* y un crítico tal vez ignorante (¿o tal vez no?) de su reciente historia con Bertrand escribió estas palabras devastadoras: «El personaje de Léa debe hacerlo una mujer hermosa y elegante, ya que de otro modo *chéri* pasa a ser un vil, inexcusable y desalmado gigoló».

Pero la vitalista, rechoncha y enérgica Colette no se arredró ni siquiera ante esto: ese mismo año, era 1925, se enamoró de nuevo. El agraciado fue Maurice Goudeket, un tipo guapo de treinta y cinco años que más o menos vivía de su encanto con las mujeres («un sujeto elegante», lo define discretamente Herbert Lottman en su magnífica biografía de Colette). Al principio los amigos no auguraban nada bueno de esta historia, pero lo cierto es que Maurice se convirtió en su tercer marido y que su relación duró para siempre. Además, Maurice la cuidó con infinito mimo durante los quince años finales, cuando Colette quedó inválida y se vio confinada a la cama, con grandes dolores, por la artritis: «En cuanto a Maurice, pienso que es el diamante, la perla de la convivencia», escribió Colette a una amiga en 1950. La escritora murió en 1954, a los ochenta y un años.

Siguió escribiendo hasta el final, y recibió en vida, curiosamente, todo tipo de distinciones: la Legión de Honor en sus diversos grados, un sillón de la Academia de la Lengua de Bélgica, la Presidencia de la Academia Goncourt... Pese a haber sido toda su vida una mujer tan escandalosa, terminó convertida en un personaje consagrado, en un busto oficial, la Digna Vieja Indigna. Colette siempre dijo que detestaba las Claudines, incluso la primera entrega, que es la mejor. Sin duda entre sus cincuenta libros publicados tiene obras muy superiores, como *Gigi, El nacer del día* y, sobre todo, *Chéri.* Pero la primera Claudine posee algo especial: esa fuerza, esa frescura, esa desfachatez. Y un salvaje regocijo ante la vida.

Colette supo mantener la intensidad y la capacidad sensual para el deleite hasta en los momentos más difíciles: ése fue sin duda su mayor logro. Su cama de inválida estaba junto a una ventana que daba a los jardines del Palais Royal, y disfrutaba con la mera contemplación de la naturaleza. «No puedo andar», le escribió a un amigo a los ochenta años, «pero vuelo. Primero hasta tus brazos. Luego, cada día, por encima de los jardines. No te preocupes lo más mínimo por mí. Sufro, pero gradualmente, descubro cómo aminorar el sufrimiento».

Bertrand de Jouvenel, que se había convertido en el entretanto en un especialista en ciencias políticas de reputación internacional, escribió el siguiente texto en el homenaje póstumo a su antigua amante: «Si quieren conocerla, piensen en un jardín en Bretaña, junto al mar. El paraíso terrenal se encuentra aquí: ella no lo había perdido. Otros simplemente no consiguen verlo». Esto puede explicar el atractivo que el joven Bertrand encontró en la madura escritora: el secreto que no supo descubrir aquel maligno crítico. Colette poseía la llave del edén. Dentro de ella siempre vivió Claudine, eternamente joven, irreductible, espléndida.

BIBLIOGRAFÍA

Claudine en la escuela, Colette. Anagrama.
Chéri. El fin de Chéri, Colette. Plaza & Janes.
El nacer del día, Colette. Pre-Textos.
Colette, Herbert Lottman, Circe.
María Lejárraga: una mujer en la sombra, Antonina Rodrigo. Ediciones Vosa.

Muertos y requetemuertos
Sobre la obra de Patricia Highsmith

Tengo amigos escritores que piensan en la posteridad. Son tipos inteligentes, encantadores y ni siquiera exageradamente narcisistas, pero padecen la pequeña vanidad de creer que su obra perdurará, y algunos hasta intentan prepararse para ello, ordenando manuscritos y archivando sus notas. Es una ambición pueril que, curiosamente, sólo he encontrado en hombres: por ahora no he topado con escritoras que la compartan (aunque alguna habrá). Tal vez las mujeres estemos más protegidas genéticamente frente al ardiente desconsuelo de la muerte por nuestra capacidad para parir y perpetuarnos.

Y digo que se trata de una ambición pueril porque no hay más que echarle una ojeada a la realidad para darse cuenta de que la posteridad no existe. Es decir, los escritores mueren y, en su casi absoluta totalidad, son borrados del mapa por el barullo y el empuje de los vivos. De cuando en cuando, por pura casualidad, algún escritor fallecido puede ser rescatado del olvido y ponerse de moda durante cierto tiempo. Pero es un fenómeno pasajero, una mera burbuja del mercado literario, y además la posibilidad estadística de tener semejante suerte es inferior a la de que te toque el Gordo de la Lotería. Autores maravillosos de siglos pasados se han perdido probablemente para siempre, y el proceso de destrucción de la memoria literaria se va acelerando cada día en progresión geométrica, porque hay demasiado ruido informativo, porque se editan demasiados libros, porque la vida va demasiado deprisa. Los autores muertos se borran de nuestro recuerdo como dibujos en la arena que las olas deshacen.

Estoy hablando de una velocidad de desaparición tan vertiginosa que yo misma ya he sido testigo, en el transcurso de mi propia vida, del deslizamiento hacia la oscuridad de varios autores formidables. Escritores que hace treinta años eran famosísimos, hoy apenas si se reeditan y la gente joven los ignora. Por ejemplo, Roger Martin du Gard, premio Nobel en 1937 y autor de *Los Thibault,* una obra enorme tanto por su extensión (ocho volúmenes) como por su calidad, y que hoy no se puede encontrar en español salvo en libros de segunda mano. Como Martin du Gard falleció hace cincuenta años, su deriva hacia el olvido empieza a ser total y quizá definitiva. Hay otros muertos más recientes, buenísimos escritores de los que todavía se pueden comprar ediciones de bolsillo, pero que claramente se encaminan pasito a pasito hacia la nada, como Anthony Burgess (1917-1993), autor de *La naranja mecánica* y *Poderes terrenales,* entre muchas otras espléndidas novelas, o como una autora que me gusta especialmente y que estuvo muy de moda en este país, pero sobre la que hoy se va acumulando el polvo de los años: Patricia Highsmith (1921-1995), una de las mayores domadoras de demonios que ha dado la literatura contemporánea.

Les voy a hacer una propuesta irresistible: relean a Highsmith, o léanla de nuevas, si no la conocen. No es fácil encontrar todos sus títulos; acaban de sacar un bolsillo de *El amigo americano,* una de las cinco novelas de la serie de Ripley, y para mí la peor. Mejor empezar por *El talento de Mr. Ripley,* por ejemplo. Yo he releído a Highsmith este verano y he vuelto a disfrutar y a temblar, he vuelto a intoxicarme con el veneno de su literatura. Sólo una vez en mi vida he tenido que suspender la lectura de una novela, en mitad de la noche, por no poder soportar la angustia que me causaba, y eso sucedió con *Mar de fondo,* probablemente la obra que más me gusta de esta escritora.

Y no es que me asustara su trama de crímenes en la soledad de la madrugada, sino que me sobrecogió la empatía que sentí con el asesino, la fisura de locura y maldad que la novela abrió como con un berbiquí en mi cabeza. Necesité tomar distancia y terminar el libro a la luz del día, para poder escapar de ese baile de demonios interiores, de ese vértigo tan humano, tan oscuro e hipnótico.

Hay tanto dolor en los libros de Highsmith. Un sufrimiento colérico, una furia titánica. Una desesperada necesidad de cariño. Un anhelo de felicidad siempre traicionado. En sus libros, el amor se confunde fatalmente con el odio y conduce al abismo. Como en *Mar de fondo.* Vic, el protagonista, ama a Melinda, su mujer, pese a que ella es frívola, inmadura, vanidosa y egoísta. Y a Melinda, intuimos, le desespera la pasividad de Vic, su mediocridad, su falta de hombría. Para intentar que su marido reaccione, para vengarse en él de una vida que ella ve como un fracaso, Melinda empieza a tener un amante tras otro y a traerlos abiertamente a casa. Al comienzo de la novela, Vic encuentra una vez más a Melinda con un tipo. Es de madrugada, y la mujer y el amante están en la sala, muy borrachos ya, bebiendo *bourbon.* Vic, que ha optado por la impasibilidad frente a la ignominia, conversa amablemente con ellos, una actitud que saca de quicio a su mujer, y se ofrece a prepararles el desayuno, cosa que ella rechaza furiosamente. Sin embargo, Vic va a la cocina, hace unos huevos revueltos de la manera que él sabe (son tantos años ya) que a ella le gustan, y regresa a la sala con el plato. El amante, mister Gosden, se ha dormido. Su esposa vuelve a negarse a desayunar, pero Vic se sienta en el sofá detrás de ella y le va dando la comida a pedacitos: «Cada vez que le acercaba el tenedor, Melinda abría obedientemente la boca. No dejaba de mirarle fijamente ni un solo instante, con la mirada de una fiera que confía en el hombre que le da de comer sólo si no sobrepasa la distancia de un brazo (...) La cabeza rubia rojiza de mister Gosden se apoyaba ahora en su regazo. Roncaba de una forma antiestética, con la boca abierta. Melinda rechazó el último pedazo, como Vic había supuesto.

»—Venga, ya es el último —dijo Vic.

»Y ella se lo comió».

Es un pasaje magistral: no es posible expresar más desolación y más horror con menos recursos. Ahí está todo: la indignidad, la debilidad por la que uno se odia, la ternura traicionada, la desesperación ante un amor que se soñó distinto y que quizá alguna vez lo fue, la derrota colosal de la existencia. No podemos dejar que Patricia Highsmith desaparezca en el limbo de los escritores muertos y requetemuertos: necesitamos que su poderoso susurro narrativo siga hablándonos de los precipicios de la vida.

BIBLIOGRAFÍA

El talento de Mr. Ripley, Patricia Highsmith. Anagrama.

Mar de fondo, Patricia Highsmith. Bolsillo Anagrama.

La agitada vida de los paramecios

La novela de un literato, de Cansinos Assens

La ventaja de ser una ignorante, como yo lo soy, es que eso me ha permitido el gran festín de leer por primera vez a Cansinos Assens hace unas semanas. Descubrir a Cansinos a estas alturas, en efecto, viene a ser algo tan original como descubrir la gaseosa. Pero también es cierto que, para el gran público, este escritor fascinante es un completo desconocido. Nacido en 1882 en Sevilla y residente en Madrid desde los quince años, Rafael Cansinos Assens es el literato por excelencia, un febril letra-herido cuyo corazón debía de bombear tinta en vez de sangre. Desde la adolescencia quiso ser escritor y sólo escritor; vivió la bohemia, la mugre hambrienta e histriónica de los artistas de principios de siglo, el modernismo, más tarde el ultraísmo, después el desplome de ambos movimientos. Y la Guerra Civil y la cruel posguerra, un desierto poblado de fantasmas.

Yo supe de Cansinos hace muchos años gracias al gran Borges, que le consideraba su maestro. Pero pensé que el escritor argentino no lo decía totalmente en serio, que citaba a un raro y oscurísimo literato español para epatar, en uno de sus saltarines juegos borgianos. Y desde luego Cansinos Assens es un raro glorioso, empezando por la chusca anécdota de que es pariente de Rita Hayworth (Margarita Cansino de nombre real) y terminando por sus dotes de virtuoso políglota (hablaba inglés, francés, alemán, hebreo, árabe...). Su madre y sus dos hermanas eran fervientes católicas, casi monjiles, pero la familia paterna venía de una tradición judeoconversa y, desde muy joven,

Rafael se fue identificando más y más con el judaísmo. Publicó salmos y antologías talmúdicas, además de novelas, ensayos y críticas. Tras la Guerra Civil fue depurado por la dictadura por judío; le quitaron el carné de prensa (mientras Franco, curiosamente, recibía el carné número uno de la nueva asociación de periodistas) y se vio abocado al exilio interior. Un exilio largo y definitivo que sólo acabaría con la muerte del escritor en 1964.

En esos años oscuros vivió de traducir. Aunque durante algún tiempo no pudo firmar sus trabajos en España, fue el gran traductor de Dostoievski, Schiller, Goethe, Balzac... Realizó la primera traducción directa e íntegra del árabe al español de *Las mil y una noches* y del Corán, todo ello acompañado de amplios estudios. Su currículo es impresionante, pero aún impresiona más que sobre toda esta esplendidez cayera el olvido borrador, un silencio tajante como de guillotina. En los años cincuenta, siendo ya septuagenario, escribió la obra que ahora he devorado, *La novela de un literato,* tres desmesurados, tal vez algo excesivos volúmenes que no son una novela, sino una especie de memorias colectivas, un retrato febril del Madrid literario y bohemio desde la fecha de su nacimiento, 1882, hasta 1936. Al parecer Aguilar le había prometido publicar el libro, pero cuando leyó el manuscrito, en 1961, lo rechazó por miedo a las querellas por alusiones y a la censura. Sólo lo publicaría, dijo, si hacía enormes cambios. Cansinos se negó, tras lo cual volvió a sumergirse en la oscuridad como una vieja ballena. A su entierro sólo acudieron siete personas.

No parece una existencia muy feliz, y, sin embargo, *La novela de un literato* es un libro lleno de vida e incluso de una desaforada alegría que a veces se parece a la tristeza. Qué modernísima es su escritura, qué trepidante y ligera, grotesca y conmovedora en ocasiones, desternillante a menudo. Todo el libro sucede en un radio de tres kilómetros alrededor de la Puerta del Sol de Madrid; y ahí, como en una gota de agua que, vista a través del microscopio, reveía un hervor de bichejos, van pasando las gentes y las décadas, todos tan atareados en sus menudas vidas de paramecios altivos. En los tres volúmenes de Cansinos Assens asoma todo el mundo: Juan Ramón Jiménez y su delicuescente languidez; el inefable Valle-Inclán, «agitando, como un ala, la hueca manga». Blasco Ibáñez, apasionado y petulante, apabullando al gran Galdós, menudo como un pajarito. Y los dos Machado, y Baroja, y más tarde Huidobro, García Lorca, Alberti y mil más. Todos ellos atrapados en un instante de su cotidianidad, todos reales y creíbles. Como cuando explica que los escritores solían vender a toda prisa los libros dedicados que les regalaban otros escritores, para poder pagarse con ellos la merienda: «¿No era ya famosa aquella frase del grave Antonio Machado al recibir *Sol de la tarde,* de Martínez Sierra: "Sol de la tarde, café de la noche"?». Bostezan y sudan los personajes a tu lado, como si estuvieran sentados junto a ti.

Es un mundo desenfrenadamente masculino. Se cuentan cosas de chicos, cosas de hombres, con un adobo de prostitutas y vedettes. *La novela de un literato* retrata una realidad machista y homofóbica, pero en honor de Cansinos diré que, aun siendo un varón de su tiempo, parece mostrar cierta sensibilidad ante la desigualdad femenina, como cuando saca a la pobre Carmen de Burgos, «Colombine», teniendo que dictar un artículo a toda prisa mientras cuida a su niña y sofríe algo en la sartén.

El libro tendría interés aunque sólo fuera por los chismes que narra, pero es bastante más que eso. Es un fresco intenso y un poco melancólico de la vida en toda su pequeñez. Todo ese desasosiego chirriante, esos sueños de gloria, ¿para qué? Cansinos Assens siguió viviendo en el centro de Madrid y mantuvo hasta su muerte sus costumbres bohemias: dormía de día, trabajaba por las tardes, salía por las noches hasta el amanecer. Pero cuando escribió *La novela de un literato* ya era viejo y tenía una guerra a las espaldas. Y esa sombra sobrevuela la alegría del libro. Yo lo he leído en la edición más reciente, un bolsillo espantoso de Alianza Editorial cuyas páginas se van desprendiendo a medida que las pasas (cosa quizá apropiada con el tono del libro: *sic transit gloria mundi*). Puede que no sea un título fácil de encontrar, pero he decidido hablar hoy de él porque me parece una obra formidable que habría que rescatar. Chisporrotea el texto, cruzan centellas.

BIBLIOGRAFÍA

La novela de un literato (1882-1913), Cansinos Assens. Alianza.

La magia de las miniaturas

Las *nouvelles*

Un día le leí a Juan José Millás una ingeniosa clasificación zoológica de los escritores. Según él, los autores se pueden dividir entre mamíferos e insectos. En realidad, Millás atribuía esas cualidades no a los individuos, sino a sus obras; pero, como es natural, los autores tienden a escribir textos pertenecientes a una u otra categoría, aunque a veces suceda que un voluminoso animalote, un pedazo de paquidermo como Tolstói, por ejemplo, pueda permitirse alguna vez un pequeño libro insecto tan perfecto como *La muerte de Iván Ilich.* Los libros mamíferos, según Millás, son las obras ubérrimas, grandiosas, monumentales, unos bichos poderosos y pesados con grandes errores evolutivos, muelas del juicio sobrantes, colas atrofiadas y cosas así; mientras que los libros insectos son criaturas exactas, menudas y engañosamente sencillas, a las que no les sobra un élitro ni les falta una pata. Y ofrece dos ejemplos de su taxonomía: *La metamorfosis* de Kafka, que es un libro insecto por partida doble, una cucaracha redundante, y el *Ulises* de Joyce, que Millás selecciona como mamífero emblemático y que para mí es una novela hipervalorada que sólo me interesa, y no demasiado, como artefacto rompedor y modernista.

En realidad, por debajo de esta divertida clasificación subyace una cuestión de cantidad: estamos hablando de las novelas gordas frente a las novelas pequeñitas. Esto es, de las *nouvelles,* que es como se llaman esas piezas narrativas en torno a las cien páginas. Pero también está en juego una cuestión de cualidad, porque las *nouvelles* poseen un acercamiento distinto a lo narrado. Desnudas y directas, pueden ser un disparo al corazón, y su sencillez es un destilado laborioso. Ya lo decía John Steinbeck: «Lo mejor es siempre lo más simple, lo malo es que para ser simple hace falta pensar mucho».

Personalmente, creo que como lectora no hay placer comparable a que te guste mucho una novela y que ésta sea muy larga, un tocho de mil páginas. Pero de cuando en cuando cae en tus manos una miniatura maravillosa que te deja embelesada o incluso temblando. Porque algunas de estas menudencias son como pequeñas joyas o besos ligeros; pero hay otras, las menos, que son rayos que achicharran lo que tocan. Por ejemplo, *La metamorfosis,* de Kafka, y *El extraño caso del Dr. Jekyll y Mr. Hyde,* de Stevenson, poseen ese fulgor torrefactante. A su manera, esas dos *nouvelles* cambiaron el mundo, porque fueron capaces de construir símbolos perdurables de lo que somos.

Pero no es necesario aspirar a tanto para poder disfrutar con las miniaturas literarias. Leer una de esas novelas breves y perfectas, una novela-beso, es una suerte de experiencia amorosa, un vals arrebatado que bailas con el libro; y siempre estás temiendo que tu pareja falle, que te dé un pisotón, que las palabras decaigan y la magia se acabe. Pero, en las buenas miniaturas, los pies danzan alegres hasta el final de la música, dejándote pletórico y ahíto. Sacian mucho estas novelas tan pequeñas.

Hay muchas *nouvelles* memorables y supongo que cada cual tendrá su lista de favoritas. Yo voy a citar tres, las dos primeras harto conocidas: *El cartero de Neruda,* de Antonio Skármeta (el título original era *Ardiente paciencia*), esa genial y conmovedora historia de un cartero que descubre a la vez lo que es la vida y la poesía, y *Sostiene Pereira,* del italiano Antonio Tabucchi, una afilada y melancólica historia sobre la dignidad. Pero hoy voy a apostar especialmente por mi tercera recomendación, que es un libro recién publicado en España: *Una lectora nada común,* de Alan Bennett. El británico Bennett, actor y dramaturgo, acostumbra a escribir novelas breves. En España se habían publicado dos menudencias anteriores, *Con lo puesto* y *La ceremonia del masaje,* ambas sumamente celebradas por la crítica pero que a mí no me gustan demasiado: las encuentro rebuscadamente ingeniosas, y las *nouvelles* son unas piezas narrativas tan puras y desnudas que no soportan bien los artificios. Si en ellas no late la vida, no son nada.

En el centenar de páginas de *Una lectora nada común,* en cambio, Bennett atina a dar un toque de autenticidad emocionante. Esa rara lectora a la que el título se refiere es la reina Isabel de Inglaterra, que ya muy mayor y por puro azar, como todo sucede en esta vida, choca con los libros, con la ficción y con el placer de la lectura, y queda atrapada, con insospechadas consecuencias, en esa pasión tardía que lo cambia todo. Este pequeño libro es desternillante, y al mismo tiempo sobrio y austero, como conviene que sea una *nouvelle.* La historia se desliza con perfecta suavidad, como si las palabras patinaran sobre una lisa lámina de hielo, y terminan construyendo una especie de cuento para adultos en el que el personaje central e inolvidable es esta reina Isabel que tanto juego está dando, en su vejez, a los cineastas y escritores británicos: recuerden la reciente y premiada película *The Queen,* de Stephen Frears. Y es que esta pequeña reina octogenaria e imperturbable, envuelta en armiños imposibles y fabulosas joyas, es lo más parecido que ofrece la realidad al arquetipo del hada o de la bruja. Toda ella es un pellizco de magia.

Y magia es, justamente, lo que ofrecen las buenas *nouvelles,* las miniaturas narrativas bien hechas. Mientras que las novelas se acercan a la vida y mimetizan su caos y su fragor, su sucia confusión y sus conflictos, las *nouvelles* entresacan, limpian y pulen un solo personaje, una sola situación, una sola idea, y nos ofrecen un relato que roza lo perfecto, un espejismo de consoladora armonía, un atisbo de orden y de belleza.

BIBLIOGRAFÍA

Una lectora muy especial, Alan Bennett. Anagrama.
Ardiente paciencia, Antonio Skármeta. Plaza & Janés.
Sostiene Pereira, Antonio Tabucchi. Anagrama.

La verdad del impostor

Las enseñanzas de don Juan, de Carlos Castaneda

«Durante el verano de 1960, siendo estudiante de Antropología en la Universidad de California, Los Ángeles, hice varios viajes al suroeste para recabar información sobre las plantas medicinales usadas por los indios de la zona.» Con estas palabras empieza *Las enseñanzas de don Juan,* uno de los fenómenos literarios más extraordinarios de la segunda mitad del siglo XX. Un libro mítico que se publicó en 1968, provocando un inmediato estallido de espiritualidad alternativa en Occidente.

El estudiante de Antropología se llamaba Carlos Castaneda, y el libro relataba los cinco años de enseñanzas mágicas que le había impartido don Juan Matus, un hechicero yaqui procedente de la región mexicana de Sonora, el cual habría escogido a Castaneda como aprendiz para transmitirle su saber y hacer de él un hombre de conocimiento. En la obra, Carlos el principiante se dibuja a sí mismo extremadamente torpe, tontísimo en su ceguera racionalista y su incredulidad de universitario, mientras que el anciano don Juan va vapuleando a su estudiante, entre risas y veras (es un brujo bromista), con una catarata de prodigios que le desencuadernan la cabeza.

Para ello, don Juan suministra a su alumno diversos productos alucinógenos: le hace masticar botones del cactus peyote (don Juan lo llama *mescalito*), beber cocimientos de yerba del diablo y fumar el humito, que es un hongo, la *Psilocybe mexicana,* que altera poderosamente la percepción. Todas estas sustancias intoxicantes no son un fin en sí mismas, sino una herramienta para romper los prejuicios mentales de Castaneda; en el delirio inducido de sus diversos viajes, minuciosamente reflejados en el libro como si de un cuaderno de bitácora se tratara, a Carlos le suceden cosas apabullantes. Vuela, atraviesa paredes, pierde el cuerpo, su cabeza se convierte en un cuervo. Y lo más inquietante es que también empiezan a pasarle cosas raras cuando no está drogado. Don Juan le dice que todas esas situaciones son reales. Son la realidad no ordinaria.

Estos portentos hacen comprender a Castaneda que el mundo de la lógica occidental, por muy sólido y concluyente que nos parezca, no es sino un mundo más dentro de muchos otros. Un pensamiento perfectamente acorde con el espíritu de la época en que el libro fue escrito, pues la contracultura del 68 trajo, entre otras cosas, el descubrimiento del otro, la crítica al etnocentrismo y la aceptación de la diferencia. Por cierto, que la sociedad del 68 utilizó las drogas, igual que Castaneda, para romper con la mirada convencional, de manera que también en eso *Las enseñanzas de don Juan* responde al latir del momento. Resulta increíble que la arcaica sabiduría del hechicero yaqui coincidiera de pronto, y de manera tan completa, con las necesidades de Occidente en aquellos días.

En realidad no sólo resulta increíble, sino que además, y para ser exactos, no se puede creer. A estas alturas, es casi seguro que don Juan no existió, y parece fuera de toda duda que tanto *Las enseñanzas* como la decena de obras que vinieron después sobre el mismo tema son literatura de ficción y no antropología. Las sospechas sobre la veracidad de Castaneda empezaron muy pronto y se fueron multiplicando con cada uno de los libros que publicó: *Una realidad aparte* (1971), *Viaje a Ixtlán* (1972)... Para cuando apareció la cuarta entrega, *Relatos de poder* (1974), casi todo el mundo le consideraba ya una superchería. Castaneda siguió publicando libros, cada vez más inconsistentes y de peor calidad, hasta mediados de los años noventa, cuando puso en circulación penosos refritos que intentaba hacer pasar por textos nuevos. Ninguna de sus obras, ni siquiera *Una realidad aparte* o *Viaje a Ixtlán,* que eran muy notables, alcanzó la intensidad y la fascinante belleza de la primera.

Porque *Las enseñanzas de don Juan* es un libro muy hermoso; un clásico de las novelas de iniciación. Con endiablada habilidad, Castaneda construye una obra de apariencia modesta. El torpe aprendiz Carlos, personaje de ficción, intenta encerrar una y otra vez la vastedad del mundo dentro de un marco de datos razonables: fechas, lugares, precisiones: «Durante el verano de 1960, siendo estudiante de Antropología en la Universidad de California...». E incluso remata el libro con un seudoensayo totalmente mostrenco e ilegible que no es sino una parodia del academicismo. Pero el misterio de la vida le estalla entre las manos, inaprensible y turbulento, cegador en su amenaza y su belleza. Uno de los grandes aciertos del libro es este enfrentamiento entre el ridículo e insustancial escepticismo del aprendiz, y la monumental sabiduría poética de don Juan. «El crepúsculo es la raja entre los mundos», dice por ejemplo el viejo yaqui.

En el mundo de don Juan, al contrario que en nuestro mundo occidental, todas las cosas tienen un sentido, y uno puede acceder a ese sentido oculto por medio de complejísimos rituales. Qué consuelo poder domar la negrura, o al menos negociar con ella, por medio de liturgias bien aprendidas: es comprensible que *Las enseñanzas* fueran el enorme éxito que fueron. Incluso ahora, al repasar el libro en mi edad madura, aun sabiendo de Castaneda y de la vida lo que sé, me ha resultado casi imposible dejar de creer en lo que estaba leyendo. Es un texto que hipnotiza. No es de extrañar que en 1974, cuando se publicó por primera vez en castellano con un espléndido prólogo de Octavio Paz, su contenido fuera tomado en España al pie de la letra, y que hubiera unos cuantos casos de intoxicación aguda (se habló incluso de muertes) por ingestión de la venenosa datura o yerba del diablo, que es bastante común en nuestros campos.

Y mientras tanto, mientras sus seguidores se envenenaban alegremente, y la antropología se ponía de moda, y *Las enseñanzas* vendía centenares de miles de copias en todo el mundo, Carlos Castaneda se dedicaba a hacer de sí mismo un enigma. Porque de él se desconoce casi todo. Cuando murió el 27 de abril de 1998 en su casa de Los Ángeles, al parecer de cáncer de hígado, debía de rondar los setenta. Él decía que era brasileño, y que había nacido en 1931 o tal vez en 1935. Una investigación de la revista *Time* demostró que en realidad era peruano; y que probablemente había nacido en Cajamarca, en 1925, en el seno de una familia acomodada que poseía una relojería. Con motivo de su muerte se publicó la única foto que he visto de Castaneda, supuestamente fechada en 1951. Pero ese señor maduro, gordito, repeinado y con gafas no puede ser él. En el 51, Castaneda tenía veintiséis años, y según todos los testimonios siempre pareció más joven. Además, tenía la piel cetrina, el pelo muy rizado, aspecto de campesino. Eso dicen quienes le vieron personalmente, que fueron muchos: no permitía que le fotografiasen, pero daba bastantes conferencias. O sea, que no se asemejaba en absoluto al tipo de la foto. Tal vez ese relamido caballero sea el padre de Carlos: Castaneda tuvo considerables problemas psicológicos con él, como reconoce en *Las enseñanzas.* Hacer pasar el retrato de su progenitor como su propia foto oficial y póstuma podría ser la broma culminante de su trayectoria de impostor. Además de la venganza final del hijo que devora a su padre (¿o tal vez un homenaje?). En cualquier caso, Castaneda era un hombre lo suficientemente complejo y tormentoso como para dar esta pirueta extravagante.

Fue siempre un tipo raro, aun antes de que don Juan lo escogiera. Es decir, el misterio no venía de su condición de brujo aprendiz, sino de sus entrañas. «Ni sus amigos más íntimos están seguros de quién es él», dijo Margaret Runyan poco antes de que Carlos falleciera. Margaret se casó con Castaneda en 1960: sólo vivieron juntos durante seis meses y en 1975 se divorciaron. Ella era varios años mayor que Carlos; le conoció en la universidad en 1955, mucho antes de que empezara todo. Era un tipo esquivo que jamás dijo a Margaret dónde vivía. No había manera de localizarlo: aparecía y desaparecía, eso era todo. Y cuando llegó la fama siguió comportándose de la misma manera.

Hay una larga tradición de escritores que se esconden. Algunos, como Salinger, el famoso autor de *El guardián entre el centeno,* simplemente son unos misántropos furiosos. Detestan y tal vez temen el corrosivo aparato de la fama, y procuran vivir sus existencias al margen de la pompa del mundo. Son individuos obsesionados por la privacidad, pero, de algún modo, esa privacidad existe: hay una vida íntima coherente que el autor comparte con otras personas.

Castaneda, en cambio, inventa y falsea esa intimidad hasta hacer de ella un enigma inexpugnable. En esto se parece más a B. Traven, el autor de la célebre novela *El tesoro de Sierra Madre.* De Traven, que murió en 1969, no se sabe prácticamente nada, ni siquiera a qué corresponde con seguridad esa B de su seudónimo que siempre aparece seguida por un punto. Debió de nacer sobre 1890, y algunos dicen que era norteamericano; otros, que era el alemán Maurice Rethenau, hijo ilegítimo del fundador de la multinacional AEG; y todavía hay otros que aseguran que era un bastardo del káiser Guillermo II. Jamás utilizó otro nombre que el falso de Traven, y sólo existe una foto de él en la que aparece con una gorra como una seta, la boca torcida, el bigote descabalado y una cara extrañamente compungida, como si fuera a estallar en un puchero (aunque tal vez fuera la foto de su padre).

También existen coincidencias entre la historia de Castaneda y la del patético Lobsang Rampa, ese supuesto lama budista tibetano que se hizo celebérrimo en los años cincuenta con la publicación de *El tercer ojo,* un pastiche sobre el budismo compuesto por vagas verdades y despendoladas fantasías. La mezcla de espiritualidad, realidad y ficción de Lobsang es similar a la de Castaneda, pero los libros de don Juan son incomparablemente superiores. Carlos construyó una reveladora metáfora de la existencia, mientras que Lobsang escribía insustanciales y divertidas aventurillas mágicas.

Poco le duró el éxito al pobre Rampa, sin embargo. Tras publicar su segunda entrega, *El médico de Lhasa,* la prensa descubrió que no era tibetano, sino un británico cuarentón de lo más común y corriente: hasta la aparición de Lobsang había sido un desempleado pertinaz, aunque desempeñó pasajeramente todo tipo de oficios, entre otros ayudante de fotógrafo. Además, y para colmo de los colmos, el hombre estaba casado, lo cual se avenía malamente con el monje célibe que él presumía ser. Abrumado por la fenomenal rechifla y el escándalo, Lobsang publicó entonces su autobiografía, la *Historia de Rampa,* en la cual, en un intento por arreglar lo inarreglable, explicaba que él era en verdad un monje tibetano, pero que en los años cuarenta su espíritu ocupó de un modo mágico el cuerpo del británico. Tal vez sea el libro más desesperadamente ridículo que jamás he leído.

A diferencia de Rampa, Castaneda nunca fue quemado en la pira pública, aunque la polémica sobre la autenticidad de su obra ocupó un amplio espacio en los años setenta. En su interesante libro *La aventura de Castaneda,* Richard de Mille ofrece un meticuloso y abrumador compendio de argumentos que prueban la superchería de la obra de Carlos, desde inconsistencias argumentales hasta una lista de los libros en los que Castaneda se inspiró. En uno de ellos, escrito por los especialistas en hongos alucinógenos Valentina y R. Gordon Wasson, venía la foto de una hechicera, María Sabina, ahumando ritualmente los hongos con hierbas aromáticas. Pero resulta que en inglés ahumar y fumar se dice de la misma manera: *to smoke.* De Mille sostiene que este pie de foto confundió a Castaneda, a fin de cuentas hispanoparlante, y que por eso escribió en *Las en-*

señanzas que don Juan fumaba los hongos mezclados con hierbas aromáticas, cuando lo cierto es que ninguna cultura indígena los fuma. Es decir, los hongos no se fuman, sino que se comen; y fumados carecen de propiedades alucinógenas y sólo te proporcionan un dolor de cabeza inolvidable.

Pero hay muchas pruebas más de la mentira. Nadie ha visto nunca las notas de campo correspondientes a los doce años de enseñanzas (y eso que deberían ocupar decenas de cuadernos); no hay fotos, no hay cintas; nadie ha visto a don Juan ni a ninguno de los personajes de los libros; no hay absolutamente ningún testimonio de su existencia, salvo la palabra de Carlos. Los rituales de don Juan no se corresponden con las costumbres yaquis que otros antropólogos han estudiado. Los libros de Castaneda no han descubierto ni un solo ingrediente de la cultura indígena: o bien lo que cuenta ya había sido publicado y documentado por otros antropólogos antes que él, o bien sus supuestos descubrimientos son rarezas que ningún otro científico ha podido comprobar. Los indios de carne y hueso no son así.

En efecto, los indios de carne y hueso no son así, pero podrían serlo. Don Juan posee la abrumadora verosimilitud de los personajes literarios bien construidos. Probablemente el viejo hechicero yaqui no existía en el verano de 1960, pero ahora no cabe duda de que existe. Esa veracidad profunda salva al impostor Castaneda de su impostura.

Porque estos viajes de desdoblamiento que duran una existencia entera no parecen ser un mero producto de la codicia. Es decir, no creo que Castaneda o Traven o ni siquiera Lobsang Rampa mientan para triunfar, para vender más, para hacerse ricos. O al menos ése no es el único objetivo. Mienten, se me ocurre, para poder ser, porque tal vez no hallaron modo de quererse siendo lo que eran antes. En realidad es un proceso de travestismo espiritual; Rampa tenía de algún modo razón cuando habló de ocupar un cuerpo ajeno, sólo que fue el inglés quien se transmutó en monje budista. Por lo demás, se trata de un trayecto irreversible:

pese a todas las evidencias, Lobsang afirmó ser tibetano hasta su muerte, lo mismo que Castaneda sostuvo hasta el final que don Juan existía: «La idea de que yo haya podido inventar una persona como don Juan es inconcebible», dijo en una de las escasísimas entrevistas que concedió.

Jorge Luis Borges, que es uno de los mayores expertos de la historia en imposturas, tiene un cuento magnífico titulado «Pierre Menard, autor de *El Quijote*», en el que se relata la historia de Menard, un poeta simbolista francés nacido en Nimes, cuya obra magna y, desde luego, inconclusa, consistía en intentar escribir *El Quijote* de nuevo. Menard, dice Borges, «no quería componer otro Quijote, sino *El Quijote.* Y no copiarlo, sino llegar a él». Al fin, y al cabo de mucho bregar, el poeta simbolista elaboró los capítulos noveno y trigésimo octavo de la primera parte de *El Quijote,* y fragmentos del capítulo vigésimo segundo. Es decir, volvió a escribir las mismas páginas de Cervantes y con las mismas palabras.

Para conseguir esa «gemelidad» pasmosa había dos métodos posibles, explica Borges: «El método inicial que imaginó era relativamente sencillo. Conocer bien el español, recuperar la fe católica, guerrear contra los moros o contra el turco, olvidar la historia de Europa entre los años de 1602 y de 1918, *ser* Miguel de Cervantes. Pierre Menard estudió ese procedimiento (...) pero lo descartó por fácil (...) Ser, de alguna manera, Cervantes y llegar al Quijote le pareció menos arduo —por consiguiente, menos interesante— que seguir siendo Pierre Menard y llegar al Quijote a través de las experiencias de Pierre Menard». Dicho lo cual, Borges pasa a comparar diversos fragmentos de los dos autores. Ni que decir tiene que los párrafos son absolutamente idénticos hasta en la más humilde de las comas, pero Borges le atribuye mucha más riqueza al texto de Menard porque, al ser un escritor del siglo XX, sabe muchas cosas que Cervantes no sabía. Y sin embargo, y ésa es su ambigüedad y su grandeza, se las calla.

Hay algo de Menard en Castaneda: así como el simbolista hizo suyas las palabras de Cervantes, Carlos se adueñó de la voz del chamán. Era en cierto modo sincero al hacer esto, pero a cambio de la magia también él tuvo que callar demasiadas cosas, y fingir notas de campo, y fantasear con encuentros imposibles.

Sin embargo, los silencios y los engaños y las ambigüedades de Castaneda no devalúan el valor de su libro. *Las enseñanzas de don Juan* tienen algo auténtico en sí mismas. «¿Qué es una vida verdadera?», pregunta el neófito Carlos. «Una vida que se vive con la certeza nítida de estarla viviendo», contesta don Juan. Y el libro rezuma esa vida consciente y elemental, esas ansias de ser y de encontrar sentido, esa hambre desesperada de felicidad y entendimiento que agita a los humanos. Y todo ello por medio de la poderosa voz poética del malandrín y misógino don Juan.

Una voz que es al mismo tiempo simple y sustancial. Como cuando el viejo brujo explica a su aprendiz los cuatro enemigos naturales a los que debe enfrentarse para convertirse en un hombre de conocimiento. El primero es el miedo, porque «el conocimiento no es nunca lo que uno se espera y cada paso del aprendizaje es un atolladero». Vencido el miedo, el hombre adquiere una claridad de mente tal que esa sensación de poder «puede cegarle». De manera que el segundo enemigo es la claridad. Una vez dominada ésta, el hombre adquiere verdadero poder. Pero si no se sabe controlar, ese poder es el tercero y más feroz de los adversarios, capaz de convertirte en un ser cruel y caprichoso: «Un hombre vencido por el poder muere realmente sin saber cómo manejarlo. El poder es sólo una carga sobre su destino».

Pero si el hombre persevera (y sólo el hombre: don Juan jamás menciona positivamente a las mujeres), si el hombre insiste en pos del conocimiento, llegará a saber cómo y cuándo usar su poder. Y entonces tropezará con su último enemigo: la vejez. «Éste es el tiempo en que un hombre ya no tiene miedos, ya no tiene claridad impaciente; un tiempo en que todo su poder está bajo control, pero también el tiempo en el que siente un deseo constante de descansar. Si se rinde por entero a su deseo de acostarse y olvidar, si se arrulla en la fatiga, habrá perdido el último asalto y su enemigo lo reducirá a una criatura débil y vieja. Pero si el hombre se sacude el cansancio y vive su destino hasta el final, puede entonces ser llamado hombre de conocimiento, aunque sea tan sólo por esos momentitos en que logra ahuyentar al último enemigo, al enemigo invencible. Y esos momentos de claridad, poder y conocimiento son suficientes.»

Estas limpias y sencillas palabras de don Juan evocan el sabor de un mundo antiguo, de esa sociedad campesina, ritualizada y mágica de la que todos procedemos, aunque nos hayamos olvidado. Todo el libro está lleno de rastros ancestrales: los aprendices han de ayunar antes de una prueba, al igual que los caballeros de la Mesa Redonda; hay brujas que vuelan, lagartos con los párpados cosidos, objetos de poder, pócimas hechiceras a las que hay que añadir insectos aplastados o sangre humana. Y, sobre todo, hay un mundo animista, elemental y sólido, anterior a la devastadora soledad de la individualidad moderna. Hay un universo cerrado, en fin, en el que cada cosa, incluso el ser humano, posee su propio sitio, y en el que el simple hecho de vivir tiene sentido. «Todos los caminos son lo mismo: no llevan a ninguna parte», explica don Juan: «Son caminos que van por el matorral. Puedo decir que en mi propia vida he recorrido caminos largos, largos, pero no estoy en ninguna parte. Tan sólo hay que hacerse una pregunta: ¿tiene corazón este camino? Si tiene, el camino es bueno; si no, de nada sirve. Ningún camino lleva a ninguna parte, pero uno tiene corazón y el otro no. Uno hace gozoso el viaje: mientras lo sigas eres uno con él. El otro te hará maldecir tu vida».

¿Por qué este viejo chamán que sólo nos dice cosas obvias sigue siendo tan malditamente persuasivo? «Todos vimos alguna vez el mundo con esa mirada anterior, pero hemos perdido el secreto. Perdimos el poder que une al que mira con aquello que mira», escribe Octavio Paz en su lúcido prólogo de *Las enseñanzas de don Juan.* El ayer remoto late en esas páginas, y al leerlas nos traspasa la nostalgia de lo que ni siquiera sabemos que hemos perdido.

BIBLIOGRAFÍA

Las enseñanzas de don Juan, Carlos Castaneda. Fondo de Cultura Económica.

Una realidad aparte, Carlos Castaneda. Fondo de Cultura Económica.

Relatos de poder, Carlos Castaneda. Fondo de Cultura Económica.

Viaje a Ixtlán, Carlos Castaneda. Fondo de Cultura Económica.

La aventura de Castaneda, Richard de Mille. Editorial Swan. Fundación Avantos.

Castaneda, el camino del guerrero, B. Dubant y M. Marguerie. Ediciones Mascarón.

El puente en la selva, B. Traven, prólogo de Alejandro Gándara. Debate.

«Pierre Menard, autor de *El Quijote*», en *Ficciones,* Jorge Luis Borges. Seix Barral.

El tercer ojo: autobiografía de un lama tibetano, Lobsang Rampa. Ediciones Destino.

El médico de Lhasa, Lobsang Rampa. Ediciones Destino.

Historia de Rampa, Lobsang Rampa. Ediciones Destino.

La dama de las nieves y otros tipos insólitos

De las aventuras de Scott y Chus Lago en el Polo Sur

Rory Stewart es un escritor escocés de treinta y cinco años. Antes era diplomático, y en los noventa fue tutor estival de los príncipes británicos Guillermo y Harry, un empleo ciertamente curioso si tenemos en cuenta que Stewart parece ser un chiflado monumental. En 2001, recién caído el gobierno talibán, decidió atravesar a pie Afganistán, una de las caminatas más peligrosas y más inútiles que a la sazón podían hacerse en el mundo. La pregunta del millón es, ¿por qué un individuo decide acometer de pronto algo semejante, sin que nada ni nadie le fuerce a meterse en ese embrollo? En el prefacio del libro que escribió después sobre el asunto *(La huella de Babur),* el propio Stewart dice: «No sé bien cómo explicar por qué caminé a través de Afganistán. Quizá lo hice porque era una aventura».

Me encantan los libros de viajes, y sobre todo aquellos que relatan viajes dificilísimos, retos impensables que el viajero cumple contra todo pronóstico y que en definitiva siempre son un desafío personal, un trayecto interior. En los pedregales ensangrentados de Afganistán, en la cumbre del Everest o en las selvas remotas, el viajero extremo fuerza los límites de la resistencia física y psíquica. Esta locura genial, el afán de lograr lo imposible, forma parte sustancial del ser humano y ha sido el motor de las grandes exploraciones geográficas, de los récords gimnásticos, de la llegada a la Luna. Tal vez sea una manera más de luchar contra la muerte; puede que, al doblegar el cuerpo y el espíritu, sólo se esté buscando conquistar una momentánea eternidad.

El libro de Stewart es curioso, posee una atractiva candidez y está muy bien, pero hoy quería hablar de otros dos relatos-aventura que me interesan aún más. El primero es un completo clásico, quizá el libro de este tipo que más me ha gustado en toda mi vida: *El peor viaje del mundo,* de Cherry-Garrard, un inglés que formó parte de la trágica expedición de Scott a la Antártida y que narra justamente los tres interminables años (1910-1913) que duró aquella pesadilla. Scott quería ser el primer hombre en llegar al Polo Sur, por entonces aún no hollado, y después de múltiples penalidades consiguió en efecto alcanzar el Polo, sólo para descubrir que había llegado dos semanas tarde: ya había pasado por allí el noruego Amundsen. Entonces Scott y los cuatro exploradores que le habían acompañado en este tramo final emprendieron el regreso al campamento base, pero murieron por el camino tras espantosos sufrimientos.

Fue un martirio que quedó meticulosamente registrado en el famoso diario de Scott, recuperado luego. La agonía se prolongó durante largos meses, con temperaturas entre los cuarenta y los cincuenta grados bajo cero. Se hundían en las grietas, se quedaban ciegos por el resplandor de la nieve, estaban siempre ateridos, mojados, extenuados, muertos de hambre. Tenían el cuerpo ulcerado, las extremidades se les helaban y deshelaban, las uñas de los pies se caían, los dedos se gangrenaban, perdían los dientes por el escorbuto, se les deshacía la punta de la nariz al congelarse. Todos estos procesos físicos son atrozmente dolorosos y los expedicionarios los soportaron sin quejarse, sin detenerse, siguiendo adelante cada día, arrastrando los pesados trineos por el hielo, muriendo de pie. Scott fue el que más aguantó. Sin combustible y sin comida, tras haber visto fallecer a sus compañeros, hizo la última anotación en su diario: «Hemos corrido riesgos; sabíamos que los corríamos. Las cosas se nos han puesto en contra y, por lo tanto, no tenemos motivos para quejarnos». Una frase estoica que resume la filosofía de este tipo de aventureros existenciales: para hacerte totalmente cargo de tu vida, tienes que hacerte también cargo de tu muerte.

He estado recordando el libro de Cherry-Garrard estos días porque ahora mismo hay una española intentando alcanzar el Polo Sur en una expedición en solitario. Se trata de la viguesa Chus Lago, de cuarenta y cuatro años, y en total recorrerá unos mil doscientos kilómetros. Emprendió el viaje el 11 de noviembre de 2008 y, si todo sigue bien (por razones de imprenta escribo este artículo una semana antes de que se publique), en la primera semana de enero de 2009 estará a punto de terminar su proeza. Como Scott, arrastra un trineo de ciento treinta kilos de peso y está sometida a temperaturas de cincuenta grados bajo cero (ya ha tenido que sobrevivir a una pavorosa tormenta de viento). Además, Chus está sola, y esa enorme soledad, blanca y enloquecedora, es el mayor reto de este viaje. Aunque gracias a las nuevas tecnologías, y siempre que las baterías no fallen, puede mantener un tenue vínculo: ayudada en España por su prima Ana, está haciendo un blog desde la Antártida, www.chuslago.com/blog. Una inusual ventana en directo a los helados confines.

Chus Lago es una alpinista de élite: en 1999 se convirtió en la tercera mujer del mundo en subir el Everest sin oxígeno (y en la única que quedaba viva: las otras dos murieron en las montañas). Y además escribe muy bien, con un estilo poderoso y original lleno de vigorosas imágenes, como cuando dice que los escaladores, vistos de lejos, son como pequeñas *«íes»* minúsculas en mitad de las laderas resplandecientes. En su libro *Una mujer en la cumbre,* que recoge varias de sus expediciones a las cimas más altas de la Tierra, habla de las dificultades añadidas que las mujeres encuentran en el alpinismo, de los delirios que provocan la soledad y la falta de oxígeno, de los peligros corridos, de la belleza y la poesía de la vida cuando la muerte acecha. En todos estos viajeros de alto riesgo hay algo místico: son espíritus desnudos que se funden con el todo. *Una mujer en la cumbre* es un libro que se lee con la misma pasión con que está escrito. Y más aún sabiendo que la autora está ahora mismo allí abajo, en el extremo de todo y de sí misma, Dama de las Nieves, transgresora de límites, otra chiflada maravillosa en el camino interminable de la aventura.

BIBLIOGRAFÍA

El peor viaje del mundo, Apsley Cherry-Garrard. Ediciones Zeta Bolsillo.

Una mujer en la cumbre, Chus Lago. Plaza & Janés.

La huella de Babur, Rory Stewart. Alcalá Grupo Editorial.

El placer de aprender

Los *Encuentros heroicos: seis escenas griegas,*
de Carlos García Gual

Siempre he pensado que Carlos García Gual es un sabio, uno de los pocos sabios que he conocido personalmente en mi vida. Este catedrático de filología griega, medievalista apasionado y escritor de ensayos memorables, encarna a la perfección al hombre entregado a la búsqueda y el ejercicio de la sabiduría, que por cierto es una actividad fascinante y nada aburrida. Hace cosa de un año Gual publicó un pequeño volumen, *Encuentros heroicos: seis escenas griegas,* que es un perfecto ejemplo de esa sabiduría viva, profunda y sencilla. Porque la sencillez es un logro intelectual dificilísimo; como decía Steinbeck, lo mejor es siempre lo más simple, pero para ser simple hace falta pensar mucho.

Encuentros heroicos recoge los comentarios de García Gual sobre seis escenas de la literatura clásica griega, seis momentos que le emocionaron o interesaron especialmente por alguna razón. Alguno de estos fragmentos es conocidísimo, como el final de la *Ilíada,* cuando el viejo rey troyano Príamo va a pedir, a suplicar al feroz Aquiles que le devuelva el cadáver de su hijo, y otros son rarísimos, al menos para mí, como un episodio fabuloso y delirante de Alejandro el Magno consultando a los árboles proféticos (tal y como suena: dos árboles enormes, uno llamado del Sol y otro de la Luna, que se ponen a parlotear y vaticinar el futuro), obra de un autor desconocido en el siglo III d. C. «Somos lectores, en general, triviales y apresurados», dice Gual en su breve y precioso prólogo. Y pasa a reivindicar, al menos de cuando en cuando, la lectura «más densa, más *inactual,* más intempestiva». La lectura de los clásicos, que es esa «literatura permanente» que sigue siendo capaz de rozarnos el corazón dos milenios después de haber sido escrita.

Pero si encima esa literatura está interpretada por Gual, entonces ya no es que nos roce el corazón, sino que nos lo masajea vigorosamente. Primero, porque es un hombre que ama las escenas que ha escogido y que es capaz de transmitirnos el enorme placer que a él le provocan; pero además porque nos explica por qué son tan hermosas. Porque nos enseña a ver y a entender. Qué lujo poder leer a los clásicos con un lector así susurrando en tu oreja. Erudito y modesto (rara combinación), Gual salpica el texto de formidables datos, de reflexiones luminosas que te hacen disfrutar del gusto de aprender. Por ejemplo: explica que, en los mitos de los héroes prototípicos, el héroe suele tener un padre oscuro o carecer de padre, porque el héroe «es hijo de sus hazañas». Lo cual me parece una observación bastante sustanciosa para ocupar tan sólo un par de líneas. Y el libro está lleno de detalles así.

Brilla la fuerza de los clásicos en estas glosas, se percibe su oscuro poderío. Es bellísimo, desde luego, el encuentro de Príamo y Aquiles. Llega el viejo rey furtivamente al campamento enemigo, destrozado de dolor, tras diez días de ayuno y once noches de insomnio, y se presenta súbitamente ante el cruel Aquiles, que lleva todo ese tiempo arrastrando y maltratando el cadáver de Héctor. Y Príamo se arroja al suelo, abraza las rodillas del héroe y besa sus manos: «Me he atrevido a hacer lo que ningún humano hizo hasta ahora: llevar a mi boca la mano del matador de mi hijo». Llora Aquiles, conmovido por la grandeza del viejo al humillarse y recordando a su padre; llora Príamo, viendo a su hijo en la joven figura del guerrero que lo mató. «Y luego comparten la comida, en silencio, mientras cae la noche, y el cuerpo de Héctor [que ha sido lavado y arreglado por orden de Aquiles] está tendido entre los ropajes del féretro, como si por encima de la guerra y la sangre persistiera un cierto sentido humano», dice Gual. Es una muestra de la victoria, «acaso momentánea y efímera, del humanismo sobre la crueldad y la destrucción».

Si la primera escena posee una grandeza heroica, con un tumulto de batallas como sonido de fondo, el segundo fragmento nos remite a la nobleza de las pequeñas vidas. Es un momento de la *Odisea*. Ulises vuelve a Ítaca disfrazado de viejo mendigo, y uno de sus esclavos, Eumeo, que es porquerizo, lo acoge, le da de comer y le ofrece un lecho sin reconocer a su amo, por pura dulzura y generosidad: incluso le da al mendigo su propio manto. Es un personaje lleno de una rara, moderna dignidad: «Ningún otro esclavo tiene en toda la literatura griega un papel tan destacado».

Y aún queda mucho más en este libro. Queda Ájax, recreado por Sófocles, un héroe primitivo en cuyo corazón no cabe la ternura, «el mejor ejemplo de esa arcaica *cultura de la vergüenza* (...) donde el temor a la opinión de los demás constituye el criterio fundamental de la conducta heroica». Duro como el pedernal y sin más espacio en su pensamiento que el que dedica a su honra, abandona a su suerte a su desgraciada amante, Tecmesa. Y queda Jasón, que enamora a Medea y le promete lindezas con tal de conseguir que la muchacha traicione a su familia y le ayude a llevarse el Vellocino de Oro. O queda la historia ya mencionada de los árboles adivinos, unos seres fantásticos que Alejandro encuentra al final de un largo viaje repleto de encuentros con estrafalarios humanoides: los Ictiófagos, recubiertos totalmente de pelo; los Oclitas, que, por el contrario, no tienen ni un vello en el cuerpo y son altísimos y delgadísimos como espárragos; los Esciápodos, que utilizan de sombrilla su enorme y único pie; los Arimaspos, que carecen de cabeza y llevan la cara en el pecho... Es tan seductor Gual en la presentación de estos fragmentos que te abre el apetito de leer más. Y sobre todo te hace consciente de las muchas cosas que ignoras y del placer que te proporciona que te las enseñen. Este libro es una lección y es estupenda.

BIBLIOGRAFÍA

Encuentros heroicos, seis escenas griegas, Carlos García Gual. Fondo de Cultura Económica, México.

El fragor de los imperios al derrumbarse

Vidas paralelas, de Plutarco

Creo que una de las pruebas del fracaso de nuestro sistema educativo es el hecho de que la mayoría de los lectores actuales, incluso de los buenísimos lectores, no se han asomado nunca a los clásicos grecolatinos. Las obras de los antiguos griegos y romanos suenan a literatura académica, a libros difíciles de abordaje arduo, a palabras muertas clavadas en el tiempo como mariposas en su corcho. Nada más erróneo, sin embargo; desde luego hay algún pestiño, como en todo, pero también hay otros textos que no son ni plúmbeos ni arcaicos, sino que, por el contrario, resultan entretenidísimos y de una deslumbrante modernidad.

Y para mí el mejor ejemplo de esta fascinante amenidad son las famosas *Vidas paralelas* de Plutarco. Sacerdote de Delfos y filósofo, Plutarco fue un griego que vivió a caballo del siglo I y el siglo II después de Cristo, es decir, en la época de decadencia griega, cuando el Imperio romano dominaba el mundo. Escribió muchísimas obras, pero la más famosa es este conjunto de biografías de hombres ilustres que aparecen enfrentados en parejas, un griego uncido a un romano, de modo que los vicios, las virtudes y los momentos históricos de uno y otro quedan comparados y resaltados. Dicho así puede parecer un soberano aburrimiento, pero las biografías están escritas con tanta veracidad, con tanta pasión, con una sutileza psicológica y una brillantez narrativa tan asombrosas que se leen como un *bestseller,* o, mejor dicho, como un compendio de *bestsellers* de distinto tipo, porque en *Vidas paralelas* hay de todo: aventuras bélicas, pasiones amorosas desenfrenadas, conjuras criminales, borracheras de poder, historias de misterio o de heroísmo. Es una de esas raras obras en las que cabe el mundo.

En total son veintitrés parejas, todas de personajes celebérrimos en su tiempo. Algunos siguen siendo muy conocidos, como Alejandro y Julio César, Cicerón o Pericles, y hay otros a los que hoy sólo conoce el erudito: por ejemplo, ¿alguien recuerda quién demonios era Filopeme? Pues bien, Plutarco nos cuenta quién fue, y consigue que nos parezca interesantísimo. El autor, que era un hombre profundamente moral, tiene el acierto de presentar a los hombres enfrentados a su destino, como una lucha entre el sentido de la vida y el sinsentido, entre la dignidad y la mezquindad. Son existencias trágicas, tumultuosas. Son vidas más grandes que la vida, aunque los personajes se comporten a menudo como unos canallas. Por debajo de las páginas de Plutarco palpitan los siglos y se escucha el lejano fragor de los imperios que se derrumban.

Fue, además, un aceptable historiador. Investigó las fuentes con cuidado y los datos que ofrece pasan por ser bastante fiables. Gran parte de los conocimientos que hoy tenemos sobre los personajes de la época provienen de estas *Vidas.* Por ejemplo, el autor nos cuenta que la gran Cleopatra no era en realidad una belleza, pero que su trato tenía «un gancho inevitable: ayudada de su labia (...) parecía que dejaba clavado un aguijón en el ánimo». Con su fina inteligencia, se apoderó de la voluntad de Marco Antonio, al que Plutarco pone a caer de un burro: era vanidoso, matón, fanfarrón, cobarde y cruel, además de bastante estúpido, a lo que parece. Cuando Antonio vio por primera vez a Cleopatra, toda recubierta de polvillo de oro, se quedó encandilado como el patán que era, y a partir de entonces ella le trajo «como a un niño, sin aflojar ni de día ni de noche». Plutarco desarrolla la historia de Marco Antonio en todo su hipnotizante proceso de destrucción, paso a paso hasta la catástrofe final, cuando el romano intenta suicidarse y ni eso hace bien, porque le falla el valor para arrojarse como es debido sobre su espada y sólo se hiere malamente.

La de Marco Antonio es una biografía interesantísima, pero no es la mejor. Si la cito, es como reclamo, a modo de cebo para los lectores, por lo famosa y popularmente atractiva que es la pareja formada por la egipcia y el romano. Pero *Vidas paralelas* está llena de historias mucho mejores, de relatos formidables y tremendos. Les contaré una de mis escenas preferidas: está en la vida del romano Camilo, y cuenta la toma de Roma por los galos. Resulta que los bárbaros se enfrentaron al ejército romano en el río Alia, y las cohortes, cogidas por sorpresa, se desmoronaron y huyeron caóticamente. Muchos soldados fueron masacrados y otros se guarecieron en Roma, que ya no tenía más defensa frente a los enemigos. La ciudad entró en pánico, cosa bastante razonable dada la predisposición a la degollina de la época; algunos soldados se atrincheraron en el Capitolio y la mayoría de la gente huyó a buscar refugio en ciudades vecinas. Pero los viejos senadores y unos cuantos sacerdotes consideraron una ignominia huir, de modo que vistieron sus ropas de gala, sacaron a la plaza sus sillones de marfil y se pusieron a esperar la llegada de los bárbaros. Me imagino a los ancianos ahí sentados, en medio de la ciudad vacía, sin otro sonido alrededor que el silbido del viento, aguardando la muerte con sus trajes de fiesta. Al tercer día, en fin, llegaron los galos a Roma, y al entrar en la plaza quedaron asombrados, dice Plutarco, «de ver a aquellos hombres sentados con aquel adorno y tan silenciosos, y, sobre todo, de que marchando hacia ellos los enemigos, no se levantaron ni mudaron el semblante de color, sino que se estuvieron quietos, reclinados sobre los báculos que llevaban, mirándose unos a otros tranquilamente. Era para los galos un espectáculo extraño; largo rato estuvieron dudosos sin osar acercarse, ni pasar adelante, teniéndolos por hombres de otra especie superior; pero después que uno de ellos, más resuelto, se atrevió a acercarse a Manio Papirio, y alargando la mano le cogió y mesó la barba, que la tenía muy larga, y Papirio, con el báculo, le sacudió e hirió en la cabeza, el bárbaro, sacando su espada, lo dejó allí muerto. Enseguida, cargando sobre todos los demás, les dieron muerte». A ver qué *bestseller* es capaz de competir con esta intensidad, esta enormidad y esta belleza.

BIBLIOGRAFÍA

Vidas paralelas, Plutarco. Tres volúmenes. Clásicos Universales. Planeta.

Pequeños libros gordos

El nombre del viento, de Patrick Rothfuss
y las novelas de Harry Potter, de J. K. Rowling

No todos los clásicos tienen que encantarnos y no todos los libros supuestamente menores son malos. Es más, a veces un libro simplón y comercial nos puede gustar hasta el delirio. Ésa es la maravillosa magia de la lectura, que hace que el lector complete de algún modo la obra que lee con su imaginación, su sensibilidad y su circunstancia. Y así, a todos nos ha sucedido alguna vez que un texto de indiscutido prestigio se nos antojó un enorme pestiño, o que una novelita ampliamente denostada nos proporcionó unas horas felices. Incluso conozco gente que se avergüenza de decir que disfrutó con según qué libros. Ocultan los títulos como quien oculta a un amante socialmente abominable. Claro que esos libros en la frontera de la pura y simple comercialidad, las obras llamadas de entretenimiento, casi nunca suelen ser novelitas. Quiero decir que, por lo general, son volúmenes muy gruesos. De centenares y centenares de páginas. Lo cual forma parte de la estrategia de mercado de los *bestsellers.* Ya se sabe que *bestseller* quiere decir «más vendido», pero en realidad es un género literario, como las novelas románticas, o policiacas, o de terror. Es un texto escrito con la única intención de vender en abundancia, y hay que decir que muchos no lo consiguen. O sea: hay muchos *bestsellers* que no venden un pimiento. En cualquier caso, las reglas del género son simples: primero, un bestsellerista de pro siempre escribe la misma novela, con pequeñas variaciones de trama pero idéntica estructura, ritmo e ingredientes; y, segundo, escribe libros gordos. Porque la clave de su éxito está en que el comprador sepa perfectamente lo que va a encontrar antes de leer el libro, y en que sienta que por su dinero recibe un buen pedazo, una ración generosa. Nada de sorpresas desagradables, nada de ese temblor, esa revelación y esa inquietud que a veces produce la literatura. Medio kilo de lo mismo, por favor.

Lo cual tampoco está mal. No seré yo quien denueste los *bestsellers,* en primer lugar porque a veces se necesita la pura distracción, pero también porque algunos están muy bien escritos y dan algo más. O tú lees en ellos algo más. De manera que hoy voy a hablar de una de esas obras, de *El nombre del viento,* de Patrick Rothfuss. Me lo regaló hace unos cuantos meses una amiga, buenísima lectora, y en honor de ella perseveré más allá de las cien primeras páginas, que me gustaron muy poco (el librote tiene ochocientas setenta). Es una obra de género fantástico, uno de esos libros de literatura más o menos juvenil que ahora están leyendo tantos adultos, con un mundo poblado de seres imaginarios, terrores imprecisos, turbulentos peligros. Cuenta la historia de Kvothe, un pelirrojo singular que estudia en una universidad de alquimistas o magos o algo parecido. Kvothe está marcado por el destino, naturalmente: sus dotes digamos brujeriles son portentosas, superiores a las de todos los demás. Además, como no podía ser menos, el chico está perseguido por las fuerzas oscuras. Supongo que todo esto les sonará. Hay mil y un antecedentes de esta estructura, pero el más evidente es Harry Potter, con unas cuantas gotitas de Tolkien. *El nombre del viento,* título ramplón, es la primera y exitosa novela de este escritor, un profesor de universidad de Wisconsin (Estados Unidos) que, a juzgar por la foto de la solapa, con una luz estratégicamente colocada bajo la barba, tiene aspecto de enano nibelungo forjador de sortijas: vamos, que yo diría que Rothfuss es un friki, uno de esos seres pelín estrafalarios que se saben *El señor de los anillos* de memoria.

Esto en cuanto a la parte negativa. Pero *El nombre del viento* tiene algo más, algo que me hizo terminar el librote y disfrutar de muchas de sus páginas. En primer lugar, está bellamente escrito; cuando no se pierde en una maraña de palabras inventadas, hay imágenes certeras y frases poderosas. Los personajes están bien observados, los movimientos del corazón son convincentes, Kvothe tiene el acierto de ser pobre como las ratas y de saber transmitir lo que es ser pobre, la intriga te engancha, la historia te hace a veces pensar y a veces sentir. En la solapa comparan a Rothfuss con Ursula K. LeGuin; pues no, mire, ni siquiera roza la altura literaria de esa gran escritora fantástica. Pero te termina interesando. La novela tiene muchas cosas en contra, y la principal es la falta de originalidad, la fuerte sensación de *déjà vu;* pero poco a poco, a medida que te va atrapando el cuento, va emergiendo una voz narrativa propia por debajo de toda la farfolla convencional. No olvidemos que se trata de una primera novela. Al parecer Rothfuss está escribiendo ya la continuación. Puede que sea mucho mejor. O puede que no, puede que sea un libro aún más gordo pero más pequeño. Nunca se sabe cómo puede afectarle el éxito a un autor.

Pero si mencionamos *El nombre del viento,* entonces no podemos dejar de hablar de la obra de J. K. Rowling. No aspiro a descubrir ahora las bondades de Harry Potter: sería como inventar la gaseosa. Pero sí quisiera recomendárselo a todos aquellos que, sin conocerlo, lo desdeñan como lectura infantil. Yo caí presa de la fascinación Potter y me leí los siete volúmenes, con el mérito añadido (o quizá el agravante) de no tener hijos, lo que quiere decir que me los tragué voluntariamente. Y no pude por menos de apreciar, con rendida admiración, la originalidad de la obra, la sólida escritura, el agudo sentido del humor, la fina capacidad de observación de los personajes y la riquísima coherencia del mundo potteriano. Las novelas de Harry Potter son una fiesta (sobre todo la tercera, *El prisionero de*

Azkaban, y la cuarta, *El cáliz de fuego;* las dos primeras son más infantiles y las tres últimas, demasiado góticas) y la Rowling es un pedazo de escritora. En este caso no estamos hablando de pequeños libros gordos, sino de grandes libros que algunos creen pequeños.

BIBLIOGRAFÍA

El nombre del viento, Patrick Rothfuss. Plaza & Janés.
Harry Potter y el prisionero de Azkaban, J. K. Rowling. Salamandra.
Harry Potter y el cáliz de fuego, J. K. Rowling. Salamandra.

Las salpicaduras de la sangre

Juegos funerarios, de Mary Renault

Ella misma tenía una cabeza clásica, un aspecto de matrona romana nobilísima, alta, fuerte, recta la nariz y la frente amplia, el cabello corto y bien arreglado, la ropa siempre sobria y elegante (se gastaba un dineral en trajes). Era el vivo retrato de la dama digna, justo ese tipo de gran señora que parece destinada a preservar los valores tradicionales y a recibir, en la imponente madurez, una condecoración del Imperio británico. Y, sin embargo, la escritora Mary Renault, nacida en Londres con el nombre de Mary Challans y mundialmente famosa por sus novelas históricas sobre la antigua Grecia, fue un personaje singular y atípico, una mujer nada convencional que en los reprimidos y reaccionarios años cincuenta se convirtió en un mito para los homosexuales con su sexto libro, *El auriga,* en el que relataba una historia de amor entre tres hombres.

Claro que ella apenas si se enteró del efecto que su obra producía en los círculos gais; para entonces, Mary vivía una vida tranquila y reservada en Sudáfrica, adonde se había trasladado en 1948, a los cuarenta y tres años de edad. Casi nunca concedía entrevistas y apenas si viajaba: en los treinta y cinco años que vivió en Sudáfrica sólo salió dos veces del país, las dos para ir a Grecia. De manera que vivía bastante desconectada, y además, siendo tan extremadamente individualista como era, le irritaban los corporativismos de cualquier tipo: «No soporto el tribalismo homosexual».

Por eso no se consideraba lesbiana, aunque mantuvo una sólida y fundamental historia de amor con Julie

Maillard, su compañera durante cuarenta y ocho años. En realidad no se consideraba nada: simplemente no se etiquetaba. Su individualismo le trajo problemas políticos y sociales, pero probablemente es la base de la fuerza de sus obras. Porque sus novelas parecen escritas por un alma libre, esto es, desde fuera de las convenciones sociales; no son obras de tesis, y desde luego no tratan sobre la homosexualidad: tan sólo sucede que hay algunos personajes homosexuales, que son dibujados con la más absoluta naturalidad.

Mary Renault publicó primero seis novelas contemporáneas que provocaron cierto impacto y escándalo dada la pacatería de la época, y luego ocho libros históricos. Algunas de sus obras son mediocres, pero al menos tres de sus novelas, las tres últimas que escribió, son formidables; me refiero a la trilogía sobre Alejandro el Magno: *Fuego del paraíso* (1969), *El muchacho persa* (1972) y *Juegos funerarios* (1981). Y de las tres, *Juegos funerarios* es la mejor: un libro oscuro, atroz, lleno de pasión y de violencia. «Me temo que es una historia bastante sombría y que sobreviven pocos protagonistas del reparto», dijo la propia Mary en una carta.

La novela arranca en las horas finales de Alejandro el Magno. El rey agoniza, víctima de las fiebres o tal vez del veneno; en torno a su lecho de muerte, sólo hombres: sus generales lloran como niños, pero al mismo tiempo maquinan sobre la sucesión, poniendo «un murmullo de fondo en el intenso ritmo de la muerte». Mientras tanto, en el harén, las mujeres también se preparan para la lucha. Tras la unidad y el entusiasmo de los años con Alejandro comienza una feroz batalla por el poder o la mera supervivencia. Alejandro había conseguido sacar lo mejor de cada uno: ahora, con la desaparición del líder, emergerá poco a poco lo peor, y el efímero y fulgurante imperio alejandrino se hará mil pedazos. Un breve sueño de gloria, un espejismo.

El poder ancestral de las mujeres está en sus vientres: en su capacidad de engendrar hijos, herederos dinásticos del poder masculino. Pero esta cualidad gestante puede significar también la perdición: en el harén abundan los venenos. Así muere Estatira, la esposa adolescente de Alejandro, que está embarazada; es asesinada por Roxana, la otra viuda del héroe, que también lleva un niño de Alejandro en sus entrañas y necesita limpiar de competidores el camino al trono de su futuro hijo.

Mientras tanto, la descomposición avanza. Los ejércitos pierden la disciplina y se amotinan, los generales se traicionan unos a otros. Pérdicas, lugarteniente de Alejandro, comete una falta imperdonable: convierte una antiquísima ceremonia religiosa, concebida para sellar la reconciliación entre enemigos, en una trampa, y aniquila bárbara y cruelmente a sus oponentes. Ya no existe el honor: los herederos de Alejandro profanan rituales y asesinan a sus adversarios dentro del santuario de los templos. *Juegos funerarios* es un sordo lamento por un mundo ético perdido para siempre.

De este horror moral tan sólo se salvan unos pocos: personas que aman y que son fieles, como Bagoas, eunuco de Alejandro, o Conon, el servidor de Filipo Arrideo, hermanastro del héroe y rey tras su muerte. También se salva el propio Filipo Arrideo, imbécil de nacimiento y por tanto tan inocente como un niño: una víctima conmovedora de quien todos abusan. Y Tolomeo, el único general de Alejandro que es capaz de controlar su propia ambición. Porque la ambición, dice Mary Renault en su angustioso y febril libro, es una ponzoña que carece de antídoto.

Pero el personaje central y más fascinante es Eurídice, una princesa iliria de quince años a la que Alejandro prometió en matrimonio a su hermano tonto. Eurídice ha sido educada como un hombre: sabe pelear, sabe cazar, sabe mandar. Casada con Filipo Arrideo, el rey imbécil, ella misma es reina y quiere ejercer su poder. Nunca habían visto antes los macedonios que una mujer mandara: pero ella es tan enérgica, apasionada y persuasiva como Alejandro, y va conquistando seguidores. Hay una escena magistral en la novela: una asamblea de soldados que otorgará el poder a quien hable mejor. Cuando le toca el turno a Eurídice de salir al estrado, nota una humedad, un calambre, un espasmo: se le ha adelantado la menstruación. No se puede ofrecer ante los soldados como soberana (o, más bien, soberano) manchada de esa sangre infamante que la devuelve a su relegada condición de mujer. De manera que Eurídice renuncia a tomar la palabra y pierde un imperio.

Mary Renault posee una célebre, insólita capacidad para recrear el ambiente de la época clásica: sus fans más exaltados llegaron a asegurar que la escritora era la reencarnación de un personaje griego. Pero a mí lo que más me interesa de Renault es su fuerza mítica, su habilidad para construir escenas poderosas que representan mundos. Como esa inoportuna menstruación de Eurídice. Una tragedia profundamente femenina.

Tengo la absoluta convicción de que no existe la llamada literatura femenina. Es decir, las mujeres no escribimos de manera distinta a los hombres, o al menos nuestra diferencia no es objetivable. Todo escritor escribe desde lo que es: sus sueños, su lengua, su clase social, sus lecturas, su peripecia vital y también, cómo no, su género sexual. Esto es, los hombres escriben desde el hecho de ser hombres y las mujeres, desde el hecho de ser mujeres. Pero el género sexual es tan sólo un ingrediente más dentro de los muchos que componen la mirada de un escritor, como, por ejemplo, el hecho de haber crecido en una gran ciudad o en el campo. De manera que es probable que la obra de una mujer urbana, española y de treinta años se parezca más a la obra de un varón urbano, español y de treinta años, que a la de una novelista negra, sudafricana y octogenaria, porque las circunstancias que separan a las dos escritoras son mayores que las que las unen.

Sin embargo, sí creo que, a medida que las mujeres se van incorporando masivamente al mundo de la escritura creativa, entre todas vamos añadiendo símbolos nuevos al mundo del imaginario colectivo. Símbolos nacidos en la intimidad de lo femenino, que, una vez sacados de las sombras por las mujeres, pueden ser utilizados por todo el mundo. Es el caso de la menstruación, esa sangre periódica tan llena de significados, un cómputo del tiempo, de la muerte inexorable y de la vida. La menstruación posee un simbolismo muy poderoso y es una realidad cotidiana para la mitad de la población, y, sin embargo, apenas si ha existido en la cultura oficial de Occidente. Quiero decir que si los hombres tuvieran la regla, la literatura universal estaría llena de metáforas de la sangre. Ese trabajo de recreación es el que están llevando a cabo las escritoras de este siglo: como Renault con su desdichada Eurídice.

Hay antecedentes medievales de esa escena feroz retratada por Mary: la mujer que lo pierde todo porque la traiciona su condición biológica. Uno de los relatos más fascinantes es la leyenda de la papisa Juana. Como explica el historiador Juan G. Atienza en un magnífico artículo aparecido en *Historia 16,* la anécdota empezó a difundirse durante el siglo XIII, aunque los hechos habrían ocurrido supuestamente en el siglo IX. El cuento es como sigue: en el año 854, más o menos, tras la muerte del papa León IV, le sucedió un tal Juan Anglicus, que fue Papa durante dos años, siete meses y cuatro días. Pero este tal Juan era en realidad una mujer nacida en Maguncia a la que su amante vistió de varón y llevó a Atenas, explica Polonius, un cronista del siglo XIII. En Atenas, la joven estudió y llegó a ser famosa, o más bien famoso, por su sabiduría. Trasladada a Roma, «su vida y sus conocimientos la hicieron célebre en toda la ciudad y fue elegida Papa por unanimidad». Ocupando el lugar del Pontífice, sin embargo, se quedó embarazada de su amante, y «debido a que ignoraba el momento exacto del parto, dio a luz un niño mientras celebraban una procesión».

Cuentan los cronistas que, tras semejante escena (un Papa entronizado y con toda su pompa manchando el oro espeso de sus ropajes con la sangre y los humores del alumbramiento), los iracundos fieles ataron los pies de la recién parida papisa a la cola de un caballo, y la arrastraron y lapidaron durante media legua hasta matarla. Allí donde murió fue enterrada, y como memento se colocó una inscripción que decía *Petre, Pater Patrum, Papisse Prodito Partum,* lo cual más o menos significa: «Oh, Pedro, Padre de los Padres, denuncia el parto de la papisa», o sea, una verdadera orgía verbal en reivindicación del patriarcado. Las míseras madres, salpicadas de sangre y de placenta, no debían ni soñar con usurpar el trono de los padres poderosos.

Todo parece indicar que el cuento de la papisa Juana es justamente eso, un puro cuento, una leyenda ejemplar de la Iglesia para oponerse a los vientos de apertura y feminismo que recorrieron el mundo en los siglos XII y XIII, y sobre todo para combatir la herejía cátara, cuyos seguidores eran fervientes partidarios de la ordenación sacerdotal de la mujer y de su ascenso a los cargos más altos de la jerarquía. En cualquier caso, la Iglesia admitió la veracidad de esta leyenda durante trescientos años, y se dice que, en ese tiempo, los papas elegidos tenían que sentarse en una silla de piedra con el asiento agujereado, para que el cardenal más joven pudiera cerciorarse de su virilidad. Hay cronistas que aseguran que, después de la correspondiente palpación, el cardenal declamaba una frase ritual: *«Habet duos testiculos et bene pendentes»,* y que los prelados contestaban con un aliviado y piadoso: *«Laus Deo».*

No sé si Mary Renault conocía la leyenda de la papisa Juana: pero sí había experimentado, en propia carne, la extremada frustración de ser mujer en un mundo que despreciaba a las hembras. Hija de un médico considerablemente machista y de una mujer muy convencional, Mary se hizo a sí misma contra las expectativas de todo el mundo. Leía mucho, amaba el estudio y desde muy joven quiso ser escritora, pero su madre consideraba que las mujeres sabias eran una desgracia para su género, y el padre jamás le prestó la menor atención: la mantuvo sin escolarizar durante toda la Primera Guerra Mundial, y después se negó a pagarle una carrera, aunque al final Mary logró estudiar gracias al apoyo de una tía.

Se marchó de casa muy joven dispuesta a ganarse la vida y a escribir. Pero en los años veinte había pocas oportunidades laborales para las mujeres; Mary trabajó en una fábrica de calzado, en una empresa de chocolates y como recepcionista, pero pasaba tanta hambre que al poco tiempo enfermó de fiebres reumáticas (un resultado de su desnutrición) y tuvo que regresar al hogar familiar con el orgullo entre las piernas. Cuando se recuperó, año y medio más tarde, decidió hacerse enfermera: era uno de los pocos oficios accesibles para una joven. Allí, en la escuela de enfermería, conoció a Julie. Fue en 1934: Julie tenía veintidós años y Mary, veintinueve. No volvieron a separarse. O, por lo menos, no volvieron a separarse sentimentalmente, porque físicamente tuvieron que vivir alejadas la una de la otra durante muchos años. La existencia no fue fácil para ellas: el trabajo de enfermera era agotador y poco rentable. Estaban obligadas a trasladarse a los hospitales en donde eran contratadas, y eso casi siempre significaba residir en ciudades diferentes. En las pocas ocasiones en que estaban juntas, vivían en pensiones baratas con el miedo constante a ser expulsadas por la patrona: la homosexualidad era todavía un delito en Inglaterra. A pesar de las dificultades, Mary se las apañó para escribir unas cuantas novelas que tuvieron un relativo, moderado éxito. Hasta que en 1945, de repente, su cuarta obra ganó un premio en Estados Unidos. Era un galardón auspiciado por los estudios Metro Goldwyn Mayer y tenía una dotación económica exorbitante: ciento cincuenta mil dólares (unos veintidós millones de pesetas), una verdadera fortuna para aquella época.

En la emoción de los primeros momentos, Mary hizo que Julie se despidiera del trabajo y decidió cumplir uno de sus sueños: vivir en una casa flotante sobre el Támesis. Para eso había que comprarse una barcaza, pero la guerra estaba muy reciente y no había barcos en venta, de modo que Mary terminó adquiriendo un viejo navío de guerra, una cañonera de horroroso metal gris que estaba varada a bastante distancia de Londres. Entonces se enteró de que, con los elevadísimos impuestos de posguerra, apenas si iba a percibir una veinteava parte del premio. De modo que la cañonera se quedó atracada para siempre río abajo, olvidados los sueños de la casa sobre el agua.

Y es que Mary Renault era tan absurda y excéntrica como sólo puede serlo una digna dama británica empeñada en parecer sensata. Ya se había fundido el primer dinero ganado con sus novelas en otra empresa igual de delirante: se compró un descapotable rojo, aunque ni Julie ni ella sabían conducir, y estrelló el coche contra un muro el primer día (hubo que tirar el vehículo y ellas dos resultaron heridas de consideración).

En cualquier caso, del premio de la MGM pudieron salvar suficiente dinero como para trasladarse a vivir a Sudáfrica en 1948, cosa que decidieron de la noche a la mañana. Allí montaron una empresa de construcción con dos jóvenes a los que habían conocido en el barco y que consiguieron arruinarlas rápidamente. De nuevo sin un duro, Julie volvió a trabajar de enfermera y Mary volvió a escribir. Entonces comenzaron sus novelas históricas.

Pero tal vez la mayor rareza reseñable en la vida de Renault es el hecho de que, en Sudáfrica, Mary y Julie se hicieron cargo de la madre anciana y demente de un amigo. El amigo tenía que marcharse un año a Londres y no tenía dónde dejarla, y ellas ofrecieron su casa. Pero ese acuerdo temporal se convirtió en algo definitivo. Cuidaron de la anciana durante nueve años, hasta que la mujer murió. Una grandeza de corazón que resulta todavía más desconcertante si tenemos en cuenta que Mary no volvió a Inglaterra a ver a su propia madre, aun habiendo sido avisada de que se estaba muriendo. En realidad, Mary no regresó jamás a su país.

En 1950, Julie y Mary adquirieron la nacionalidad sudafricana, y a partir de entonces asistieron con progresiva repugnancia a las sucesivas victorias de los nacionalistas y a la promulgación de las infamantes leyes racistas, que fueron arrebatando todos los derechos de los negros, incluido el del voto. La situación era tan crítica que incluso la individualista Mary se vio en la necesidad de implicarse en la lucha colectiva contra el abuso, y así, se unió a la Liga de Mujeres en Defensa de la Constitución, y entró en el Partido del Progreso, de oposición moderada, y en el PEN Club Internacional de Ciudad del Cabo, del que llegó a ser presidenta. De modo que, a partir de los cincuenta años, Renault empezó una vida de activista política.

Pero Mary era una mujer de talante moderado, y las cosas se iban radicalizando cada vez más. Cuando la comunidad internacional acordó el boicoteo artístico contra Sudáfrica, ella no estuvo de acuerdo: pensaba que privar a los sudafricanos de obras de teatro o películas progresistas agravaba el problema, y que el aislamiento reforzaría su cerrazón mental. Eran momentos muy crispados, y su postura causó indignación. Acabó manteniendo un claro enfrentamiento con la escritora Nadine Gordimer (más tarde premio Nobel), que estaba mucho más comprometida con la causa negra y colaboraba activamente con el Congreso Nacional Africano. Toda esa violencia y esa angustia debió de amargar bastante sus últimos años.

Porque algo tuvo que sucederle a Mary Renault al final de su vida para escribir ese libro soberbio y tenebroso, esos *Juegos funerarios* restallantes de furia y de nostalgia.

Sabemos que pasó por momentos difíciles, no sólo a causa de los problemas políticos, sino también por avatares privados. En 1970, a los sesenta y cinco años, se le descubrió un cáncer de útero. Julie tomó la arriesgada decisión de no revelarle lo que tenía, pero resulta dudoso que una veterana enfermera como Mary ignorara la naturaleza de su mal. Sea como fuere, tras la intervención y el tratamiento el tumor remitió, pero la tensión y el fingimiento tuvieron su coste: a principios de 1975, la siempre sensata y eficiente Julie se hundió en un completo colapso psicológico. Tenía una grave depresión y, por desgracia, cayó en manos de un doctor que, contra el parecer de Mary, la internó en una clínica. En tan sólo diez días le aplicaron a Julie siete electrochoques; cuando abandonó el sanatorio estaba como ausente. Nunca volvió a ser la misma; de vez en cuando la internaban de nuevo. Los buenos tiempos se habían acabado para siempre.

Toda esa melancolía está en *Juegos funerarios*. La añoranza de la gloria, de la juventud, de la felicidad, de la fidelidad, del amor. De un mundo regido por el bien y la luz. Pero a los personajes de *Juegos funerarios* los devoran las sombras. Eurídice, al final, es encerrada durante meses en una pocilga junto a su marido, el pobre y enternecedor imbécil Filipo Arrideo. Al cabo entran unos sicarios para asesinarlos; el rey Filipo, ese niño grande que siempre fue el hazmerreír de todos, defiende con bravura a su mujer y es acuchillado como un cerdo. A ella le conceden el dudoso honor de suicidarse: la muchacha (tiene diecisiete años) debe ahorcarse.

> No le quedaba nada, pensó Eurídice. Ni siquiera estilo: había visto a hombres ahorcados. Miró a Filipo, que parecía una bestia degollada. Sí, a fin de cuentas, le quedaba algo. Le quedaba piedad. Éste era el rey, su esposo, que la había hecho reina, que había peleado y muerto por ella (...) Se arrodilló

junto a Filipo, empapó el borde de la túnica, le lavó las heridas y le limpió la cara. Le enderezó las piernas, puso su brazo izquierdo sobre el pecho y el derecho al costado, le cerró los ojos y la boca, alisó su pelo. Muerto se veía que había sido un hombre apuesto. Advirtió que los verdugos lo miraban con respeto: al menos había hecho eso por él (...) Ella misma pateó el taburete, sin amilanarse ni permitir que ellos lo quitaran, como había visto hacer a muchos hombres fuertes. Ambos pensaron que había mostrado mucho ánimo, no indigno de su ascendencia, y cuando les pareció que sus sufrimientos podían prolongarse más de lo necesario, le tiraron de las rodillas para ceñir el nudo y ayudarla a morir.

Sí, dice Renault, siempre queda algo, un chispazo de luz entre las tinieblas: el orgullo, la dignidad, cierta idea de la grandeza, la memoria. *Juegos funerarios* se publicó en 1981. En 1983, a los setenta y ocho años, Mary Renault, nacida Mary Challans, murió de cáncer.

BIBLIOGRAFÍA

Juegos funerarios, Mary Renault. Edhasa y Plaza & Janés.

Fuego del paraíso, Mary Renault. Salvat y Grijalbo.

El muchacho persa, Mary Renault. Grijalbo Mondadori.

«Juana la Papisa», Juan García Atienza. *Historia 16,* número 275, marzo de 1999.

Mary Renault, a Biography, David Sweetman. Pimlico, Londres.

Las páginas tediosas de *La montaña mágica*

La montaña mágica, de Thomas Mann

Creo que, a estas alturas de mi vida, podría haber confeccionado una pequeña pero apañada biblioteca compuesta por todos los fragmentos de libros que me fui saltando mientras leía, páginas y páginas que me resultaron plúmbeas o inconsistentes y por las que simplemente crucé a paso de carga hasta alcanzar de nuevo una zona más sustanciosa. La novela es el género literario que más se parece a la vida, y por consiguiente es una construcción sucia, mestiza y paradójica, un híbrido entre lo grotesco y lo sublime en el que abundan los errores. En toda novela sobran cosas; y por lo general, cuanto más gordo es el libro, más páginas habría que tirar. Y esto es especialmente verdad respecto a los clásicos. Axioma número uno: los autores clásicos, esos dioses de la palabra, también escriben fragmentos infumables. Quizá habría que definir primero qué es un clásico. Italo Calvino, en su genial y conocido ensayo *Por qué leer los clásicos,* lo explica maravillosamente bien. Entre otras observaciones Calvino apunta que un clásico es «un libro que nunca termina de decir lo que tiene». Cierto: hay obras que, como inmensas cebollas atiborradas de contenido, se dejan pelar en capas interminables. Otra sustanciosa verdad calviniana: «Los clásicos son libros que, cuanto más cree uno conocerlos de oídas, tanto más nuevos, inesperados, inéditos resultan al leerlos de verdad». Guau, qué agudo y qué exacto. Y una sola observación más: «Llámase clásico a un libro que se configura como equivalente del universo, a semejanza de los antiguos talismanes». *Chapeau* a mi amado Calvino, que ha conseguido a su vez convertir en clásico este bello ensayo que uno puede leer y releer interminablemente.

Los clásicos, pues, son esos libros inabarcables y tenaces que, aunque pasen las décadas y los siglos, siguen susurrándonos cosas al oído. ¿Y por qué la gente los frecuenta tan poco? ¿Por qué hay tantas personas que, aun siendo buenos o buenísimos lectores, desconfían de los clásicos y los consideran a priori demasiado espesos, aburridos, ajenos?

Axioma número dos: respetamos demasiado a los clásicos, y con ello me refiero a una actitud negativa de paralizado sometimiento. Yo no creo que haya que respetar los libros. Hay que amarlos, hay que vivir con ellos, dentro de ellos. Y pegarse con ellos si es preciso. Discutía el otro día con un amigo escritor sobre *La montaña mágica* de Thomas Mann, una obra que mi amigo recordaba como un auténtico tostón. Sé bien que el gusto lector es algo personal e intransferible y que lo que lees depende mucho del momento en que lo lees. Pero me cuesta entender que *La montaña mágica* le pueda parecer a alguien un ladrillo, porque es un texto moderno, sumamente legible, hipnotizante. Una especie de colosal cuento de hadas (o de brujas) sobre la vida. El título no engaña: es una montaña mágica en donde suceden todo tipo de prodigios. La gente ríe bravamente frente a la adversidad, calla cosas que sabe, habla de lo que no sabe, ama y odia y, de la noche a la mañana, desaparece. Esa montaña que representa la existencia, permanentemente cercada por la muerte, es el escenario del combate interminable de los enfermos, que luchan como heroicos paladines medievales o escogen olvidar que van a morir. La vida es una historia que siempre acaba mal, pero nos las apañamos para no recordarlo.

Este libro de Mann es una novela amenísima sobre la que pesa una sutil, indefinible sombra de amenaza que oscurece el luminoso cielo montañés. Algo se nos escapa constantemente, algo nos acecha y nos espera, y en ocasiones llegamos a notar sobre la nuca el cálido soplo del perseguidor. Pero además, en medio de ese permanente desasosiego, brilla el sentido del humor, y los personajes participan en juegos y en fiestas, coquetean, cotillean, se enamoran, se pelean y se fingen eternos. Como todos hacemos.

Ahora bien, no es un libro perfecto, porque ni en la vida ni en las novelas es concebible la perfección. La longitud de ese universo-talismán que es *La montaña mágica* depende de las ediciones, pero viene a ser de unas mil páginas. Y resulta que, desde mi punto de vista, le sobran varias decenas. Dentro del libro hay una parte que podríamos calificar de novela de ideas y que consiste en las discusiones filosófico-políticas de dos mentores antitéticos, Settembrini y Naphta. Intuyo que debía de ser lo que más le gustaba a Mann en su momento, pero yo hoy encuentro esas peroratas definitivamente roñosas y oxidadas, ilegibles, pedantes y pelmazas. Suele suceder con los grandes discursos que los autores meten de contrabando en sus novelas, creyendo que ahí están dando las claves del mundo: por ejemplo, le pasa al gran Tolstói en *Anna Karénina,* cuando Lyovin, álter ego del escritor, se pone a soltar doctrina.

Quiero decir que probablemente Mann creía que con esas sesudas lucubraciones estaba atrapando el desconcierto esencial de la vida y el caótico derrumbamiento de un mundo que se acababa y era reemplazado por otro (no en vano la novela se publicó en 1924, tras el trauma de la Primera Guerra Mundial), pero en realidad todo eso no lo aprendemos, no lo percibimos por medio de la verborrea mortecina de Naphta y Settembrini, sino en el ciego y desesperado patalear de los personajes a lo largo de la novela, o en la maravillosa escena de la pérdida del protagonista en una tormenta de nieve, en el fragor de la blanca soledad y en el delirio en el que se sumerge. Ahí es donde Mann sigue siendo enorme. Por eso creo que hay que leer *La montaña mágica* y saltarse sin complejo de culpa todas las páginas que te parezcan muertas. O ignorar las tediosas novelitas pastoriles de la primera parte de *El Quijote*. O pasar a toda prisa las aburridas y meticulosas descripciones de ballenas que incluye *Moby Dick*. Todos estos libros son maravillosos porque crecen y cambian y están vivos: uno no puede acercarse a ellos como si fueran textos sagrados esculpidos en piedra, dogmas temibles e intocables. Sáltate páginas, en fin, sumérgete y disfruta.

BIBLIOGRAFÍA

La montaña mágica, Thomas Mann. Traducción de Isabel García Adánez. Bolsillo Edhasa.

Por qué leer los clásicos, Italo Calvino. Traducción de Aurora Bernárdez. Siruela.

El gran animal que acecha en la selva

Los cuentos, de Mavis Gallant

No sabía de la existencia de la canadiense Mavis Gallant hasta que un amigo, el escritor Ricardo Menéndez Salmón, me la recomendó. Lumen ha sacado un gordísimo volumen con treinta y cinco cuentos, que es lo que he leído de ella. Al parecer ha publicado también dos novelas, pero sobre todo se la conoce por sus relatos. A lo largo de su vida ha escrito un centenar, y el libro de Lumen es una selección que ella misma hizo en 1996. Gallant, dice la solapa, es una «firme candidata al Premio Nobel». Como tiene ochenta y siete años (nació en 1922) mucho me temo que se quedará para siempre jamás en esa promisoria pero incumplida firmeza. En cualquier caso, me parece mucho más interesante que la gélida Margaret Atwood, la candidata eterna de Canadá. Esa diosa arbitraria que es la Fortuna siempre sonríe de manera torcida: ¿por qué algunos autores tienen más fama y reconocimiento del que parecen merecer y otros se quedan tan escasos? Curiosamente, Mavis Gallant es una escritora bastante ignorada en todo el mundo. Tal vez influya el hecho de que reside en París desde los años cincuenta; es decir, es una mujer exiliada, periférica a su propia cultura, con una vida construida en las afueras. Probablemente eso diga también algo de su personalidad: un talante extramuros. Y más allá de las murallas sopla mucho el viento.

Cuando yo era pequeña, por razones que no vienen al caso, me leí voraz e indiscriminadamente la biblioteca personal de un tío mío. Quiero decir que con nueve o diez años me lo tragaba todo, novelas para mayores que no entendía en absoluto, pero que me parecían fascinantes. Recuerdo, por ejemplo, *Las uvas de la ira* de John Steinbeck, y cómo me leí el libro de cabo a rabo sin poder comprender qué sucedía, pero sintiendo cómo me rozaban las torrenciales emociones que cruzaban sus páginas. Eso era para mí la vida adulta: ese mundo agitadísimo, esa realidad intensa y enigmática que pensaba que podría entender cuando creciera. La vida era un volcán que me esperaba. Pues bien, leyendo los relatos de Mavis Gallant me he sentido un poco igual que con aquel Steinbeck de mi niñez: me ha parecido que no acababa de entenderlos, que no comprendía el porqué de las acciones de los personajes, que algo se me escapaba irremediablemente y que en ese algo se encontraba el secreto del mundo. Cuidado: no estoy diciendo que Gallant sea una autora inconsecuente, inverosímil o inconsistente. Estoy diciendo que, de alguna manera, la muy maldita consigue apresar la esencial incoherencia de la vida y reflejarla. Porque la existencia es incomprensible: tampoco cuando crecí conseguí entender nada. Como mucho, a veces nos parece estar a punto de saber, a punto de ver y de resolver el jeroglífico. Pero luego siempre nos rehúye. Todo forma parte del mismo sueño o la misma pesadilla.

Los relatos de Gallant son por lo general bastante largos: de hecho, algunos son *nouvelles,* esa pieza intermedia entre novela y cuento. Son textos de tiempo lento, con muchos diálogos y fundamentalmente atravesados por el desconcierto. Hay un tumulto de emociones y de sentimientos deambulando por ahí, pero es como si los individuos no tuvieran la clave para poder descifrarlos. A menudo, uno de los personajes parece estar fuera de la acción observándolo todo. Ya digo, el talante extramuros. O esa falta de plena integración con el entorno que, según Vargas Llosa, padece todo escritor. En Mavis, esa ajenidad es muy patente. Exiliados de sus propias vidas, sus personajes miran la realidad con ojos redondeados por el estupor. Al igual que tú al leer los relatos, ellos tampoco parecen entender gran cosa; pero, también como tú, están encandilados y asustados por la vida, por algo que es mucho más grande que ellos y que se mueve cerca, que merodea, que los acecha como un gran animal escondido en la selva. De cuando en cuando, el ramaje se agita, se entreabre y deja atisbar durante medio segundo el borroso flanco del gran bicho. Y así, los cuentos de Mavis Gallant suelen tener de pronto una imagen brutal, tres frases despiadadas, un rayo de sentido que parece recorrerlos de manera fulminante de arriba abajo. He aquí un ejemplo: Carmela, la criadita italiana de doce años de los Unwin, un matrimonio británico que vive en la Italia de Mussolini, no entiende a sus señores y no comprende absolutamente nada de lo que está sucediendo en el mundo. En realidad, ya tiene bastante trabajo con sobrevivir. Un día se topa con una escena inesperada: el amable doctor Chaffee, el médico del pueblo, toda una autoridad para ella hasta ese momento, es llevado a punta de pistola calle arriba junto con otros judíos. Chaffee, que viste un elegante traje oscuro, la ve al pasar; ella lo mira con vergüenza, porque no se ha tomado las pastillas que le mandó. Entonces el doctor «hizo un alto, sonrió y agitó la cabeza. Había algo a lo que decía no. Aterrorizada (Carmela) miró de nuevo y esta vez él levantó su mano con la palma hacia afuera en un curioso gesto que no era un saludo. Le empujaron. Nunca más le vio». Mucho más adelante, en la línea final del cuento, nos enteramos de cuál era el ademán que había hecho el doctor: «Una sonrisa, un gesto, la sosegada bendición de un hombre, eso fue lo que ella retuvo para el presente». Chaffee ni siquiera es un personaje principal del relato, pero, ah, ese tipo sonriendo y bendiciendo a una niña desde el borde del abismo... Ese relámpago ilumina la oscuridad y por un instante te parece poder ver el lomo de la bestia, el color de su pelo, incluso llegar a adivinar de qué animal se trata. Pero luego la resplandeciente luz vuelve a apagarse y seguimos, como siempre, sin saber nada.

BIBLIOGRAFÍA

Los cuentos, Mavis Gallant. Traducción de Sergio Lledó. Lumen.

Familia sólo hay una (afortunadamente)

Literatura sobre la familia

Decía el poeta William Wordsworth que el niño es el padre del hombre, y con esta escueta frase, tan certera como un tiro entre las cejas, describía una verdad fundamental que Freud teorizaría medio siglo más tarde: que todo lo que somos viene de lo que fuimos y que son esos años primeros los que nos forman o nos deforman como personas. Alguien crea el mundo para ti cuando eres pequeño y luego tienes que arrastrar el resto de tu vida ese enorme equipaje. Éste es un principio que nos gobierna a todos, pero que resulta aún más inexorable en los narradores. Creo que los novelistas escribimos siempre desde el niño que fuimos, y es probable que en todos nuestros libros, aun sin darnos cuenta, estemos dando vueltas a las fantasmagorías de la niñez, remendando agujeros y secretos del pasado, sacando viejos muertos de armarios antiguos.

A veces pienso que la historia de la literatura no es sino la historia del conflicto interminable entre padres e hijos. Hay muchas novelas, claro está, en las que la trama no se centra en eso. Son libros que hablan de amor, o de ambición, o de fracaso. O incluso son obras de género, policiacas, históricas. Pero es raro el escritor que no da por lo menos unas pinceladas sobre la infancia de sus protagonistas, dejando entrever el rescoldo de sus relaciones con sus padres. Y es que para construir a tus personajes principales tienes que saber qué les pasó de niños, aunque luego quizá escojas no contarlo. Esa verdad primera de la infancia, la sobrecogedora simpleza de ser niño y depender de los demás absolutamente para todo, late al fondo de las palabras, en lo más profundo de la narración, como el rumor oculto de la sangre que circula en las venas.

Padres e hijos, madres e hijas, padres e hijas, madres e hijos... Las combinaciones del conflicto son pocas, pero rotundas. Podría citar una lista interminable de títulos que bucean en estos espinosos sentimientos: ya digo que es un tema esencial en la literatura (y en la vida). Pero voy a limitarme a nombrar tres. El primero, la maravillosa autobiografía *Una historia de amor y oscuridad,* de Amos Oz, que habla de cosas fascinantes, como los turbulentos tiempos de la creación del Estado de Israel, pero que se convierte en una monumental obra maestra cuando aborda el tema de la familia, la dolorosísima dulzura de los buenos momentos, la angustia por el padre fracasado, las tinieblas del desequilibrio de la madre, que acabó suicidándose cuando Amos tenía doce años. El mundo de la infancia, claustrofóbico, hermoso y espeluznante, estalla en nuestras manos al leer este libro.

Amos Oz recrea como nadie ese triángulo desesperado que el niño forma con su padre y su madre, pero existen otros autores que narran el asunto desde el lugar del adulto. Hay una breve novela aterradora, *Elena sabe,* de la escritora argentina Claudia Piñeiro, en la que Elena, una mujer aquejada por un párkinson muy avanzado, intenta investigar la muerte de su hija. Es una historia sobrecogedora, narrada con gran hondura y economía de medios. Y mientras seguimos con inquietud las indagaciones de la pobre Elena, que está paralizada por la enfermedad y apenas puede aliviar sus síntomas durante unas pocas horas a base de fármacos, vamos comprendiendo que el mayor dolor de la mujer no es su deterioro físico, ni las infinitas pérdidas que conlleva la vida, sino lo que hizo en esa vida con su hija, las relaciones que mantuvo con ella, su manera de ser madre, que es como decir su manera de ser. El libro se editó en Argentina, y me temo que será difícil de conseguir en España, salvo en librerías de Internet.

Si Claudia disecciona la difícil relación entre madre e hija, Alejandro Gándara nos habla de un padre y un hijo en la aguda novela que acaba de publicar. Se titula *En el día de hoy* y cuenta, de la mañana a la noche, un día de Ángel, un jardinero en paro que ha conseguido hacer de su vida un disparate. Pero el disparate mayor le aguarda en este día funesto, que empieza para él a las siete menos veinte de la mañana y que a partir de entonces no hace sino decaer. El protagonista, padre separado, vive con su hijo adolescente, Goro, a quien debe comunicar que tiene que mudarse a casa de su madre, porque a él ya no le queda dinero para mantenerlo. Pero esa frase, que es la guinda de la derrota de Ángel, es algo muy difícil de decir. Y así van pasando las horas y se va hundiendo inexorablemente el día, venenoso y pesado como el mercurio, mientras el jardinero busca el momento de hablar con su hijo o la manera de enderezar su vida. Ni que decir tiene que ambos empeños se le dan fatal.

En el día de hoy es una historia a la vez desternillante y angustiosa que sucede en un pequeño barrio del centro de Madrid. Ángel se pasa todo el día intentando salir de allí, cosa que no consigue y que no le impide fracasar homéricamente por todo lo alto. Y es que todos los que ya tenemos cierta edad sabemos que no hace falta salir de tu barrio, y ni siquiera de tu propia cama, para que te alcance y te fulmine la perdición total. Goro es el testigo de ese fracaso, es la condena y también el único rescate. Goro representa demasiado para Ángel, lo representa todo, como a menudo sucede entre los padres y sus hijos varones. «Todas las mujeres terminan siendo como sus madres. Ésa es su tragedia. Eso no les pasa a los hombres. Y ésa es su tragedia», dijo Oscar Wilde en *La importancia de llamarse Ernesto.* Una dura frase que hablaba de un mundo sexista en el que las mujeres no podían ser lo que querían, y en el que había poderosas figuras paternas empeñadas en criar herederos en vez de hijos. La sociedad ha cambiado mucho desde 1895, año en que Wilde escribió estas palabras, pero padres y madres, hijos e hijas siguen cociéndose en un horno de expectativas desmesuradas, ardientes afectos, desilusiones álgidas y ansiedades equívocas. Menos mal que familia sólo hay una.

BIBLIOGRAFÍA

Historia de amor y oscuridad, Amos Oz. Siruela.
Elena sabe, Claudia Piñeiro. Clarín/Alfaguara Argentina.
En el día de hoy, Alejandro Gándara. Alfaguara.

Una declaración de amor sobre el abismo

La biografía de José Donoso escrita por su hija

«El niño es el padre del hombre», decía Wordsworth, y es verdad. El niño que fuimos, es decir, el peso de nuestra infancia, nos persigue durante toda nuestra vida; y los octogenarios, al morir, con las manos ya crispadas sobre el embozo, a menudo llaman a su madre como si fueran críos. La niñez es nuestra horma o nuestra cárcel.

Correr el tupido velo, la biografía que Pilar Donoso ha escrito sobre su padre, José Donoso, el conocido autor chileno perteneciente al *Boom* (*El obsceno pájaro de la noche* es su novela más célebre) es un libro que intenta, justamente, encontrar la puerta de esa prisión interior. Cuando se publicó, hace cosa de un año, escuché algunos comentarios críticos que le reprochaban a Pilar haber publicado demasiadas cosas íntimas de su padre. Y es verdad que cuenta cosas tremendas. Como, por ejemplo, que el propio Donoso confiesa en sus diarios «haber golpeado varias veces a mi madre con "fuerza y prolongación" (...) Pero luego quedaba lleno de culpa y de arrepentimiento». Sin embargo, hay algo tan puro, tan verdadero y tan profundo en el trabajo de Pilar que el libro no resulta en absoluto indiscreto o indecente en sus revelaciones. Antes al contrario: todo cuanto dice, hasta lo más sangriento, está contado en sordina, con minúsculas, en los antípodas del sensacionalismo. Es un libro traspasado por el ansia de entender. Y de amar.

Esta biografía no es como ninguna otra. He leído muchas, porque es un género que me encanta, pero me resulta difícil recordar otro texto tan desnudo como éste. Pilar Donoso, que fue hija adoptiva de José y de su mujer,

María Pilar, ha publicado el libro diez años después de la muerte de sus padres (fallecieron con dos meses de diferencia). Para redactarlo, leyó los diarios de su padre y de su madre. ¡Qué atrevimiento! Hace falta ser muy valiente para hacer algo así: las anotaciones privadas de ambos «me enfrentan a lo que no necesariamente quisiera saber», dice la autora. «En cada página, sin darme cuenta, me encontré también conmigo; tuve que reestructurarme una y mil veces frente a lo allí escrito, ante el desconcierto, el dolor, el amor, el miedo, el odio...»

En la primera parte del libro, Pilar incluye varias de las anotaciones que su padre había hecho sobre ella. Palabras terribles, frases demoledoras a las que la biógrafa, con admirable entereza, no añade ni un comentario, ni una defensa, ni una explicación, y que aplastan las páginas con un peso de plomo: «Pilarcita, eternamente limitada de mente», por ejemplo.

Pocas limitaciones mentales puede tener una mujer como Pilar Donoso, a quien no conozco, pero que es capaz de escribir una obra como ésta, tan sutil y compleja. *Correr el tupido velo* tiene una parte de, digamos, biografía convencional sobre José Donoso; se puede seguir su trayectoria creativa, se indaga sobre la gestación de sus libros más importantes, se cuentan pormenores del *Boom* latinoamericano, de sus integrantes y de la vida literaria de la época. Pero, sinceramente, a mí todo eso es lo que menos me importa: nunca fue uno de mis escritores preferidos, aunque desde luego era un autor notable. Ahora bien, lo que te atrapa de esta biografía, lo que te fascinará aunque no hayas leído jamás ni una línea del Donoso escritor, es lo que tiene de retrato de una familia. De una familia, como dicen los norteamericanos, «no funcional», es decir, problemática, pero que cuenta con la ventaja de que todos sus miembros escriben bien o muy bien, se autoanalizan y han dejado inteligentes testimonios de sus avatares.

«En mi casa era imposible diferenciar esa línea tenue entre la ficción y la realidad, y aún ahora me cuesta distinguirla», dice Pilar. Y también: «Asumí, siendo muy pequeña, el rol de madre de mis padres. Una vez, ya viejo, me dijo: Tú has sido más madre mía que yo padre tuyo». ¿Qué hay detrás de la vida visible, qué se oculta en lo que yo llamo *secretos de alcoba,* que no tienen por qué ser sexuales, sino que se refieren a ese último rincón de la intimidad que a veces sólo conoce nuestra almohada? En el caso de Donoso, María Pilar y Pilarcita, una carga suficiente de angustia y de dolor: la madre alcohólica y depresiva, el padre perseguido por sus demonios (mala relación con su propio padre, una bisexualidad clandestina que le avergonzaba, ataques de paranoia), la hija lidiando con sus propios fantasmas de niña adoptada y probablemente desprotegida: «Mi madre empezaba a tomar desde muy temprano y mezclaba el alcohol con Valium, por lo que ya a las ocho de la noche caía inconsciente a su cama; mi padre prefería no ver o no hacerse cargo del problema y permanecía en su altillo hasta lo más tarde posible». Ese padre, en fin, que a veces estaba «tan lleno de sí mismo» que era de un enorme egocentrismo. Y todo esto, con el telón de fondo de la inestabilidad financiera tan típica en casi todos los artistas: «No tiene ni seguro de vida, ni retiro, ni capital, ni rentas fijas mensuales. Vive en una constante zozobra económica».

Releo lo que he escrito y veo que el libro podría parecer un vil recuento de miserias domésticas, una obscena exhibición de menudillos, quizá incluso una venganza de la hija. Pero no, nada de eso, porque *Correr el tupido velo* está lleno de hermosos fragmentos de los diarios del padre y de la madre; de cartas que se intercambian entre ellos; de reflexiones de ambos y de la propia Pilar. Y cómo se analizan los tres a sí mismos; cómo intentan entenderse y asumir sus fallos. Se quieren, se desean lo mejor y, aun así, se hacen daño. Lo cual es una tragedia muy común, una contradicción profundamente humana. Al final, el retrato que emerge de los personajes de este libro, pese a sus errores, sus egoísmos y sus excesos, es el de un puñado de buenas personas intentando sobrevivir a la desdicha. *Correr el tupido velo* es una declaración de amor escrita sobre el abismo.

BIBLIOGRAFÍA

Correr el tupido velo, Pilar Donoso. Alfaguara.

Un trozo de cielo muy pequeño

Música blanca, de Cristina Cerezales

No sé si me gusta por igual todo el libro que Cristina Cerezales ha escrito sobre su madre, Carmen Laforet. Pero las partes que prefiero, que son la mayoría, me parecen buenísimas. *Música blanca* es una obra delicada y original, una penetrante indagación en el misterio de una vida. De una vida, además, especialmente secreta, porque estamos hablando de Carmen Laforet, esa autora mítica que, con veintitrés años, escribió una novela asombrosa llamada *Nada* (1944), y que luego, pocos libros después, dejó la escritura para siempre. ¿Qué fue de Carmen Laforet?, nos preguntábamos los narradores jóvenes en los ochenta. Y nos lo seguíamos preguntando en los noventa. Luego, más tarde, llegaron noticias del Alzheimer que acabaría con ella en 2004. Pero, antes de la enfermedad, ¿qué sucedió? El misterio la envolvía como una sombra. Era un enigma acrecentado por la formidable dimensión de su novela, que, además de ganar el primer Premio Nadal y obtener un gran éxito en el momento de su publicación, sigue siendo en la actualidad una obra moderna y poderosa.

Laforet declaró que escribió *Nada* en tan sólo seis meses. Sin duda se encontraba tocada por la gracia, o más bien por la desgracia, porque hace falta haber sufrido mucho para poder construir un mundo narrativo tan feroz. Como muchas novelas juveniles, *Nada* estaba muy cerca de lo autobiográfico, pero el enorme talento de Laforet le hizo superar las limitaciones de lo testimonial. El libro cuenta la historia de Andrea, una chica de dieciocho años que, en 1939, llega a Barcelona para estudiar en la universidad y se aloja en el piso de unos parientes. Es un mundo claustrofóbico y febril, una cotidianidad envenenada; por detrás late el fantasma enloquecedor de la cercana guerra, por delante, la tóxica realidad de la posguerra. Pero la novela va mucho más allá de la coyuntura histórica y habla de esa negrura que nos acecha a todos, de la sordidez y la sequedad del alma, de lo mala que puede ser la vida cuando es mala. Andrea es como una niña que cae dentro de un cuento de hadas cruel; los adultos son seres mezquinos y violentos lastrados por secretos inconfesables, o bien lastimosas y pasivas víctimas. Aún peor: todos llevan dentro los cadáveres de sus esperanzas, y de la bondad que un día sintieron, y de su antiguo deseo de ser felices. Ellos mismos están muertos y no lo saben. Todo esto lo cuenta Laforet con una prosa exacta, limpia y hermosísima. Hablando de las amigas de la tía de Andrea, que antaño fueron unas jóvenes dichosas y ahora son mujeres atormentadas y marchitas, Laforet escribe: «Eran como pájaros envejecidos y oscuros, con las pechugas palpitantes de haber volado mucho en un trozo de cielo muy pequeño». No es posible expresarlo mejor. *Nada* es la historia de lo que sucede cuando el cielo se vuelve así de pequeño, así de angustioso.

Ahora, sesenta y cinco años después, su hija Cristina nos asoma a otro espacio asfixiante: a la vejez de la escritora, a la enfermedad y el deterioro. Durante sus tres últimos años de existencia, Carmen Laforet apenas pronunció palabra. La vida, con perverso tino, dispuso para Laforet un final acorde con su biografía, un estremecedor destino de tragedia griega: ella, que llevaba décadas sin poder escribir, acabó muda y devorada por el gran silencio; y, tras haber contado tan bien el horror de los mundos demasiado estrechos, terminó atrapada dentro de su cuerpo. Primer gran acierto de Cristina Cerezales: la estructura caleidoscópica del libro (hay textos de Laforet, fragmentos de cartas, anotaciones de los diarios de las nietas), que refleja a la perfección la abigarrada confusión que es una vida. Segundo gran logro: el retroceso temporal. Al principio del libro, Cerezales enseña a su madre, ingresada en una residencia, un álbum de fotos familiares que empiezan a hojear de atrás hacia delante. Los días pasan, los retratos y los recuerdos son cada vez más juveniles y, mientras tanto, la anciana escritora se va a acercando a la muerte, que es como volver a los orígenes, al huevo, a la oscuridad última y primera. A la nada. «Mi niña», le dice Cristina a su madre cuando la mujer ya está a punto de culminar ese viaje esencial. Hay algo tremendamente conmovedor en este libro, una veracidad que te atraviesa.

Música blanca va dibujando poco a poco la semblanza de Laforet. Sus angustias ante el peso de la fama; la zozobra de su condición femenina en una sociedad tan machista como aquella en la que vivía («la posibilidad de ser escritora es algo muy vacío y sin sentido, y la posibilidad de ser plenamente mujer, algo no solamente magnífico, sino obligatorio en el desarrollo de mí misma», llegó a decir); su difícil vida matrimonial; sus cinco hijos; el extraño y fulminante arrebato místico que experimentó en 1951; el divorcio; el bloqueo literario; la enfermedad; el silencio. En 2002, cuando ya hacía un año que no hablaba y casi cuarenta que no publicaba una novela, le contaron que habían propuesto su nombre para el Príncipe de Asturias. Entonces Laforet emergió por un momento de la sima de su deterioro y de su ausencia. «¿A mí?», dijo audiblemente, y la expresión se le avivó, y durante algunas horas pareció contenta. Una anécdota tremenda que deja entrever hasta qué punto la escritura (incluso la escritura silenciada) formaba parte de su nuez más íntima, más irreductible y persistente.

Pero lo mejor de *Música blanca* es todo aquello que va más allá de la estricta biografía de Laforet. Es decir, aquello que nos atañe a todos. Los jardines primordiales de la infancia, el fuego de la juventud, la melancólica mordedura del tiempo, el dolor y el temblor de la existencia. Y también la aceptación, la comprensión, el cariño. Porque el libro termina dejando una clara sensación de serenidad. La vida es un trozo de cielo muy pequeño, pero, de una manera sutil y casi mágica, Cristina Cerezales se las arregla para encontrar alivio en ese encierro.

BIBLIOGRAFÍA

Música blanca, Cristina Cerezales. Ediciones Destino.
Nada, Carmen Laforet. Ediciones Destino.

Cuánto anhelo de gloria y cuánto miedo

Carmen Laforet, una mujer en fuga,
de Anna Caballé e Israel Rolón

La monumental y fascinante biografía que los profesores Anna Caballé e Israel Rolón han escrito sobre Carmen Laforet (1921-2004) es un libro que merodea en torno a un abismo. La mítica autora ha sido hasta hace poco el mayor enigma de nuestras letras; con veintitrés años escribió una novela prodigiosa, *Nada,* que ganó el primer Premio Nadal, en 1945, y provocó un impacto colosal. Pero después, tras publicar unos pocos libros (y ninguno tan bueno), abandonó la escritura y ella misma fue desapareciendo, convirtiéndose a través de las décadas en una figura fantasmal, un troquelado sombrío.

A esa densa oscuridad se han acercado ahora Caballé y Rolón con un trabajo de investigación descomunal, y el enigma se va resolviendo con pasos de fieltro, cautelosos, contagiados del tortuoso secretismo de Laforet. El intenso agujero negro que es la vida de la escritora parece absorber de algún modo a sus biógrafos, de modo que el libro está lleno de cosas importantísimas que se insinúan pero no se cuentan. Todas las familias acarrean a la espalda un saco de tabúes y silencios, pero se diría que los Cerezales Laforet están especialmente acostumbrados a las veladuras. ¿Por qué no se sabe si la madre de Carmen era depresiva? ¿Y por qué no se pone nombre a la dolencia que la llevó a la muerte, dejando huérfana a la escritora con trece años? ¿Es posible que Carmen Laforet sufriera anorexia? ¿Qué era esa supuesta enfermedad neurovegetativa que dicen que padecía la novelista desde los años sesenta? ¿La diagnosticó alguien? Los biógrafos van dejando miguitas que conducen a llamativos agujeros de palabras no dichas, y la materia entera del libro parece temblar y escurrirse entre las manos. Cosa que aumenta el atractivo del texto: es el mejor acercamiento posible a una vida tan resbaladiza. *Una mujer en fuga* se lee como un sobrecogedor y palpitante *thriller,* y al final hay un asesinato: la muerte en vida de la escritora.

Para empezar por el principio, su infancia en Las Palmas fue terrible, con la madre enferma y después una madrastra malvadísima. La primera huida de Laforet es de ese infierno, a los dieciocho años, para irse a estudiar a Barcelona a casa de su abuela y sus tíos. Esa casa, esa posguerra desolada, ese mundo claustrofóbico lleno de dolor y amargura es lo que cuenta en *Nada.* Los deseos frustrados conducen a la ferocidad y el infortunio, parece decir la novela; haber creído algún día en la posibilidad de ser feliz envenena tu vida cuando todo se ha perdido. Se trata de una historia autobiográfica, pero está escrita de manera tan magistral que alcanza la fuerza expresiva de un arquetipo.

La enormidad del éxito de *Nada* descolocó a Laforet. Aunque, al parecer, ya estaba descolocada desde antes: era una persona extrañamente despistada, demasiado susceptible, timidísima. Una chica rara con algo informe y vagaroso, como si no estuviera del todo hecha, como si a su esqueleto le faltaran unos cuantos huesos. Tras el premio desconcertó a todo el mundo con sus respuestas chocantes, con su actitud huidiza y antiintelectual. Para alguien tan inseguro como ella, el peso escrutador de la fama debió de suponer una inmensa tortura.

De modo que enseguida empezó a tener problemas para *escribir* y para *ser,* esto es, para adaptarse a la mirada de los otros. La primera década parece normal. Se casó con el periodista Manuel Cerezales; tuvo cinco hijos; hizo diversas colaboraciones en prensa; publicó un libro de relatos y otra novela. Pero si se aplica el microscopio, se observa el borboteo de la angustia. No se llevaba bien con su marido, la escritura era un tormento y, en 1951, conoció a Lilí Álvarez, la famosa y atractiva tenista, y se prendó de ella. Porque a Laforet le gustaban las mujeres, pero eso era algo que no se podía permitir. No con su inseguridad y su perenne sentido de culpa, no en el aplastante entorno del franquismo. De modo que Carmen sublimó el amor por Lilí y lo transmutó en un rapto místico perfectamente adaptado al nacionalcatolicismo imperante. Incluso escribió una novela muy religiosa, *Una mujer nueva,* que dejó patidifuso al personal. La etapa beata duró siete años, los mismos que su relación con Lilí. Después rompieron, y Laforet volvió a ser ella misma. Sólo que unos escalones más abajo. Resulta terrible pensar que algo tan intrascendente como la orientación sexual de un individuo pueda llegar a destrozar la vida de alguien dentro de un ambiente represivo.

Una mujer en fuga es la historia de una larga caída. De la deconstrucción de una persona. Los síntomas se van agudizando poco a poco: ese desasosiego que hace que se mueva todo el rato, que se vaya mudando de un sitio a otro, de una ciudad a otra, de un país a otro, en casas alquiladas, casas de amigos, hoteles; las profundas, repetitivas depresiones; la adicción desde 1960 al Minilip, un medicamento para adelgazar que se compraba sin receta pero que llevaba anfetaminas, y que Laforet consumió a diario durante años, tal vez durante décadas; la imposibilidad de cumplir con sus contratos editoriales porque no podía escribir; las progresivas mentiras que contaba a todo el mundo cuando hablaba de los libros que estaba a punto de terminar; el avance de esa enigmática enfermedad neurovegetativa... Al separarse de Cerezales en 1970, tras veinticuatro años de matrimonio, Laforet quiso creer que él había sido el culpable de la oscuridad. Pero en realidad fue a partir de entonces cuando las tinieblas la engulleron. Terminó convertida en una especie de vagabunda que acarreaba sus papeles en bolsas de plástico, y su *grafofobia* se hizo tan aguda que llegó a no poder ni firmar un cheque. Con sesenta y cinco años, cogió un cuaderno escolar de su nieta y empezó a hacer palotes, intentando volver a aprender a escribir. Pero el deterioro ya era irreversible. Cuando murió, octogenaria, llevaba varios años sin pronunciar una palabra.

La mayor tragedia de esta vida trágica es, sin lugar a dudas, la creciente incapacidad de la pobre Laforet para escribir y el sufrimiento que eso le provocaba. Y aquí está la única interpretación de la que disiento de esta maravillosa biografía. Cuando *Nada* se publicó, Laforet dijo a todo el mundo que había hecho la novela fácilmente en seis meses, cuando en realidad llevaba dos años de enorme trabajo. «No hay en toda la cultura española un autor menos interesado en su propia leyenda», dicen a raíz de esto Rolón y Caballé, que parecen creer en las insistentes proclamas de modestia de la autora. Pero yo pienso que sucede justo lo contrario; que Laforet, consciente de su enorme talento, poseía una ambición soberbia y colosal, y que lo malo fue que carecía de la suficiente fuerza psíquica con la que sostenerla. Si declaró que escribió *Nada* a toda prisa, fue porque tenía miedo de defraudar sus propias y estratosféricas expectativas; así, si la criticaban, siempre podría decir: no me esforcé. Y eso indicaría un ardiente interés en construirse una leyenda... sólo que a su medida. Por eso era una mujer tan quisquillosa con todas las críticas, por eso mandaba cartas virulentas contra los periodistas que hablaban de ella, por eso era la típica entrevistada insufrible («vanidosa y arrogante», la consideraron las espectadoras de un programa de televisión en el que salió). Esa intensa ambición fue como un faro a la inversa, una luz cegadora que la condujo a las rocas del naufragio. Cuánto anhelo de gloria y cuánto miedo.

BIBLIOGRAFÍA

Carmen Laforet, una mujer en fuga, Anna Caballé e Israel Rolón. RBA.

Música blanca, Cristina Cerezales. Ediciones Destino.

Cuando la vida hace daño

Lo que me queda por vivir, de Elvira Lindo

Son ocho capítulos, en realidad ocho cuentos. Porque cada uno se puede leer de manera autónoma. Pero estas ocho piezas se van entretejiendo, se van engarzando, y acaban construyendo una historia entera. Una historia cotidiana, modesta, sencilla. Porque, literariamente, Elvira Lindo siempre ha tenido la vocación de la sencillez, de lo doméstico, lo menudo, lo humilde. Recordemos que su anterior novela, la estupenda *Una palabra tuya,* tenía a una barrendera como protagonista: ¿se puede pensar en un personaje más claramente antiépico? La protagonista de *Lo que me queda por vivir* es, digamos, menos proletaria, pero también se mueve en esos confines polvorientos de la sociedad, allí donde llegan difícilmente los rayos del sol y la vida no es que sea cruel, sino que es fea, de una fealdad abrumadora que asfixia y desespera. Y cuando hablo de confines polvorientos no me refiero a un lugar, a una barriada (Lindo no suele escribir sobre ciudades sino sobre barrios: otra muestra de su deliberada elección de lo pequeño), sino a una desolada manera de existir.

Además, esta novela tiene, en apariencia, mucha relación con lo real, con lo biográfico. Con la vida de la propia Elvira Lindo. Ella misma ha dicho, en la promoción del libro, que se trataba de su obra más íntima, más personal. Pero no hay que confundir el texto con unas memorias: en realidad es ficción, o eso que ahora los críticos llaman autoficción y que consiste en convertir al autor en un personaje, en una sombra chinesca y mentirosa. En jugar al equívoco con uno mismo, en suma. Es un registro que cultivan muchos escritores, pero es probable que a Lindo le hagan pagar un precio por hacerlo. Quiero decir que, cuando Cercas o Marías, por ejemplo, escriben novelas que aparentemente están muy próximas a sus propias vidas (los dos son grandes frecuentadores de esa frontera biográfica), todo el mundo habla de sus textos con pleno respeto literario; pero de Lindo ya están diciendo algunos que *Lo que me queda por vivir* es en realidad un libro de memorias, como si eso rebajara su categoría. Sospecho que es un prejuicio de género: en los novelistas varones, lo personal siempre tiende a ser visto como ficción, pero, en las escritoras, incluso la ficción más evidente tiende a ser tomada como algo personal.

Por eso quiero repetir que este libro es una apuesta claramente literaria. Lindo juega con la realidad, y lo hace muy bien. Su novela es siempre emocionante, siempre interesante, y a veces, como en el primer capítulo («Lo sabe») y en el séptimo («El huevo kínder»), deslumbrante. Cuánto ha aprendido esta mujer. Su prosa es madura y de una rara, desnuda sabiduría. Por ejemplo: la narradora siempre se refiere a su hijo pequeño, con el que se ha quedado tras un divorcio, como *el hombrecillo*. Y ya sólo con eso nos está diciendo muchísimas cosas sobre esa relación desesperadamente solitaria de la madre y el crío, ellos dos unidos contra el mundo, náufragos aferrados a un tablón en un mar de tormentas.

El libro, en fin, está lleno de atinadas observaciones. Por ejemplo: «De pronto interrumpía la canción y se quedaba pensativa, como si estuviera imaginando esa otra posible vida que siempre se pierde por vivir la propia». O bien: «La mentira grave, esencial, puede producirse por respeto, por miedo o por cariño a la persona a la que se le cuenta, pero las pequeñas mentiras, esas que se suceden unas a otras, que se amontonan como las cagadas de paloma, son las que acaban definiendo al mentiroso, que miente y olvida, miente y olvida». Y también: «Nadie observa con más agudeza que el que desea ser querido. Es una atención parecida a la de los perros hacia el amo». O esta otra: «Actuaba de esa manera fraudulenta en que a veces tratamos de ser nosotros mismos cuando nos sentimos observados». Son frases que difícilmente aparecerían en un libro de citas, porque carecen de pompa y de énfasis. Son frases veraces, sutiles y sensatas. Toda la novela es así: no es un texto declamado ni tallado en piedra, sino una historia que alguien te susurra al oído. Casi sientes la tibieza de su aliento sobre tu piel.

Pero no hay que confundirse. La querencia estilística de Lindo hacia lo doméstico, lo humilde, lo pequeño, no está en absoluto reñida con la grandeza. En una cabeza de cerilla caben galaxias de átomos, y en un pueblucho sin nombre de la Mancha enloqueció nuestro personaje más universal. La historia que cuenta Elvira de esa mujer y ese niño en un mundo enemigo es la historia eterna de la necesidad de ser querido y la dificultad de conseguirlo; del dolor de la pérdida, de la muerte y la culpa. De la indefensión y de la inseguridad esencial, esa que te agujerea de arriba abajo y te deja vacío. En la novela de Lindo, la vida hace daño. Sin aspavientos, sin exageraciones, la narradora avanza por las páginas hacia su perdición, hacia una catástrofe personal que se cuenta con discreta elegancia y de la que se salva por muy poco. Y todo sucede, por así decirlo, en nuestra propia casa, todo es reconocible, todo es cercano, estamos hablando de la vecina, de la prima, de la hermana; estamos hablando de nosotros mismos en alguna madrugada demasiado oscura. Esto es, los escenarios y las situaciones no pueden ser más vulgares; pero las emociones cortan como extraordinarios filos de diamante. Y, así, en el espléndido capítulo séptimo, por ejemplo, una simple sesión de cine de barrio de la madre y el niño se convierte en una escena brutal e inolvidable, en un perfecto retrato de la desolación. Los capítulos de este libro son como esas pielecillas que algunos se arrancan de alrededor de las uñas y que a veces van manchadas con una gota de sangre. Vida elemental y básica y pura.

BIBLIOGRAFÍA

Lo que me queda por vivir, Elvira Lindo. Seix Barral.

Escribir es resistir

Sobre La Fontaine, *Firmin*
y Jorge Omar Viera, entre otros

Escribir es resistir. Supongo que el hecho mismo de vivir también es una cuestión de resistencia, pero de lo que no cabe duda es de que para escribir, sobre todo para escribir novelas, la tenacidad es más necesaria que el talento. Creo que la mayoría de los autores pensamos que nuestros libros son lo mejor que somos; de ahí la sensación de rechazo personal que a menudo conlleva el rechazo de la obra. Es una llaga sin fondo, semejante a la cuchillada de un desamor. Llevando este sentimiento al extremo y sin cortarse un pelo, el premio Nobel Naipaul le dijo un día a un periodista: «No puedo interesarme por la gente a la que no le gusta lo que escribo, porque al no gustarte lo que escribo me estás despreciando». Una frase egocéntrica pero iluminadora de la hondura del conflicto.

Por eso digo que escribir novelas es resistir. Es soportar el desdén de los editores, los adelantos a menudo miserables, las cifras de ventas muchas veces ridículas, las críticas que pueden ser feroces, la destrucción de la edición porque no se vende, la falta total de eco en la prensa, el desinterés general engullendo y sepultando tu libro como una colada de achicharrante lava. El alegre chisporroteo del mercado y la caída de ojos de Paul Auster han hecho creer a la gente que esto de ser novelista es un oficio glamuroso, pero en la vida real la inmensa mayoría de los escritores han de sobrellevar una infinidad de humillaciones. Y cuando son autores de raza, cuando de verdad los mueve la pasión por la literatura, ¡con qué impavidez se dejan maltratar por el bien de su obra! Para sacarla adelante. Y para conseguir ganarse la vida de algún modo sin tener que abandonar su escritura.

La historia de la literatura está llena de vejaciones de este tipo. Como lo que le sucedió al notable escritor suizo Robert Walser (1878-1956). El pobre estaba tan desesperado (no le publicaba nadie y no tenía un duro) que, pese a ser un auténtico misántropo, aceptó dar una conferencia que le había conseguido un amigo en un Círculo de Lectura. Hizo a pie más de cien kilómetros desde Biel a Zúrich para ahorrar, pero, cuando llegó, el presidente del Círculo, intranquilo por su aspecto de pirado, le pidió una prueba de la charla. Ni que decir tiene que Walser lo hizo fatal y que fue sustituido por otro conferenciante. O como La Fontaine (1621-1695), que no dudó en convertirse en un gorrón y vivía de la caridad ajena hasta que le echaban. Una de sus ricas anfitrionas escribió en una carta: «Hoy estoy sola. Despedí a todos mis sirvientes y me quedé con mis animalitos y mi pequeño La Fontaine». Sí, pequeño, menospreciado y aparentemente tan domesticado como un perro pomerania, pero aferrado a su obra de tal modo que hoy sabemos de él y no de la mordaz aristócrata que lo alimentó.

Escribir es resistir, pero hay casos en los que el combate parece demasiado duro, demasiado inclemente. ¿Por qué algunas novelas francamente malas se publican y venden con facilidad, mientras que hay buenos autores y libros hermosos que no consiguen ni siquiera ser editados? Déjame que te hable de Jorge Omar Viera. Nacido argentino, español desde 1992. Leí el borrador de su primera novela, *El regreso de Nightenday,* en 1993, y me pareció poderosa, original, muy bien escrita. Aún sigue inédita. Jorge ha sido rechazado por más de veinte editoriales y ha seguido escribiendo en ese cortante filo de aguante y de dolor durante veinte años sin lograr resultados. Sólo por esa proeza de resistencia ya lo encuentro admirable. Ahora la rompedora Editorial Funambulista acaba de sacar

Mientras gira el viento, que fue finalista del Premio Mario Lacruz. Es la tercera novela de Viera (la segunda tampoco se ha publicado), una historia conmovedora, sugerente y bella que comienza con la muerte a tiros de un muchacho en los arrabales de São Paulo y termina siendo una vibrante celebración de la vida.

Es un alivio que Viera haya sido por fin editado, pero esto no significa necesariamente el fin de la agonía. Si no se rinden, creo que, antes o después, los buenos escritores siempre consiguen publicar. Pero luego les aguardan nuevos despeñaderos, la criba feroz de quienes no son leídos. ¡Es tan fácil pasar inadvertido, es tan fácil que la novela de un desconocido quede sepultada bajo las pilas de *bestsellers,* que sea devuelta a los diez días y convertida en pulpa de papel un mes más tarde! Y así, puede que te editen una, quizá dos novelas. Pero si no las vendes, lo más probable es que no consigas publicar jamás una tercera. Recuerdo al valenciano Javier Sarti, autor de dos novelas formidables y terribles, dos obras absorbentes, *La memoria inútil* y *El estruendo,* que tuvieron excelentes críticas; pero Sarti sigue en dique seco, incomprensiblemente desconocido y marginado.

Pero voy a terminar con una historia feliz, la historia de *Firmin,* una rata bostoniana amante de los libros (se los come). *Firmin* es una fábula punzante, desternillante y dolorosa sobre la condición humana. Es la primera novela de Sam Savage, un norteamericano de unos sesenta años con aspecto de haberse pasado los cuarenta últimos como náufrago en una isla desierta. Savage fue doctor en Filosofía, y luego mecánico de bicicletas, y carpintero, y pescador, y, a juzgar por su aire estrafalario, es sobre todo un superviviente de sí mismo. *Firmin* fue publicado en 2006 por una editorial minúscula de Minneapolis y, contra todo pronóstico, logró un modesto éxito fuera de los circuitos comerciales. Un ejemplar cayó por casualidad en manos de Elena Ramírez, editora de Seix Barral, que se enamoró del inolvidable *Firmin* y decidió no sólo publicarlo en español, sino además comprar los derechos mundiales, una operación que jamás se había hecho antes en nuestro país con un libro extranjero. *Firmin* lleva más de cincuenta mil ejemplares vendidos en España, en Internet está en marcha un fenómeno llamado «firminmanía» y la novela ya ha sido adquirida por catorce países. Para escribir, en fin, hay que ser tan resistente como una buena rata de alcantarilla.

BIBLIOGRAFÍA

Mientras gira el viento, Jorge Omar Viera. Editorial Funambulista.
La memoria inútil, Javier Sarti. Alianza Editorial.
El estruendo, Javier Sarti. Espasa Calpe.
Firmin, Sam Savage. Seix Barral.

Contra la muerte

Las mil y una noches

Todo el mundo conoce *Las mil y una noches.* Más aún, todo el mundo «posee» *Las mil y una noches* como una memoria propia, como un fragmento del paisaje íntimo. Y, sin embargo, muy pocos han leído de verdad este libro. No es fácil hacerlo: son tres mil páginas de apretada letra, y no todas sus partes poseen la misma calidad y el mismo interés. Como todo texto creado colectivamente a lo largo de un lapso prolongado (más o menos un milenio, en este caso), carece de unidad estilística, temática o ideológica.

Tan sólo el cuento-marco, la bellísima historia de Sharazad salvando la vida noche tras noche con el truco de narrarle apasionantes relatos al rey, da unidad a este texto casi tan grande como el mundo. Es uno de esos libros cósmicos en donde cabe todo, libros totales dentro de los cuales uno puede perderse, y vivir, y morir. De hecho hay una maldición del siglo XVIII que augura la muerte para aquel que pretenda leer la totalidad de *Las mil y una noches.* El espléndido arabista Juan Vernet, cuya versión de *Las noches* estoy siguiendo, asegura que, pese a haber traducido el libro en 1959, ha llegado a viejo en razonable estado.

Además de la historia-marco de Sharazad o Sherezade, la gente conoce cuentos aislados. Varios de los relatos orientales más famosos, sin embargo, como «La lámpara de Aladino» o «Alí-Babá y los cuarenta ladrones», no pertenecen al cuerpo original de *Las mil y una noches.* En realidad hay un tremendo lío de manuscritos a lo largo de los siglos. La primera referencia al libro data del año 978, y a partir de entonces se multiplican los originales. Unos tienen más cuentos, otros, menos; unos ordenan los relatos de una forma, otros, de otra. En 1835 se publicó lo que hoy se llama el corpus ZER (Zotenberg's Egyptian Recesion), que viene a delimitar más o menos el texto «oficial» de *Las mil y una noches.* Aun así, el caos abunda. Normal, en un libro que es la vida.

Se supone que el introductor de *Las mil y una noches* en Occidente fue el francés Galland, que publicó el texto en doce volúmenes editados entre 1707 y 1717. Sin embargo, como explica claramente Vernet, muchos de los cuentos habían llegado antes a Europa. Por ejemplo, en 1253 el hermano de Alfonso X el Sabio tradujo al castellano el *Sendebar* o «Libro de los engaños y astucias de las mujeres», una de las partes más célebres de *Las noches.* Se trata de un conjunto de cuentos picarescos y descocados, como aquel de la mujer casada que tenía un amante militar, el cual envió a un esclavo por delante para avisar de su llegada.

Pero hete aquí que el atractivo esclavo acabó en la cama con la joven. Estaban en mitad de sus afanes cuando sonó la puerta anunciando al amante; la mujer escondió rápidamente al esclavo en el sótano y recibió con grandes mimos y ardores al militar. Apenas acababan de empezar a tentarse cuando escucharon que llegaba el marido. La mujer dijo entonces: «Ponte de pie junto a la puerta, saca la espada, agítala furioso, insúltame; cuando entre mi esposo, guarda el arma, baja la cabeza avergonzado y márchate». El amante siguió las instrucciones punto por punto y se largó; el marido, asombrado, preguntó a su mujer qué sucedía. Y ella le explicó que su llegada había sido en verdad providencial y que había salvado una vida o quizá dos. Porque unos minutos antes había entrado a todo correr un pobre esclavo pidiéndole socorro, ya que su amo le quería matar injustamente. Que ella le había auxiliado y escondido, y que luego había irrumpido el mal hombre aquel reclamando al muchacho y dando gritos. Al escuchar esto, el marido consideró que su mujer había actuado correctamente, y ambos cónyuges fueron a buscar al chico al sótano con muy buenas palabras. «No temas», le decía dulcemente el marido al asustado esclavo, que, como es natural, se resistía a salir de su escondrijo.

También el *Decamerón* se inspiraba en el *Sendebar*, y tanto Shakespeare como Cervantes utilizaron en sus obras cuentos de Sharazad, por citar tan sólo algunos ejemplos. De modo que el contenido de *Las noches* era conocido en Occidente mucho antes de la traducción de Galland. Pero, como dice Borges, fue Galland quien hizo de este libro un repertorio de maravillas. La sola mención de *Las mil y una noches* nos evoca un mundo de magia y fantasía, y eso es de algún modo gracias a Galland, que resaltó los aspectos fabulosos de la obra.

Porque, además de magia, en *Las mil y una noches* hay muchos otros ingredientes. Historias picarescas, como el *Sendebar;* relatos de caballería, llenos de mandobles y guerras, que para mí son la parte más pesada; cuentos ejemplares y didácticos; fragmentos esotéricos y místicos. Asimismo, los textos de *Las noches* provienen de diversas culturas: algunos de los relatos son orientales, otros, persas, otros, indios, y también los hay iraquíes y egipcios. Se trata de una confusa maraña de voces que fueron susurrando historias siglo a siglo, siempre a través de los labios de Sharazad la bella, Sharazad la elocuente, Sharazad la intrépida.

Porque no debemos olvidar que la heroína de esta historia es una mujer. Qué extraordinaria circunstancia, teniendo en cuenta que *Las mil y una noches* recoge el saber popular de un mundo y un tiempo supuestamente misógino y sexista. Desde luego, la realidad que reflejan *Las noches* es cruel: hay califas que deciden crucificar a sus visires por una nimiedad, a los ladrones les amputan las manos y luego les cauterizan los muñones con aceite hirviendo, se castran hombres por doquier, se rebanan orejas. En lo que respecta específicamente a las mujeres, a lo largo de las páginas de *Las noches* son azotadas, pateadas, degolladas, narcotizadas, apaleadas, raptadas, esclavizadas y violadas a mansalva. Y, sin embargo, junto a páginas estremecedoramente machistas hay numerosos relatos muy feministas, empezando por el cuento-marco de Sharazad y siguiendo, por ejemplo, por la sugestiva peripecia de la princesa Ibriza, hija del rey de los griegos.

Las aventuras de Ibriza forman parte de «La historia del rey Umar al-Numán», que es una novela épica que ocupa la octava parte de *Las noches,* el fragmento de mayor longitud de todos cuantos componen el libro. Ibriza es una princesa cristiana que pelea mejor que cualquier paladín varón. De hecho, vence en combate al príncipe Sarkán, de la misma manera que sus doncellas vencen a los guerreros árabes. Por si esto fuera poco, Ibriza es culta e inteligente, ha «leído libros» y conoce la cultura musulmana. Juega al ajedrez con el príncipe Sarkán y también en eso le gana: «En todo resultas vencido», dice Ibriza; «¡Señora! El ser vencido por ti es un honor», responde Sarkán, que parece aceptar sin excesivos conflictos la preeminencia de ella.

Vernet considera que las partes no machistas de *Las noches* provienen de los cuentos originados en Indochina, en donde había una cultura fuertemente matriarcal. Yo creo que además muchos de los relatos de *Las mil y una noches* han sido hechos por mujeres. La nueva teoría literaria feminista sostiene que, probablemente, gran parte de los textos anónimos de la historia de la literatura son obras de escritoras a las que su condición femenina impidió firmar. Lo cual suena sensato y muy posible, y más aún en el caso de *Las mil y una noches,* que es un compendio de relatos que en un principio fueron orales, narraciones modestas, íntimas, impregnadas de un aroma de domesticidad y de ese gusto por lo fantástico que a menudo se les ha adjudicado desdeñosamente a las mujeres.

No es de extrañar que *Las mil y una noches* fuera una obra despreciada durante siglos por la cultura oficial árabe: era considerada subliteratura porque estaba en las humildes fronteras de lo popular. A fin de cuentas, no era más que un discurso de mujer, vanos murmullos que una princesa musitaba por las noches en los oídos de su rey. Hubo que esperar a que Galland rescatara el libro para Occidente, y a que obtuviera entre nosotros un clamoroso éxito, para que los patriarcas de la cultura árabe se dignaran a reconocer el valor del libro y empezaran a tenerlo por un clásico.

Repasemos la historia principal de *Las mil y una noches.* Sahriyar era un monarca sasánida que reinaba en las islas de la India y de China, dondequiera que esto sea. Su hermano menor, Sah Zamán, era el rey de Samarcanda, que por lo menos tiene la ventaja de ser un lugar que sabemos dónde está. Un día Sah Zamán descubrió que su esposa le engañaba con un esclavo negro (todas *Las noches* están llenas del terror a la potencia sexual de los esclavos negros), y, tras ejecutar a ambos, se marchó a ver a su hermano. Allí constató que también la esposa de Sahriyar le ponía los cuernos al rey con el consabido siervo de color. Entonces los dos hermanos, desesperados, se fueron por el mundo. Llegaron a la orilla del mar y vieron salir de las aguas a un *efrit,* es decir, a un genio, que transportaba un baúl en su cabeza. El *efrit* abrió el cofre, dejó salir a una dama hermosísima y luego se echó a dormir. La dama descubrió a los dos reyes y los obligó a hacer el amor con ella («alanceadme de un potente lanzazo») con la amenaza de despertar al genio si se negaban. Después les pidió los anillos, y los añadió a un collar en el que ya estaban enfiladas quinientas setenta sortijas; y entonces explicó que el *efrit* la había raptado y que la mantenía prisionera en el fondo del mar metida en el baúl; pero que ella, para vengarse, hacía el amor con todos los hombres que encontraba, porque «cuando una mujer desea algo lo consigue».

Sahriyar y Sah Zamán regresaron a la corte del primero horrorizados ante la maldad femenina (pero no ante la del *efrit* que rapta y que viola), y el rey Sahriyar, después de degollar a su esposa y su amante, decidió no volver a confiar en las mujeres. Y así, a partir de entonces desfloraba todas las noches a una doncella virgen y por la mañana la mandaba matar. En este horrible quehacer transcurrieron tres años, y las gentes de su reino «estaban desesperadas y huían con sus hijas, y no quedó ni una sola muchacha». De modo que llegó el día en el que el visir fue incapaz de encontrar una nueva virgen para su rey, por lo que temió que su hora hubiera llegado. Entonces aparece en escena la hija del visir, Sharazad, una muchacha que sumaba a su belleza una enorme cultura, porque «había leído libros, historias, biografías de los antiguos reyes y crónicas de las naciones antiguas. Se dice que había llegado a reunir mil volúmenes».

Esta inteligente doncella se ofrece a pasar la noche con el rey asesino: «Si vivo, todo irá bien, y si muero, serviré de rescate a las hijas de los musulmanes y seré la causa de su liberación». Se propone contarle historias al monarca y dejar la narración en el momento más álgido, de manera que el rey, movido por la curiosidad, posponga su ejecución. Para ello requiere de la ayuda de su hermana pequeña, Dunyazad, que en otras versiones es la nodriza del rey, y que queda encargada de pedirle a Sharazad que cuente un cuento.

En cualquier caso, Dunyazad representa la solidaridad de las hembras, esa complicidad fraternal femenina mediante la cual Sharazad aspira a liberar a las mujeres. Porque lo que pretende la princesa es salvarnos a todas, y no sólo de la degollina decretada por el rey, sino de la incomprensión de los hombres, de la brutalidad y la violencia. Como explica el psiquiatra Bruno Bettelheim, «los mitos y los cuentos nos hablan en el lenguaje de los símbolos y representan el contenido inconsciente». Ni que decir tiene que, al cabo de las mil y una noches de conversación y convivencia, el rey ha tenido tres hijos con Sharazad, se ha enamorado de ella y ha superado su horrible instinto asesino (ha «curado su depresión», dice Bettelheim).

No hay emblema más bello y elocuente de la función de la narrativa y la fantasía que esta historia oriental. De hecho Sharazad debería ser nombrada la patrona oficial de los escritores, puesto que con su mera palabra, con su voz creativa, es capaz de poner orden al caos y luz a la negrura. Y ésa es justamente la función de la literatura: rescatarnos de la desesperación, salvarnos del horror, ganar tiempo en el despiadado combate contra el fin, de la misma manera que Sharazad va venciendo noche a noche al verdugo y conquistando un aplazamiento de la condena. Porque siempre se escribe contra la muerte.

Pero no se trata sólo de la escritura: cualquier arte es una batalla contra la muerte. Lo dice maravillosamente Marguerite Yourcenar en su cuento «Cómo se salvó Wang-Fô», inspirado en una antigua leyenda china. El pintor Wang-Fô y su discípulo Ling erraban por los caminos del reino de Han. El viejo maestro era un artista excepcional; había enseñado a Ling a ver la auténtica realidad, la belleza del mundo. Porque todo arte es la búsqueda de esa belleza capaz de agrandar la condición humana.

Un día Wang y Ling llegaron a la ciudad imperial y fueron detenidos por los guardias, que los condujeron ante el emperador. El Hijo del Cielo era joven y bello, pero estaba lleno de una cólera fría. Explicó a Wang-Fô que había pasado su infancia encerrado dentro del palacio, y que durante diez años sólo había conocido la realidad exterior a través de los cuadros del pintor.

A los dieciséis años vi abrirse las puertas que me separaban del mundo; subí a la terraza del palacio para mirar las nubes, pero eran menos hermosas que las de tus crepúsculos (...) Me has mentido, Wang-Fô, viejo impostor: el mundo no es más que un amasijo de manchas confusas, lanzadas al vacío por un pintor insensato, borradas sin cesar por nuestras lágrimas. El reino de Han no es el más hermoso de los reinos y yo no soy el Emperador. El único imperio donde vale la pena reinar es aquel en donde tú penetras.

Por este desengaño, por este amargo descubrimiento de un universo que, sin la ayuda del arte y la belleza, resulta caótico e insensato, el emperador decidió sacar los ojos y cortar las manos de Wang-Fô. El fiel Ling intentó defender a su maestro, y fue degollado inmediatamente. En cuanto a Wang-Fô, el Hijo del Cielo le ordenó que, antes de ser cegado y mutilado, terminase un cuadro inacabado que había en palacio. Trajeron la pintura al salón del trono: era un bello paisaje de la época de juventud de Wang-Fô.

El anciano maestro tomó los pinceles y empezó a retocar el lago que aparecía en primer término. Y muy pronto comenzó a humedecerse el pavimento de jade del salón. Ahora el maestro dibujaba una barca, y a lo lejos se escuchó un batir de remos. En la barca venía Ling, perfectamente vivo y con su cabeza bien pegada al cuello. La estancia del trono se había llenado de agua: «Las trenzas de los cortesanos sumergidos ondulaban en la superficie como serpientes, y la cabeza pálida del emperador flotaba como un loto». Ling llegó al borde de la pintura; dejó los remos, saludó a su maestro y le ayudó a subir a la embarcación. Y ambos se alejaron dulcemente, desapareciendo para siempre «en aquel mar de jade azul que Wang-Fô acababa de inventar».

De manera que con el arte y con la fantasía se engaña a la muerte, una muerte que, por otra parte, inunda con su presencia imperativa las tres mil páginas de *Las mil y una noches.* En realidad la muerte es la verdadera protagonista de este libro, o más bien la antagonista de Sharazad. Y así, todos los relatos de *Las noches,* incluyendo la historia-marco entre la princesa y el rey, terminan con el triunfo de la desdentada. En este libro no hay finales indeterminados del tipo de «y comieron perdices». Aquí todos los cuentos acaban con unas fórmulas más o menos idénticas que nos recuerdan la fugacidad de la dicha humana: «Y pasaron el resto de sus días en una vida muelle y feliz, hasta que les llegó la destructora de las dulzuras, la que pone fin a las sociedades, la aniquiladora de los palacios. ¡Gloria a Dios, el Viviente, el que No Muere!». Incluso en las loas formales al Ser Supremo, lo que más parece admirarles de Él es su capacidad para evadir el fin.

La tenacidad frente a la muerte es en realidad el valor más ensalzado en *Las noches,* el mensaje sustancial que transmite este libro. Desde Sharazad hasta Sindbad el Marino, que protagoniza uno de los relatos más hermosos, los mejores personajes de *Las noches* son aquellos que nunca se rinden, luchadores natos que consiguen sobrevivir en un mundo atroz y lleno de peligros.

Al igual que Ulises (la historia del Marino está claramente influida por la *Odisea*), Sindbad es un héroe turbio, mentiroso e indigno. En sus siete viajes pasa por aventuras portentosas, como, por ejemplo, arribar a una isla que es en realidad una bestia marina colosal, sobre la que se ha depositado la arena y han crecido árboles; volar prendido a las patas del Ruj, que es un ave gigantesca que alimenta a sus polluelos con elefantes; quedar atrapado en el Valle de los Diamantes, un desfiladero cubierto de piedras preciosas pero asolado por horribles serpientes; o ser asaltado por un ogro, que pincha en un espetón a sus compañeros y los asa y devora.

Pero la peripecia más fascinante, y la más reveladora de la naturaleza de Sindbad, le sucede en el cuarto viaje, justo en la mitad de sus periplos. Después de diversos avatares, el hombre llega a una ciudad remota en donde es muy bien recibido. Se casa con una bella dama con la que es feliz, pero al cabo del tiempo se entera de que, según la costumbre del país, cuando un cónyuge muere, sea hombre o mujer, entierran vivo al otro junto al cadáver. Al poco de conocer esta noticia, su esposa fallece, y, en efecto, arrojan su cuerpo a una gran sima subterránea y luego le bajan a él con unas cuerdas, entregándole agua y pan para siete días. Una vez hecho esto, cierran de nuevo con una losa la abertura, y Sindbad queda ahí abajo, en la horrenda y apestosa caverna, entre tinieblas, rodeado de cadáveres putrefactos.

Pero ni siquiera en estas circunstancias tan extremas llega a rendirse nuestro protagonista. Aunque aterrado, intenta comer y beber lo menos posible para prolongar sus provisiones. Al cabo de algunos días escucha ruido; la losa se abre, cae un cadáver y luego bajan a una mujer que llora y grita. Sindbad no lo duda ni un momento: agarra la tibia de un esqueleto, se acerca a la mujer y la mata a golpes. Luego se apropia de sus provisiones, y con eso aguanta hasta la llegada del siguiente cadáver y la siguiente víctima.

Un día, el bullir de un animal le hace descubrir una angosta salida que han practicado las bestias carroñeras para llegar hasta la caverna. Sale Sindbad por el pasadizo y se encuentra al pie de un acantilado, a la orilla del mar, en una zona inaccesible desde tierra. Entonces empieza a robar las joyas de los muertos y las transporta fuera de la cueva. «Cada día iba a la caverna, sacaba cosas de ella y mataba a cuantos enterraban vivos, tanto si eran hombres como mujeres, y me apoderaba de sus víveres y agua... Llevé esta vida durante algún tiempo.»

Hasta que al fin pasa un barco y es rescatado. Él, claro está, miente acerca del origen de las riquezas que posee y las atribuye a un naufragio. Así termina el cuarto viaje: con el regreso a casa de Sindbad, opulento y feliz y sin ninguna señal de culpa o arrepentimiento. Antes al contrario: Sindbad el Marino es un gran héroe justamente porque hace todo lo necesario para seguir vivo. En el mundo medieval de *Las noches,* mucho más desesperado y más precario que nuestro confortable y moderno mundo occidental, el hecho de enfrentarse con firmeza a las dificultades y a la muerte era la mayor proeza imaginable.

Y de nuevo estamos hablando del fin inexorable; y del latir del tiempo que nos lleva hasta ahí; y de Sharazad, la tenaz superviviente. En el umbral de la inmensa, definitiva noche, Sharazad cuenta y cuenta, devanando el hilo de su relato, que es, al mismo tiempo, el hilo tenue y frágil de su vida. «Conciencia de finitud, atrapar el tiempo. He aquí el placer y el castigo del oficio de escribir. En la trama de la narración, me invento que el tiempo no se acaba, cuando sé que se acaba. Sueño que tengo las palabras y que, con ellas, poseo el mundo entero», dijo Montserrat Roig en su bello libro *Dime que me amas aunque sea mentira.*

Pero Montserrat Roig murió, y también Borges, y Bruno Bettelheim, y Marguerite Yourcenar, y Galland, y Calvino; y los primeros lectores de *Las mil y una noches,* y sus hijos, y los hijos de los hijos de sus hijos. Wang-Fô, sin embargo, debe de seguir remando en la esquina perdida de algún cuadro; y desde luego Sharazad continúa susurrándonos sus cuentos al oído, hermosos relatos para engañar al tiempo. De este modo también nosotros, todos nosotros, protegidos por el embeleso de la belleza, sobreviviremos a la oscuridad noche tras noche, hasta que llegue la destructora de las dulzuras, la separadora de las multitudes, la aniquiladora de los palacios y la constructora de tumbas. Gloria a Dios el Eterno, el que No Muere.

BIBLIOGRAFÍA

Las mil y una noches, traducción, introducción y notas de Juan Vernet. Planeta.
Cuentos orientales, Marguerite Yourcenar. Alfaguara.
Historia de la eternidad, Jorge Luis Borges. Alianza.
Dime que me amas aunque sea mentira, Montserrat Roig. Edicions 62/ Península.
Por qué leer los clásicos, Italo Calvino. Tusquets Editores.
Psicoanálisis de los cuentos de hadas, Bruno Bettelheim. Drakontos, Editorial Crítica.

Alfaguara es un sello editorial del Grupo Santillana

www.alfaguara.com

Argentina
www.alfaguara.com/ar
Av. Leandro N. Alem, 720
C 1001 AAP Buenos Aires
Tel. (54 11) 41 19 50 00
Fax (54 11) 41 19 50 21

Bolivia
www.alfaguara.com/bo
Calacoto, calle 13 nº 8078
La Paz
Tel. (591 2) 279 22 78
Fax (591 2) 277 10 56

Chile
www.alfaguara.com/cl
Dr. Aníbal Ariztía, 1444
Providencia
Santiago de Chile
Tel. (56 2) 384 30 00
Fax (56 2) 384 30 60

Colombia
www.alfaguara.com/co
Calle 80, nº 9 - 69
Bogotá
Tel. y fax (57 1) 639 60 00

Costa Rica
www.alfaguara.com/cas
La Uruca
Del Edificio de Aviación Civil 200 metros Oeste
San José de Costa Rica
Tel. (506) 22 20 42 42 y 25 20 05 05
Fax (506) 22 20 13 20

Ecuador
www.alfaguara.com/ec
Avda. Eloy Alfaro, N 33-347 y Avda. 6 de Diciembre
Quito
Tel. (593 2) 244 66 56
Fax (593 2) 244 87 91

El Salvador
www.alfaguara.com/can
Siemens, 51
Zona Industrial Santa Elena
Antiguo Cuscatlán - La Libertad
Tel. (503) 2 505 89 y 2 289 89 20
Fax (503) 2 278 60 66

España
www.alfaguara.com/es
Torrelaguna, 60
28043 Madrid
Tel. (34 91) 744 90 60
Fax (34 91) 744 92 24

Estados Unidos
www.alfaguara.com/us
2023 N.W. 84th Avenue
Miami, FL 33122
Tel. (1 305) 591 95 22 y 591 22 32
Fax (1 305) 591 91 45

Guatemala
www.alfaguara.com/can
7ª Avda. 11-11
Zona nº 9
Guatemala CA
Tel. (502) 24 29 43 00
Fax (502) 24 29 43 03

Honduras
www.alfaguara.com/can
Colonia Tepeyac Contigua a Banco Cuscatlán
Frente Iglesia Adventista del Séptimo Día, Casa 1626
Boulevard Juan Pablo Segundo
Tegucigalpa, M. D. C.
Tel. (504) 239 98 84

México
www.alfaguara.com/mx
Avda. Río Mixcoac, 272
Colonia Acacias, C.P. 03240
Benito Juárez, México D.F.
Tel. (52 5) 554 20 75 30
Fax (52 5) 556 01 10 67

Panamá
www.alfaguara.com/cas
Vía Transísmica, Urb. Industrial Orillac,
Calle segunda, local 9
Ciudad de Panamá
Tel. (507) 261 29 95

Paraguay
www.alfaguara.com/py
Avda. Venezuela, 276,
entre Mariscal López y España
Asunción
Tel./fax (595 21) 213 294 y 214 983

Perú
www.alfaguara.com/pe
Avda. Primavera 2160
Santiago de Surco
Lima 33
Tel. (51 1) 313 40 00
Fax (51 1) 313 40 01

Puerto Rico
www.alfaguara.com/mx
Avda. Roosevelt, 1506
Guaynabo 00968
Tel. (1 787) 781 98 00
Fax (1 787) 783 12 62

República Dominicana
www.alfaguara.com/do
Juan Sánchez Ramírez, 9
Gazcue
Santo Domingo R.D.
Tel. (1809) 682 13 82
Fax (1809) 689 10 22

Uruguay
www.alfaguara.com/uy
Juan Manuel Blanes 1132
11200 Montevideo
Tel. (598 2) 410 73 42
Fax (598 2) 410 86 83

Venezuela
www.alfaguara.com/ve
Avda. Rómulo Gallegos
Edificio Zulia, 1º
Boleita Norte
Caracas
Tel. (58 212) 235 30 33
Fax (58 212) 239 10 51